国近现代稀见史料丛刊【第一辑】

张剑 徐雁平 彭国忠 主编

白雨斋诗话

陈廷焯 著

彭玉平 纂辑

凤凰出版社

图书在版编目（CIP）数据

白雨斋诗话 / (清) 陈廷焯著 ; 彭玉平纂辑. -- 南京 : 凤凰出版社, 2014.3（2024.10重印）
（中国近现代稀见史料丛刊. 第1辑）
ISBN 978-7-5506-0991-4

Ⅰ. ①白… Ⅱ. ①陈… ②彭… Ⅲ. ①诗话－中国－清代 Ⅳ. ①I207.22

中国版本图书馆CIP数据核字(2014)第044758号

书　　名　白雨斋诗话
著　　者　(清)陈廷焯 著　彭玉平 纂辑
责任编辑　韩凤冉
责任监制　程明娇
出版发行　凤凰出版社(原江苏古籍出版社)
　　　　　发行部电话025-83223462
出版社地址　江苏省南京市中央路165号,邮编:210009
照　　排　南京凯建文化发展有限公司
印　　刷　唐山楠萍印务有限公司
　　　　　河北省唐山市芦台经济开发区场部
开　　本　880毫米×1230毫米　1/32
印　　张　8.875
字　　数　231千字
版　　次　2014年3月第1版
印　　次　2024年10月第4次印刷
标准书号　ISBN 978-7-5506-0991-4
定　　价　68.00元
(本书凡印装错误可向承印厂调换,电话:022-69381996)

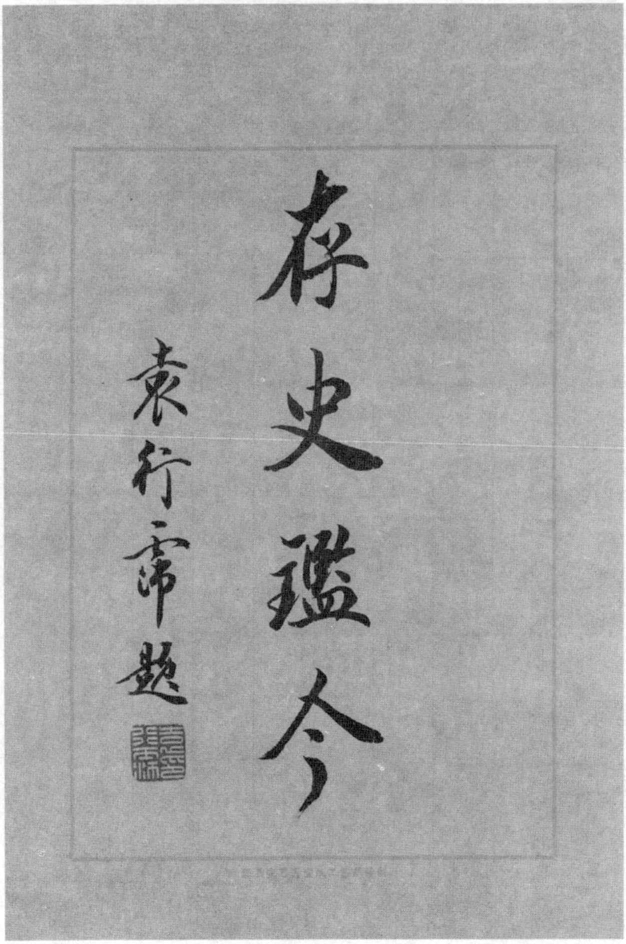

袁行霈先生题辞

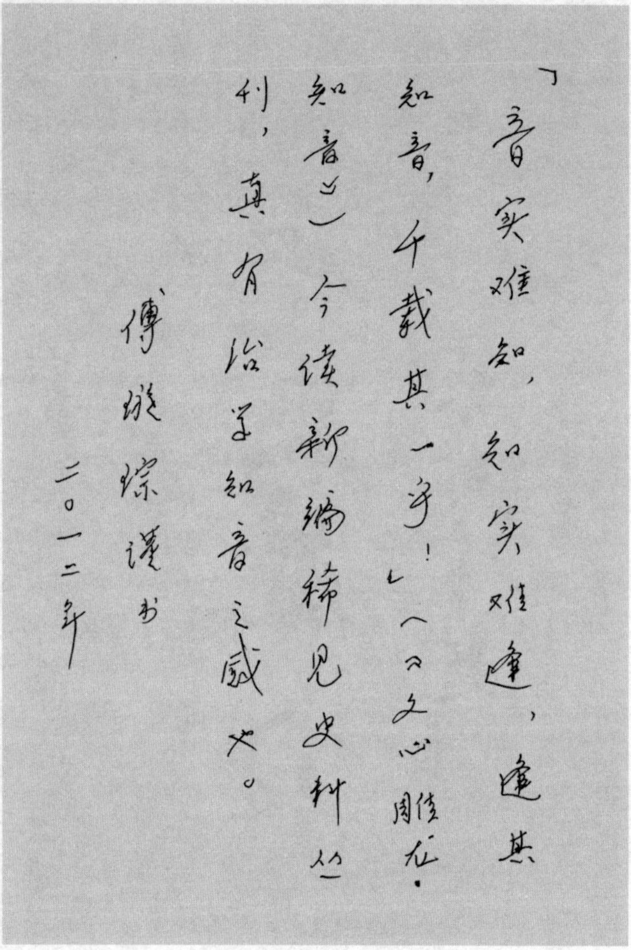
「音实难知，知实难逢，逢其知音，千载其一乎！」（文心雕龙·知音）今读新编稀见史料丛刊，真有治学知音之感也。

傅璇琮谨书

二〇一二年

傅璇琮先生题辞

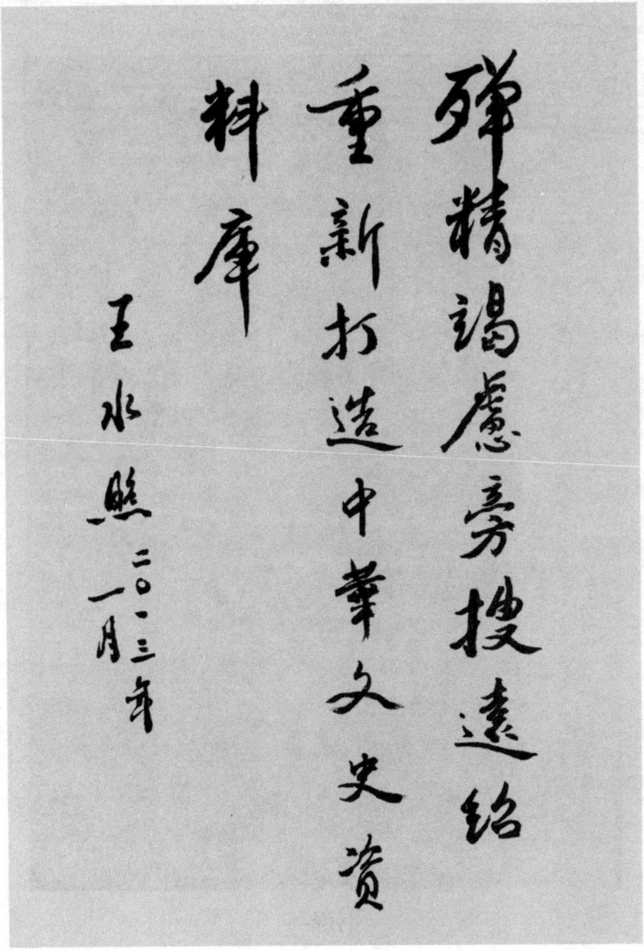

王水照先生题辞

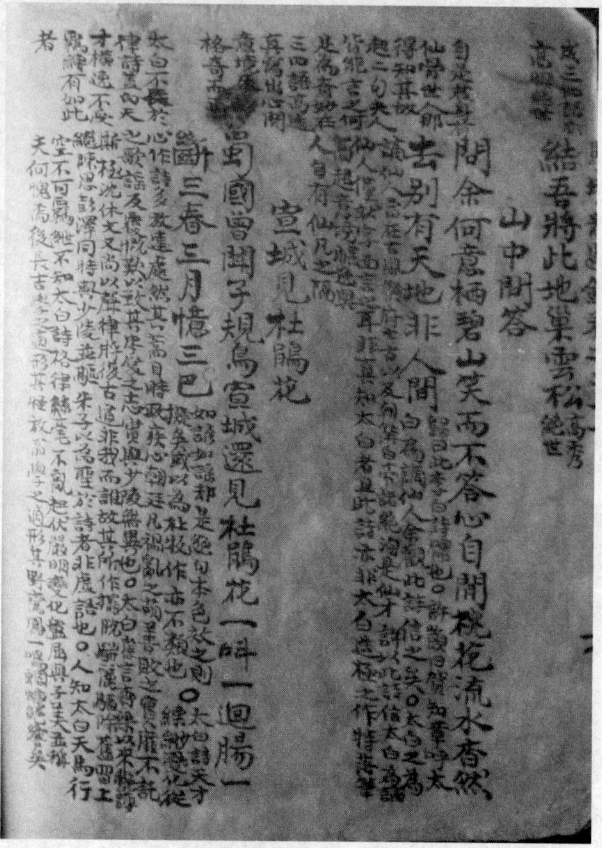

书影一

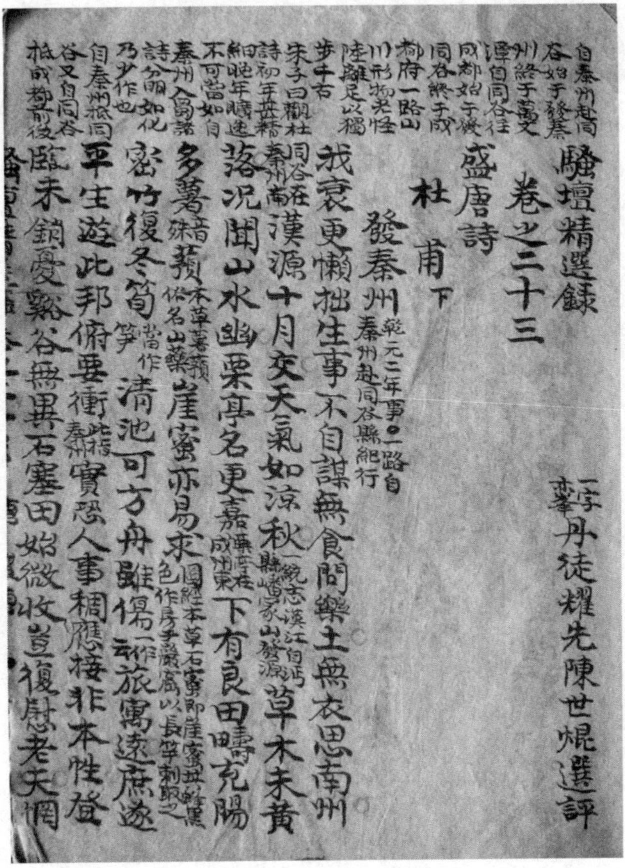

书影二

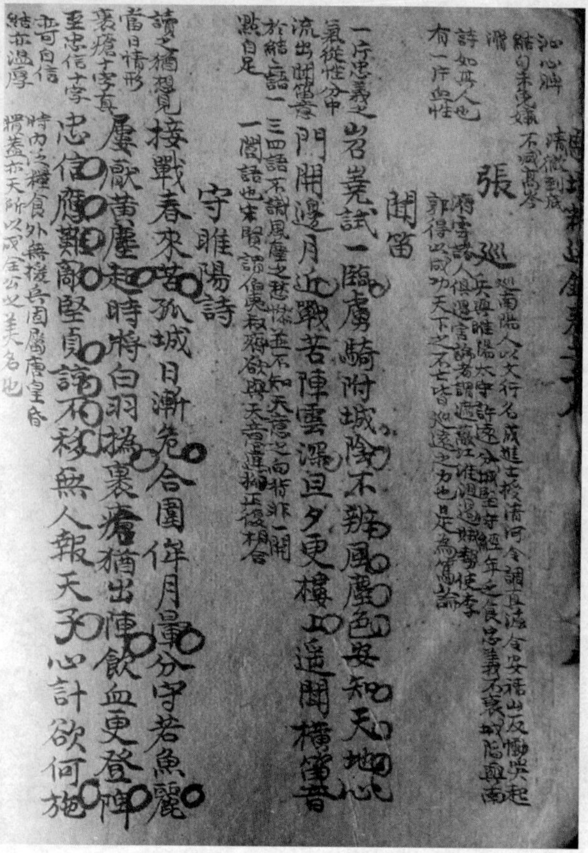

书影三

《中国近现代稀见史料丛刊》总序

在世界所有的文明中，中华文明也许可说是“唯一从古代存留至今的文明”（罗素《中国问题》）。她绵延不绝、永葆生机的秘诀何在？袁行霈先生做过很好的总结：“和平、和谐、包容、开明、革新、开放，就是回顾中华文明史所得到的主要启示。凡是大体上处于这种状况的时候，文明就繁荣发展，而当与之背离的时候，文明就会减慢发展的速度甚至停滞不前。”（《中华文明的历史启示》，《北京大学学报》2007年第1期）

但我们也要清醒看到，数千年的中华文明带给我们的并不全是积极遗产，其长时段积累而成的生活方式与价值观具有强大的稳定性，使她在应对挑战时所做的必要革新与转变，相比他者往往显得迟缓和沉重。即使是面对佛教这种柔性的文化进入，也是历经数百年之久才使之彻底完成中国化，成为中华文明的一部分；更不用说遭逢“数千年来未有之变局”“数千年未有之强敌”（李鸿章《筹议海防折》），“数千年未有之巨劫奇变”（陈寅恪《王观堂先生挽词序》）的中国近现代。晚清至今虽历一百六十余年，但是，足以应对当今世界全方位挑战的新型中华文明还没能最终形成，变动和融合仍在进行。1998年6月17日，美国三位前总统（布什、卡特、福特）和二十四位前国务卿、前财政部长、前国防部长、前国家安全顾问致信国会称：“中国注定要在21世纪中成为一个伟大的经济和政治强国。”（徐中约《中国近代史》上册第六版英文版序，香港中文大学出版社2002年版）即便如此，我们也不能盲目乐观，认为中华文明已经转型成功，相反，中华文明今天面对的挑战更为复杂和严峻。新型的中华文明到底会怎样呈现，又怎样具体表现或作用于政治、经济、文化等层面，人们还在不断探索。这个问题，我们这一代恐怕无法给出答案。但我们坚信，在历史上曾经灿烂辉煌的中华文明必将凤凰浴火，涅槃重生。这既是数千年已经存在的中华文明发展史告诉我们的经验事实，也是所有为中国文化所化之人应有的信念和责任。

不过，对于近现代这一涉及当代中国合法性的重要历史阶段，我们了解得还过于粗线条。她所遗存下来的史料范围广阔，内容复杂，且有数量庞大且富有价值的稀见史料未被发掘和利用，这不仅会影响到我们对这段历史的全面了解和规律性认识，也会影响到今天中国新型文明和现代化建设对其的科学借鉴。有一则印度谚语如是说："骑在树枝上锯树枝的时候，千万不要锯自己骑着的那一根。"那么，就让我们用自己的专业知识与能力，为承载和养育我们的中华文明做一点有益的事情——这是我们编纂这套《中国近现代稀见史料丛刊》的初衷。

书名中的"近现代"，主要指 1840—1949 年这一时段，但上限并非以一标志性的事件一刀切割，可以适当向前延展，然与所指较为宽泛的包含整个清朝的"近代中国""晚期中华帝国"又有所区分。将近现代连为一体，并有意淡化起始的界限，是想表达一种历史的整体观。我们观看社会发展变革的波澜，当然要回看波澜如何生，风从何处来；也要看波澜如何扩散，或为涟漪，或为浪涛。个人的生活记录，与大历史相比，更多地显现出生活的连续。变局中的个体，经历的可能是渐变。《丛刊》期望通过整合多种稀见史料，以个体陈述的方式，从生活、文化、风习、人情等多个层面，重现具有连续性的近现代中国社会。

书名中的"稀见"，只是相对而言。因为随着时代与科技的进步，越来越多的珍本秘籍经影印或数字化方式处理后，真身虽仍"稀见"，化身却成为"可见"。但是，高昂的定价、难辨的字迹、未经标点的文本，仍使其处于专业研究的小众阅读状态。况且尚有大量未被影印或数字化的文献，或流传较少，或未被整合，也造成阅读和利用的不便。因此，《丛刊》侧重选择未被纳入电子数据库的文献，尤欢迎整理那些辨识困难、断句费力、裒合不易或是其他具有难度和挑战性的文献，也欢迎整理那些确有价值但被人们习见思维与眼光所遮蔽的文献，在我们看来，这些文献都可属于“稀见”。

书名中的“史料”，不局限于严格意义上的历史学范畴，举凡日记、书信、奏牍、笔记、诗文集、诗话、词话乃至序跋汇编等，只要是某方面能够反映时代政治、经济、文化特色以及人物生平、思想、性情的文献，都在考虑之列。我们的目的，是想以切实的工作，促进处于秘藏、边缘、零散等状态的史料转化为新型的文献，通过一辑、二辑、三辑……这样的累积性整理，自然地呈现出一种规模与气象，与其他已经整理出版的文献相互关联，形成一个丰茂的文献群，从而揭示在宏大的中国近现代叙事背后，还有很多未被打量过的局部、日常与细节；在主流周边或更远处，还有富于变化的细小溪流；甚至在主流中，还有漩涡，在边缘，还有静止之水。近现代中国是大变革、大痛苦的时代，身处变局中的个体接物处事的伸屈、所思所想的起落，借纸墨得以留存，这是一个时代的个人记录。此中有文学、文化、生活；也时有动乱、战争、革命。我们整理史料，是提供一种俯首细看的方式，或者一种贴近近现代社会和文化的文本。当然，对这些个人印记明显的史料，也要客观地看待其价值，需要与其他史料联系和比照阅读，减少因个人视角、立场或叙述体裁带来的偏差。

知识皆有其价值和魅力，知识分子也应具有价值关怀和理想追求。清人舒位诗云“名士十年无赖贼”(《金谷园故址》)，我们警惕袖手空谈，傲慢指点江山；鲁迅先生诗云“我以我血荐轩辕”(《自题小像》)，我们愿意埋头苦干，逐步趋近理想。我们没有奢望这套《丛刊》产生宏大的效果，只是盼望所做的一切，能融合于前贤时彦所做的贡献之中，共同为中华文明的成功转型，适当“缩短和减轻分娩的痛苦”

（马克思《资本论》第一卷第一版序言）。

《丛刊》的编纂，得到了诸多前辈、时贤和出版社的大力扶植。袁行霈先生、傅璇琮先生、王水照先生题辞勖勉，周勋初先生来信鼓励，凤凰出版社姜小青总编辑赋予信任，刘跃进先生还慷慨同意将其列入“中华文学史史料学会”重大规划项目，学界其他友好也多有不同形式的帮助……这些，都增添了我们做好这套《丛刊》的信心。必须一提的是，《丛刊》原拟主编四人（张剑、张晖、徐雁平、彭国忠），每位主编负责一辑，周而复始，滚动发展，原计划由张晖负责第四辑，但他尚未正式投入工作即于 2013 年 3 月 15 日赍志而殁，令人抱恨终天，我们将以兢兢业业的工作表达对他的怀念。

《丛刊》的基本整理方式为简体横排和标点（鼓励必要的校释），以期更广泛地传播知识、更好地服务社会。希望我们的工作，得到更多朋友的理解和支持。

2013 年 4 月 15 日

目　录

上编　《骚坛精选录》批语辑录

下编　陈廷焯诗论汇录

序

丹徒陈廷焯亦峰以词学名世，其初瓣香竹垞，浸淫《词综》者有年，增删其间而成《云韶集》一编，凡廿六卷，并词论百馀则名《词坛丛话》者，冠于斯编。光绪丙子间，亦峰偶闻中白先生之馀绪，嘱以清真、白石之外，尚须深悟碧山，而后可以穷极高妙。由是潜心碧山十馀年，境地迥别，识力亦开，遂因循中白而接迹于毗陵二张之派也。录词廿四卷成《词则》四集，以大雅为正，而以放歌、闲情、别调三集副之。复于岑寂萧斋，撰《白雨斋词话》十卷，本诸《风》、《骚》，独标真谛，以温厚为体，沉郁为用，所谓"引以千端，衷诸一是"者是也。清季、民国词学一时称盛，若静庵、蕙风、彊邨之属，虽各有门径，而沾丐亦峰，殆亦匪浅。至瞿安《通论》，则似为亦峰百计牢笼，亦其尤者也。

亦峰素持诗词一理之说，盖其发端《风》、《骚》，同源而分派也。由诗以入词，以其根柢槃深，方使衬合无间。故不明亦峰诗学蹊径，实无由进窥其词学端倪。余检其《词话》，有"余选《希声集》六卷，所以存诗也；《大雅集》六卷，所以存词也"之语，《大雅》乃其《词则》之正集，则《希声》或亦为"诗则"之一部耶？今《希声集》已佚，"诗则"则更渺无踪影矣！又其拟录《唐诗选》一种，纲目已具，似未藉手以成。职是之故，欲明亦峰诗学之源流本末，犹别无他径，唯面断港绝潢而驰想于海，岂可得乎！

然天佑斯文，终不可弃。其《骚坛精选录》于其诸种诗选失传之时，竟独存人间，幸何如哉！余摩挲残卷，恍如于白雨斋晤对亦峰，聆其清音，能无感乎！因亟迻录其眉批、题注、夹评，合诸词选词话之或论词及诗、或诗词合论、或泛论文学、或仅以诗为喻之语，成此一编。犹记《云韶集》评板桥论诗偏嗜沉着痛快而以温厚和平者为枝节之语，乃“小家”有偏之论，并言及“余《诗话》中论之详矣”，则亦峰曩撰诗话，因之征实焉。余特疑此《诗话》或即与《骚坛精选录》相辅而行者也。盖选、论合一，固亦峰之常例也。惟亦峰未著其名，余黾勉名之曰《白雨斋诗话》。

亦峰论诗以陈思、彭泽、太白、少陵为骚坛四将，而以少陵为“首座”，故其诗学濡染少陵尤深。少陵平生追慕汉魏，窃攀屈宋，其诗风沉郁而饶有风骨。亦峰心香独奉少陵，《词话》于此亦三复致意。若《骚坛精选录》所选所论，固已肇其先声也。然诗旨要眇，亦如谷风阴雨，虽自期以同心，而其离合之间，实有莫可究极者在焉。此非亦峰一人之所言，乃四海之公言也。余于亦峰诗学虽言之滔滔，而所以惴惴焉如临如履者亦在此。

溧阳彭玉平

癸巳三月十日于倦月楼

前言

一、《骚坛精选录》与陈廷焯失传之《诗话》

在近代词学史上，陈廷焯的词学[①]带有新旧交替的特征。他致力于编辑选本、撰写词话，传承了"旧"的批评方式；但同时注重理论体系的建构，体现了新的著述理念。他改变了以往词话往往思想涣散、缺乏理论核心的情况，以"沉郁顿挫"为理论纲领，在诠释其内涵的基础上，评论历代词人词作，形成了一个以横向理论贯穿纵向历史的理论格局，透示出比较明显的近代气息。

与清代学者多兼治诗学与词学一样，陈廷焯的词学也与诗学有着非常密切的关系。据笔者考索，陈廷焯编辑成的诗选至少有《希声集》和《骚坛精选录》两种，拟编的有《唐诗选》等。《希声集》曾见载于方志中[②]，但其稿本或刻本至今未被发现。《骚坛精选录》则从未在文献中提起。1989 年 11 月，我在唐圭璋、吴调公二先生的介绍下，专程造访了陈廷焯子媳张萃英女史，意外获见诗选《骚坛精选录》。我曾将选本

---

① 关于陈廷焯词学的基本情况，请参阅拙文《陈廷焯词学综论》，《中华文史论丛》第 71 辑，上海古籍出版社 2003 年 4 月版，第 119～144 页。

② 清光绪十六年(1890)《丹徒县志摭馀·儒林文苑》和民国十九年(1930)《续丹徒县志·文苑》都称陈廷焯编选有《希声诗集》八卷。但陈廷焯在《白雨斋词话》卷十中则称编有"《希声集》六卷"。

的情况和有关评语抄了数十页纸，部分内容写进了我的硕士学位论文《陈廷焯词学研究》中。但《骚坛精选录》上陈廷焯的批语繁多，当时我尚没有全文摄录的条件，所以只是抄录了其中很少的一部分。2006年末，应南京大学张宏生教授之约，我将当年抄录的评语整合为《陈廷焯〈骚坛精选录〉初探》一文，刊发于《文学评论丛刊》2007年第2期。此文曾引起台湾"中研院"林玫仪先生的关注，在2009年南京大学主持召开的"两岸三地清词学术研讨会"上，林先生也曾向我问询《骚坛精选录》一书的情况。2009年上海古籍出版社约请我"导读"《白雨斋词话》一书，此书出版后，因为导读的第五部分乃专论"陈廷焯词学与诗学之关系"，其中颇多论及《骚坛精选录》的内容，这引起了《骚坛精选录》稿本的持有者、陈廷焯嫡孙陈昌先生的注意。陈先生遂驰书于我，希望我能将《骚坛精选录》一书校点出版，以光耀陈廷焯的诗学。2010年春节，陈昌先生携稿本南下广州，我遂在初见《骚坛精选录》二十多年后，再度获睹此书，并承蒙陈先生慨允摄录全书。因为稿本已不全，我当时即对陈先生说，全书校点出版可能有难度，我可以将其中的批语摘录出来，再汇录陈廷焯其他选本如《云韶集》、《词则》和著作如《词坛丛话》、《白雨斋词话》中的论诗之语，新编一本《白雨斋诗话》。这一主张得到了陈昌先生的支持。我提出辑录一本《白雨斋诗话》的想法并非完全是因着自己的兴趣，而是陈廷焯似乎确实撰写过一部"诗话"。《云韶集》卷二四评郑燮《贺新郎》(诗法谁为准、经世文章要)说：

> 板桥平日论诗以沉着痛快为最，而以温厚和平者笑其一枝一节为之，不免有小家气，此说近偏，余《诗话》中论之详矣。

《云韶集》编选于1874年，则陈廷焯的这部《诗话》应该在此之前即已完成。但除了在此处述及此《诗话》外，似乎未见其他地方有提及或称引其中内容。现在这部《诗话》已失传，此诗话曾被冠以何名？主要内容如何？现在都难一窥究竟了。陈廷焯弟子包荣翰说陈廷焯"著作林立”，王耕心也说陈廷焯去世后“遗书委积，多未彻编”。看来陈廷焯著作散失的不仅有未彻编者，也有已成书者。但这部《骚坛精选录》中的大量批语应可视为是其《诗话》的基础，将其批语录出，合诸其他论诗之语以成《白雨斋诗话》一书，应该可以多少弥补陈廷焯原著《诗话》失传的遗憾。新编《白雨斋诗话》以《骚坛精选录》中的批语为“上编”，以出于《云韶集》、《词坛丛话》、《词则》、《白雨斋词话》之诗论为“下编”。鉴于《骚坛精选录》中的批语在本书中的主体意义，前言所论即以此为基石。希望此书能对关注近代诗学特别是陈廷焯诗学者有所助益。

二、南北朝与盛唐诗史断片

《骚坛精选录》原选情况已难精确描述，我经眼的止有三册，无序跋，残损处颇多，合六朝与盛唐诗选和评论。书心写“陈廷焯一字亦峰丹徒耀先陈世焜评选”。第一册为南北朝诗选，自卷七至卷十一，卷七选宋、齐诗，宋末附歌谣；卷八选齐、梁诗，齐末附歌谣；卷九选梁诗，卷十选梁、陈、北魏、北齐诗，其中梁、北魏、北齐末附歌谣；卷十一选北周、隋诗，隋诗未完。第二册为盛唐诗选，自卷十七至卷二十一，卷十七选王维与孟浩然两家诗，卷十八选储光羲至李白诗，卷十九、二十专选李白诗，卷二十一选李白、杜甫诗。第三册亦为盛唐诗选，自卷二十二至二十七，为杜甫诗专辑，其中卷二十五首页缺，卷二十六末数页缺。以上三册，计存十六卷。残本的具体选录情况是：南朝宋诗 63 首，录鲍照最多，共 39 首。齐诗 39 首，录谢朓最多，27 首。梁诗 151 首，江淹、沈约、何逊三家选录较多，分别为 23 首、21 首、20 首。陈诗及北朝诗选录较少，分别是：陈诗 24 首、北魏诗 14 首、北齐诗 14 首、北周诗 32 首。陈廷焯以庾信归北周，录其诗 27 首，故而北周诗在数量上胜于北魏、北齐。隋诗录 38 首，其中杨素诗最多，占 13 首。而残本现存的盛唐诗已达 669 首，又以李、杜两家为最，杜诗 331 首，太白诗 213 首，其次是王维，共 60 首。从残本留存的这些情况来看，原选很可能是通代诗选，非止二十七卷，册数也当在五册以上。因为现存陈廷焯编选的词选本都是通代选本，而且篇幅巨大，如《云韶集》凡二十六卷，录词 3434 首；《词则》凡二十四卷，录词 2360 首。《骚坛精选录》仅选至杜甫即已达二十七卷，其规模当可想见。

现存《骚坛精选录》残本虽无序跋，使我们无法从陈廷焯或与此相关人员的具体文字来直接考察其编选时间、编选目的和编选标准。但从其现存的诗歌选目及其丰富的评论文字，也可窥见其诗学观之一斑。特别是他的一些断代（如齐、隋）诗歌的总评以及对一些重要诗人如谢朓、李白、杜甫等的长篇评论，不仅大致梳理出诗歌发展的历史片段，而且也表现出相当自觉的理论追求。

陈廷焯的诗史观，从现存《骚坛精选录》残本来看，主要体现在对南朝、隋和唐（盛唐）的评论方面。对于南朝诗风，他的总体评价是逊于汉魏两晋，南朝的各个朝代之间，梁、陈又逊于宋、齐。这一观点尽管在严羽《沧浪诗话》和胡应麟《诗薮》中已有提出，但在具体诗史描述中，我们依然可以看出陈廷焯批评视角之特殊和识力之准确。

在宋代诗人中，他颇推许谢灵运、鲍照、颜延之三人，而齐代则对谢朓独致青睐。他在齐诗的总评中说：

> 诗至六朝，世风日薄，萧梁之代，又不若宋、齐。宋所赖者，康乐、明远二公，能令诗风独振，其外更有一颜延之，几欲与谢、鲍并驱，故诗风薄如六朝，而宋则犹能进退于汉魏两晋之间，以其有三人故也。至于齐，则兴起者寥无人焉，几叹天意有所偏也。忽尔元晖一出，文质俱备，陵轹千秋，遂使诸家尽掩，其微妙处能达康乐之所不能达，能穷明远所不能穷。呜呼！齐所以与宋争锋者，赖有元晖一人而已。（卷七）

对于梁、陈的诗，他认为是愈趋愈下。他对梁武帝的《东飞伯劳歌》尚且有“清词丽句”的好评，而对简文帝时代的诗风，则只有诟责了。他说:“诗风至简文帝,君臣上下惟以艳情为娱,失温柔敦厚之旨,远不及武帝。”这与他在评论阴铿诗歌时提出的“诗教之衰,始于梁、陈”的说法也可以对勘。在对南朝四个朝代诗歌的评论中,陈廷焯评价最低的是陈代。他在陈诗总评中说:“梁、陈之代,风格日卑,陈之视梁,抑又降焉。盖梁诗虽卑弱,犹尚风格,合通篇观之,亦间有高古处。陈诗如阴、徐、江、张之辈,专工琢句,不尚体格,可叹人也。”(卷七)他选陈诗也特严,除阴铿、徐陵作品入选略多,馀如周弘正、江总、张正见、何胥、韦鼎、陈昭、沈婺华等,均只有寥寥数首,可见其去取之严格。

北朝诗歌显然在陈廷焯梳理的诗歌史上并不具有重要的地位。他选北魏诗仅选刘昶、常景、温子升、胡叟、胡太后、冯太后、谢氏尼、陈留长公主八人,北齐诗选邢邵、祖珽、高昂、郑公超、颜之推、冯淑妃、崔娘、斛律金八人,每人入选作品都只两三首。北周则主要选庾信、王褒两家,且吝于下语品评。

隋代在中国历史上具有过渡意义,其诗也在南北朝与唐代的转换中起着桥梁的作用。在隋代以前,古体诗渐趋式微;隋代以后,近体诗积成规模,并最终衍变为唐一代之文学的主要体式。隋代介乎其中,故古、近体交汇于此。陈廷焯的隋诗总评就是从这种文体的离合着眼的,他说:“诗至于隋,风气一大转移之机也。盖自此以往,古音愈杳,律体竞作,流于薄弱之渐也。”(卷十一)把隋代作为从“古音”到“律体”的“风气一大转移之机”,从诗史上说,确实是符合实际的。陈廷焯对于隋代诗人,选了隋炀帝、杨素、卢思道、薛道衡、孙万寿等十五人。作品则大多兼有“古音”与“律体”的嬗变之迹。

从现存选本的规模来看,唐诗大约是陈廷焯的选录重点。据《白雨斋词话》记载,他还一度拟编《唐诗选》,并已粗具纲目。《骚坛精选录》已佚之卷十二至卷十六,当为初唐诗的专册(也可能有少量盛唐诗),现存卷十七至卷二十七两册共十一卷即为盛唐诗的专选,且尚无结束的迹象。按照现存此选南北朝及隋代部分的体例,陈廷焯在唐诗的开篇,应该有一段总评。惜“初唐”一册已佚,我们无法看到这些文字。不过从他对盛唐诗人的品评,我们也可以大致理出在陈廷焯心目中的唐诗史片断。

陈廷焯对于初唐陈子昂的倡导复古,予以高度评价,他在隋诗总评中即认为陈子昂的复古,对于纠正南北朝特别是隋以来的"薄弱"诗风,具有极其强烈的针锋意义。特别是五言古体,"发源于西京,流衍于魏晋,颓靡于梁陈,至唐显庆、龙朔间,不振极矣。陈伯玉力扫俳优,直追曩哲。读《感遇》等章,何啻在黄初间也"(沈德潜《唐诗别裁集·凡例》,卷二十一)。对其五言古诗中内蕴的建安风骨,表示了赞赏,这实际上为后来杜甫的集大成奠定了重要的基础。对于盛唐诗歌,陈廷焯的评论可以大致分为以王维孟浩然为代表的山水诗派、李白、杜甫三个方面。第二册卷十七、十八为山水诗专选,这两卷集中选录品评了王维、孟浩然、储光羲、邱为、裴迪、万楚、梁献、薛奇童、李嶷、张巡及李白的部分作品,而以山水诗为主要选录对象。

陈廷焯对盛唐山水诗的品评侧重在诗人心境的淡泊、诗中情景的真实和境界的高远、与陶渊明诗歌的渊源关系三个方面。他评王维《答裴迪》云:"四语之中,绘出一片苍茫景象。胸中有山水,笔下走云烟。"又引于庆元《唐诗三百首续选·姓氏小传》评孟浩然诗"清闲浅淡中,自有泉流石上,风来松下之音"。评孟浩然《南阳北阻雪》云:"读此一章,而知此老胸中早有遗世之意。"陈廷焯的这些评论虽然所评的诗人和作品不同,但都注意作者个人心境造化的"清闲浅淡"。他评王维的"胸中有山水,笔下走云烟"二语,堪为他这方面立论的基础。

山水诗以山水为题材的基本特色,也在相应的创作中表现出来。陈廷焯要求能在真实的山水中表现出深远的境界和意趣。他评王维《奉和圣制从蓬莱向兴庆阁道中留春雨中春望之作应制》云:"五六语的是一幅名画。"并在"云里帝城双凤阙"一句后批注"仰看"二字,在"雨中春树万人家"一句后批注:"俯看。摩诘诗中有画,信不诬也。"评孟浩然《宿扬子津寄润州长山刘隐士》云:"三四语一片微茫境界。"评邱为《登润州城》云:"通首如画,句句是登临境界。"(卷十七)这些评论注意真情与画境，尤其注重境界的“微茫”超远，体现了陈廷焯对山水诗在诗画交融方面的特别关注。

山水诗在中国虽然历史悠久，但只有到了东晋时期的陶渊明，才在诗歌创作中将山水意蕴与人文情怀充分结合起来，这当然与魏晋时期玄学的昌盛及随之而来的“发现自然”有关。自此以后，陶渊明的山水田园诗便成为一种基本的创作范式，而为后来的诗人所规摹效仿。陈廷焯对盛唐山水诗的评论，非常注重其与陶渊明山水田园诗的对比勘察，即可视为是这一历史观念积淀的表现。他评王维的《鹿柴》与陶渊明“采菊东篱下，悠然见南山”诗句“同一化境”。评储光羲《田家杂兴五首》之五云：“储老田家诸诗，清灵中自沉厚，源本陶诗，而得其真至，永宜独有千古。”等等。都大致遵循这一批评理路，追溯它们在境界、风格、情感等方面的渊源关系。而且陈廷焯还在同一继承陶渊明这一创作现象下，注意分辨其不同的风格内蕴。如卷十七引于庆元《唐诗三百首续选·姓氏小传》辨别王维、孟浩然诗的同中之异云：“右丞学陶而得其清腴，山人学陶得其闲远，同得渊明之妙。”这实际上把盛唐山水田园诗派的两条创作支流勾勒了出来，其理论意义值得重视。

在唐代诗歌史上，李白和杜甫一向被视为双子星座，辉映今古。陈廷焯选盛唐诗，李白、杜甫之作入选特多，就体现了他对历史的认同，亦严羽《沧浪诗话》所谓“论诗以李、杜为准，挟天子以令诸侯也”。不过在具体作品的选录和品评上，陈廷焯表现出来的识力也是相当可圈可点的。他首先认为在忠君爱国这一点上，李白与杜甫本心无异，只是具体的表现方式不同。卷十八引于庆元《唐诗三百首续选·姓氏小传》评李白云：“子美每饭不忘君国，太白亦然。特天性不羁，故放浪于诗酒间，其忧时伤乱之心，实与少陵无异也。”其次，李白与杜甫在诗歌体裁上各擅其长，各臻高峰。李白的五律自成一家，五绝可以和王维媲美，七绝不遑多让王昌龄，而且从总体来说，“太白诗豪情逸兴，独步古今，前此惟子建、渊明足以抗衡，同时惟一杜少陵，自此而后，绝无人矣”（卷十八）。卷二十一杜甫总评也是从唐诗发展的角度来审视杜诗的体裁特征。陈廷焯引《唐诗别裁集·凡例》云：“五言古体，发源于西京，流衍于魏晋，颓靡于梁陈，至唐显庆、龙朔间，不振极矣。陈伯玉力扫俳优，直追曩哲。读《感遇》等章，何啻在黄初间也。张曲江、李供奉继起，风裁各异，原本阮公。唐诗中能复古者，三家为最。少陵一出，法乎古而变乎古，《三百篇》不得专美于前，遂使诸家一齐抹倒。”而杜甫的七言古诗也被陈廷焯誉为“千古一人”，他檃栝《唐诗别裁集·凡例》说：“初唐七古风调可歌，气格未工。至王、李、高、岑四家，驰骋有余，安详合度，为一体。李供奉鞭挞海岳，驱走风霆，自是仙才，非人力可及，为一体。韩文公拔出于贞元、元和间，踔厉风发，为一体。白香山长篇钜制，浓淡相兼，别具古朴神味，为一体。温、李为一体，又体之卑者矣。少陵出而沉雄激壮，奔放险幻，如万宝集陈，千军竞逐，天地浑奥之气至此尽泄，终唐之世，无出其右者。”（卷二十一）在梳理唐代七古发展历程的基础上，突出杜甫的杰出地位。按照这一批评理路，陈廷焯还从唐诗学术史的角度对唐代五言长律、五绝、七绝等的历史发展，作了粗线条的勾勒，而大致以李白和杜甫为集其大成、迥拔诸家的代表人物。也许陈廷焯整理勾勒的唐诗学术史不免流于简单，而且对李、杜二人的评价时或过高，但他立足于诗体演变的轨迹，注意“风骨”在唐诗中的起落变化，并以此作为评判的标准，在比较鉴别中分辨不同时期、不同诗人之间的特色，体现了他独有的认知方式和认知标准，值得唐诗研究界重视。

三、诗歌历史中的“大将”与“名将”

在陈廷焯的观念世界里，每一时期的诗歌历史，都与一二杰出人物的特殊贡献有关，这些杰出诗人的作品不仅使诗人本身屹立于诗歌历史的殿堂，而且由此形成为某一时代诗歌的特殊景致。所以陈廷焯在广泛选录历朝诗歌的基础上，十分注重突出这些杰出诗人的作品，并通过点评反映出自己的文学和美学定位。

就全部诗史而言，他说："骚坛大将，余独举四人：陈思、彭泽、太白、少陵……余所以独以四人为大将者，以四人之圣于诗也，而少陵尤为圣中之圣。"（卷七）这四位诗人是诗史上的四座高峰，而杜甫则以其兼备众体而被誉为巅峰。《骚坛精选录》第一至第六卷已佚，南朝以前诗歌的入选情况难得其详，所以曹植和陶渊明的入选总数和具体入选篇目，我们无法得窥原貌。但选本中四位大将中的李白和杜甫二人幸存，李白诗跨越卷十八至卷二十一，其中卷十九与卷二十为李白诗的专选。杜甫诗跨越卷二十一至二十七凡七卷之多，除了卷二十一是李白与杜甫诗的合选外，其他六卷更是杜甫诗的专选。依此之例，曹植和陶渊明诗的入选总数也必然相当可观。则此选本虽为存通代诗歌的历史，实则是一部大力标举陈廷焯诗学观念的"著作"，藉以构成其选本形态的诗学体系。

骚坛四位大将之外，陈廷焯还在不同的朝代标举出与"四将"相羽翼的人物。宋代则以谢灵运、鲍照为主，以颜延之为辅；齐代则独标谢朓一人，称之为"大家"、"名将"，以此形成与宋代诗坛实力差堪媲美的局面。梁、陈和整个北朝则没有特别标举的人物。对初唐的陈子昂，陈廷焯则从复古之功的角度，称其为"骚坛第一坐"。盛唐的王维也颇入陈廷焯法眼，称他的诗"当目之为华岳"。这虽是另一系统的"授衔"，但王维的诗在陈廷焯心中的地位是可以想见的。孟浩然的诗则被定位在"亚于摩诘"（卷十七）的层面。储光羲的诗被认为"直与摩诘分道扬镳，各有千古"（卷十八），似乎还稍稍在孟浩然之上。按照陈廷焯的批评理路，各个朝代堪为"四将"羽翼的，应该还会有一些，但现存选本的情况也就大致这些了。

现存《骚坛精选录》开篇选录品评的诗人是鲍照。陈廷焯大体以杜甫"俊逸鲍参军"一语为基本品评思路，他在鲍照《玩月　城西门廨中》的评点中说："杜少陵所云'俊逸鲍参军'应指此种。明远诗奔放处有驱走风霆之势，其清丽处则风流蕴藉，潇洒绝尘，而一种刚劲之气依然不减。”他认为鲍照的拟古诗“得陈思、太冲遗意”,《拟行路难》诗“开前人所未有”,并以“清而幽”的风格而成为唐人之先声,所以在南朝堪称别有一种姿态。“姿态”是陈廷焯评论鲍照诗歌常用的一个概念,很可能来自于许学夷《诗源辨体》所称“鲍明远步骤轶荡”(卷七)之意。他评《代东门行》诗说:“既超俊复委婉,有气有度,姿态亦不乏,真绝技也。”评《代淮南王》诗中“怨君恨君恃君爱”一句为“绝有姿态”。等等。这种“姿态”又是主要通过笔法而体现出来的,有的表现在起笔上,如他评《拟行路难》(泻水置平地)“起得奇拔”,评《登黄鹤矶》“起笔绝佳”等;有的表现在结句上,如他引何义门的话评《代放歌行》“结得婉,有味外味”(卷七)等等。这种笔法的起与结,不仅使作品顿挫有致,而且别具韵味。

齐代的谢朓在陈廷焯的诗学体系中具有相当特殊的地位,他自称在十四岁时读到谢朓诗句“大江流日夜,客心悲未央”而“为之拍案惊绝,十馀日不敢起视焉”(卷七)。陈廷焯在齐诗总评中称誉谢朓的诗“文质俱备,陵轹千秋”,以一人之力而得与宋代谢灵运、鲍照、颜延之三人抗衡,且“能达康乐之所不能达,能穷明远之所不能穷”。李白曾有“一生低首谢宣城”之句,陈廷焯尊太白而上溯谢朓,正有其自然之理。在陈廷焯看来,如果说鲍照是以其特有的“姿态”而崛起一时的话,谢朓则是以其兼擅多能而迥出时人,他在谢朓诗歌总评中说:“元晖诗,雅淡处如陶公;沉着处似康乐,而清俊过之;滔莽处似汉乐府;描写处实开唐人先声。”这种对雅淡、沉着、清俊、滔莽诸多风格的涵摄,使谢朓的诗显示出特有的广博气象,而且正是这种广博而成为唐人师法的对象[①]。陈廷焯评其《江上曲》云:“用意深婉而出以清浅之笔,最是元晖神妙处。后来王、孟二公有此风派。”又评《入朝曲》云:“通首纯用排偶,开五、七言近体先声,妙在极其浅近,风骨自在唐

① 宋代严羽就曾说:“谢朓之诗,已有全篇似唐人者,当观其集方知之。”郭绍虞《沧浪诗话校释》,人民文学出版社 1983 年版,第 158 页。

人以上。"(卷七)即着眼于这一点。大概在陈廷焯"授衔"之初,可能考虑过将谢朓纳入"大将"的范围,但最终还是列为"名将",他带有解释意味地说:"骚坛大将,余独举四人:陈思、彭泽、太白、少陵,而元晖不与焉。……特以六朝绮靡之时,而元晖独能振起,所以可贵。其不目为骚坛大将者,以元晖之长,四人无不概之也,余故列元晖为名将。"(卷七)平心而论,谢朓与四位"大将"相比,确实有一定的距离,位列"名将"也堪称名副其实。看来陈廷焯的"授衔"并非是闲作游戏之论,而是以浅语来表深思的。

骚坛四员"大将",曹植、陶渊明生当魏晋,李白、杜甫躬逢盛唐,其间数百年诗坛,虽也有谢灵运、鲍照、颜延之、谢朓等诗人构成一线流脉,但未能聚成峰峦。王维、孟浩然、储光羲初有波澜,但也只是为"大将"的出现蓄势而已。其中王维的诗既被视为"唐代之正宗"、诗坛之"华岳",自然可以说是陈廷焯青眼视域中的重要人物。陈廷焯在评论其《叹白发》诗中说:"右丞诗或壮丽,或清远,或冲淡,或雄浑,各体兼善。视高、岑则过之,视储、孟则兼之,别乎李、杜,独自成一大家,宜为唐代之正宗也。"以往的学者论王维的诗,大多集中在其清远、冲淡的风格方面,陈廷焯则同时关注到其壮丽、雄浑的特点,可见其诗学眼光之独特。他评王维的《送刘司真赴安西》诗说:"英武之气浮于纸上,少陵外罕有其匹。右丞五律,有自然,有雄浑,此雄浑者。"评《观猎》起四语"魄力雄大"等等,都是这一理念的反映。在文体和师承方面,陈廷焯认为王维"尤妙在有似众家处,有不似众家处"(卷十七),注意揭出其风格的复杂性,理解的层面显然更为深沉。

孟浩然虽然与王维并师陶渊明,其山水诗也与王维齐享盛名,但其实不如。陈廷焯明确把他放在"亚于摩诘"的地位,究其原因,大概与孟浩然的诗歌风格相对偏于"清闲浅淡"有关。孟浩然的诗歌,语言不刻挚,意思也不深沉,但自有一种与物俱化的境界,让人留恋。他评孟浩然的《南阳北阻雪》诗"妙在绝不激烈"等等,就体现了这种观念。不过陈廷焯对于孟浩然的"一味妙悟"、"总留地步"(卷十七),

并不十分赞赏，所以评价要略微低一些。

唐诗的蓄势到了盛唐，终于厚积而薄发为李白、杜甫双星辉映的璀璨局面。陈廷焯在李白诗的总评中说："少陵诗包罗万象，太白诗驱走风雷，一以大胜，一以高胜，千古诗坛，无出二公之右者。"又引王渔洋语云："七言诗歌，子美似《史记》，太白似《庄子》。"以"大"喻杜诗，以"高"喻李诗，实在是一种精妙的形容。李白诗歌之"高"之"似《庄子》"，主要源于其天纵之才情，有非人力可及处。陈廷焯引于庆元《唐诗三百首续选·姓氏小传》认为李白诗中"兴酣落笔摇五岳，诗成啸傲凌沧州"二语，堪作其自我写照。又引沈德潜语云："太白七言古想落天外，局自变生；大江无风，波浪自涌；白云从空，随风变灭。此殆天授，非人可及。"洵为知言。陈廷焯认为读李白的诗要能在雄快之中得其深远宕逸之神，方是"谪仙人面目"，可见他对李白诗歌的认知路径。值得注意的是，陈廷焯还致力于抉发李白诗中的教化意蕴。他引萧士赟之语认为"世人作诗评，乃谓太白诗全无关于人伦风教，是亦未之思也"（卷十八）。又引《唐宋诗醇》评《夷则格上白鸠拂舞辞》诗云："诗妙比兴，苟无关风义，不可作也。盖自李林甫为相，而聚敛之臣进，严酷之吏多，此诗所以刺也。"这种批评思路在诸多关于李白诗歌的评论中显得相当醒目。不过陈廷焯同时也认为，关注李白诗歌中的教化意蕴，并不意味着批评路径的单一，限此一路，必然会泥煞不少作品的本旨。他评《白头吟》诗引沈德潜语云："太白诗固多寄托，然必欲扭合时事，谓此指废皇后事，殊支离也。"（卷十九）其立论之圆通可见一斑。

杜甫是陈廷焯最为膜拜的人物，而且这种膜拜从少年时期即已形成[①]。《骚坛精选录》中选录杜诗近七卷，超过李白一倍以上，即可见其鲜明的倾向性。在陈廷焯列的所谓"大将"、"名将"、"大家"、"正

---

① 王耕心《白雨斋词话序》云："吾友陈君亦峰，少为诗歌，一以少陵杜氏为宗，杜以外不屑道也。"

宗”、“华岳”等一系列诗人名位中，杜甫就像是一轮被众星围拱的明月，独享着至尊的地位。

陈廷焯论杜甫诗是结合论杜甫的为人而进行的，他引苏轼语云：“若夫发乎性，止乎忠孝，岂可同日而语哉！古今诗人众矣，而子美独为首者，岂非以其流落饥寒，终身不用，而一饭未尝忘君也欤!”苏轼的这一段话，曾为潘彦辅所转录，陈廷焯并加引录，可见其认同之深。他在引潘彦辅语后说：“‘发乎性，止乎忠孝’七字，评杜实至精矣。”又在杜诗总评中说：“少陵诗本性情，厚伦纪，达‘六义’，绍《三百》，足表洙泗无邪之旨。”将杜甫源于天性的忠孝作为其诗歌创作最为深沉的思想内核，确实是颇具识力的。他评杜甫《前出塞九首》之三“磨刀呜咽水”一首“全从性真中流出，一副血性语”（卷二十一），又评《哀江头》诗“俯仰悲伤，纯是忠爱之情”（卷二十三），等等，就非常注重揭出杜诗中的血性和忠爱之情。

杜甫的诗歌素被誉为“集大成”，唐代元稹所撰杜甫墓志即称其“尽得古今之体势，而兼人人之所独专”，杜甫的“学博才大”、超越众家其实是建立在博师众长的基础上的，元稹在墓志里提到的颜延之、谢灵运、徐陵、庾信等，就是杜甫曾用心学习过的诗人。但杜甫的可贵在于能入能出，故能聚沙成塔，凌拔众上，由凡入“圣”，啸傲千古。

具体而微，杜甫的集大成主要表现在文体的兼备上。陈廷焯在杜诗总评中分别从五古、七古、七律、五律、七绝、五绝、五七言排律以及拗体等多种体裁的角度，在梳理各体历史的基础上，博引诸家评论，加以裁断，以凸现杜甫的无可替代的地位。如关于杜甫的七律，陈廷焯转引沈德潜的话说：“杜七言律有不可及者四：学之博也，才之大也，气之盛也，格之变也。”从才、学、气、格四个方面分析了杜甫在文体创造上的深厚内功。其中“格之变”一项，尤其值得重视。杜甫律诗的变格主要体现在“拗体”的创造上，陈廷焯说：“少陵七律生拗一体，在少陵偶一为之，风骨自高，姿态更觉横逸。”这是所谓才人伎俩，无施不可。但“他人欲依样描摹，鲜不失之生硬矣”（卷二十一）。宋人学少陵拗体的颇有其人,如黄庭坚虽尊杜甫为“一祖”,但其创作偏于技法一路,又缺乏少陵深沉雄健的情感和艺术底蕴,难免误入歧途。

杜诗笔法的千汇万状,也是其集大成的一个重要表现。陈廷焯说:“杜诗之妙,全在胸有造化,绝不依傍古人,所以为至。”先法古而后变古,始能纵横挥霍,翻新出奇。他引沈德潜之语论杜甫五言长篇云:“少陵五言长篇,意本连属,而学问博,力量大,转接无痕,端倪莫测,一似不连属者。”揭示了杜甫五言长篇似断若连的流转之势。实际上,在整个杜诗评论中,陈廷焯用得最多的“顿挫”一语,即堪作杜诗笔法的中心用语。如他评《画鹘行》“笔力起伏顿挫”(卷二十二),评《观公孙大娘弟子舞剑器行》通篇“淋漓顿挫之极”(卷二十五),等等,都体现了他对杜诗笔法的特别关注。

在历史的观念上,陈廷焯显然认同杰出人物的特殊贡献。他认为:“万事万理,有盛必有衰。而于极衰之时,又必有一二人焉扶持之,使不灭。”(《词话》卷五)所以在诗歌历史上,他以曹植、陶渊明、李白、杜甫四人为“骚坛大将”,以此领袖诗史,把他们放在整个诗史的发展中来认定其跨越时代的作用和意义。同时又标列一些在总体上略逊于四位通代“大将”,但在不同的历史时期曾发挥影响、具有承传诗史之功的断代“名将”,以此构成诗史发展的核心框架。这在以往的诗史研究中,不仅是首创的,而且是用心独到、自成统系的。

四、诗学渊源与诗学体系

在晚清学术界,陈廷焯的诗学具有相当特异的个性。他对古代诗歌沉潜往复、从容含玩经年,从中提炼诗学理念,并通过选本和品评来进行具体的批评实践,形成了自己的诗学体系。但他的诗学理论也是渊源有自,他博观而腾踊于诸家,取精而裁断于一己,其中浸润着前代和当时许多学者的学术智慧。

在《骚坛精选录》中,被选录作品最多评价最高的诗人是杜甫。

陈廷焯对于杜甫诗歌的别具青眼，有着很深的历史积淀。他在杜诗前的眉语中引赵次公语说：“杜公之诗，人之推服至极者，如秦少游以为孔子大成，郑尚明以为周公制作，黄鲁直以为诗中之史，罗景纶以为诗中之经，杨诚斋以为诗中之圣，王元美以为诗中之神，亦蔑以加矣。”（卷二十一）在杜诗总评中，他又次第援引严羽“集大成”之誉，苏轼“发乎性，止乎忠孝”之论，以及潘彦辅、王安石、黄庭坚、元好问、陆象山、沈德潜等人的评语，间加辨证，以明其渊源。陈廷焯在《骚坛精选录》中把杜甫誉为“圣中之圣”、“永为骚坛首座”（卷七），即明显继承了杜诗学术史上对杜甫诗歌的价值定位。在这些前人的评论中，陈廷焯引用频率最高的批评家是沈德潜[①]。他对杜甫人品、思想的基本观点有很多就是直接来自于沈德潜。沈德潜以“温柔敦厚”诗教为核心的格调说，我们从《骚坛精选录》的选目和具体品评中，都很容易寻到这一学说的烙印。

关于骚坛四位“大将”的说法，其实也是陈廷焯在前人观点的基础上概括而成的。陈廷焯在杜诗总评中曾引录潘彦辅语云：“子建诗如文、武，文质适中；陶公诗如夷、惠，独开风教；太白诗如伊、吕，气举一世；子美诗如周、孔，统括千秋。”（卷二十一）潘彦辅用先秦历史人物来比拟对应曹植、陶渊明、李白、杜甫四位诗人，也许是他中心有得之论，但泛泛地比拟毕竟缺乏明确的内涵。陈廷焯没有对这一比拟作评价，但他继承了将这四位诗人并举的传统，标为诗坛“大将”，在诗人的选择上无疑是受到了潘彦辅的影响。

除了上列沈德潜和潘彦辅等对其诗学主旨和主流产生直接影响的批评家外，陈廷焯在作品评论中还曾广泛引用司空图、范温、刘辰

---

① 陈廷焯在《词坛丛话》中即坦陈自己早期编辑的词选《云韶集》兼收“方外缁流，闺中淑质”的作品，就是“遵沈氏诗选之例”。本文所引《词坛丛话》，均转引自屈兴国《白雨斋词话足本校注》（下）附录二“词坛丛话”，齐鲁书社 1983 年版，第 814～846 页。

翁、谢枋得、萧士赟、钟惺、王渔洋、冯班、何义门、孙月峰、范梈、方伯海、邵子湘、吕居仁、吴昌祺、陈宏谋、陆梅垞、徐文弼等人的观点，以作为一种辅助的证据。其间的理论传承同样值得我们关注。

按照陈廷焯的著述习惯，他早年在编选《云韶集》，即同步撰写有《词坛丛话》；晚年编选《词则》，又同步撰写《白雨斋词话》。则他在编选《骚坛精选录》的同时，应该即开始撰写"诗坛丛话"或"白雨斋诗话"，两书完成的时间应该相近；或者说，将散布在各卷的断代诗歌总评、重要诗人总评和对具体作品的品评汇集起来，也宛然形成了一部自具体系的诗话著作。如果我们再将陈廷焯的诗学理论与其词学理论对加勘察的话，我们更可以从总体上把握陈廷焯文学思想的本质特征。

只是残存的诗选，留给我们的是残存的"诗话"。四位"大将"仅存其二，"名将"的损失就更多，完整而详备的体系已不复存在，我们只能求其大概而已。从现存的诗选与"诗话"来看，陈廷焯在以曹植、陶渊明、李白、杜甫四人纵贯诗歌的整个历史，以谢灵运、鲍照、颜延之、谢朓、阴铿、陈子昂、王维、孟浩然、储光羲等横串各个时代，构建出兼具历时性和共时性的诗史框架和体系，此外的诗学思想大概可以从他悬格以求汉魏风骨、沉郁而富于教化、顿挫而饶有姿态三个方面来探究。

陈廷焯对汉魏风骨的强调，应该与他对杜甫诗歌的极力推崇有关，因为杜甫的诗素来即被认为是"宪章汉魏，而取材于六朝"①的。杜甫也曾说自己"颇学阴铿苦用心"，称赞鲍照的诗歌"俊逸"等，对汉魏六朝的诗歌颇多斟酌取舍。陈廷焯把风骨作为一种重要的审美标准，显然有本于杜甫而沿波讨源的用意在焉。四位"大将"中的首将

---

① 郭绍虞《沧浪诗话校释》，人民文学出版社 1983 年版，第 171 页。

曹植即历来被视为建安风骨的典范[①]，其他三位亦都风骨岸然，陶渊明的诗在《骚坛精选录》中已佚，但陈廷焯在评论谢朓时，认为谢朓的“风骨在陈思、彭泽下”（卷七），则他对陶诗风骨的推崇固不待详言。李白虽学谢朓，但“气魄骨力亦过之”（卷七），他在李白诗歌总评中引沈德潜评李白诗歌“风格俊上”之语，都是对李白诗歌饶有风骨的一种肯定。陈廷焯对杜诗风骨的分析更是三复致意，时时流淌在品评的文字中间。他在杜诗总评中先后引陆象山评杜甫“追蹑风雅，才力宏厚伟然，足镇浮靡”，沈德潜评杜甫七古“沉雄激壮，奔放险幻”等语，都意在描摹其风骨内涵。他评杜甫《遣兴五首》：“五诗风格遒劲，建安之正声也。”（卷二十二）评《日暮》：“‘风月’十字，语极悲凉，意极沉痛，一诗之骨；五六凄清，冷气刺骨。”等等，都持“风骨”为基本的品评标准。凡此都已逸出沈德潜“格调说”的范围了。

被陈廷焯列为断代“名将”的诗人，其“风骨”虽稍逊于四位“大将”，但也有焕然可表之处。如他评鲍照诗具“清刚之气”，评南朝宋代因得谢灵运、鲍照、颜延之三人而使诗风总体比较薄弱的宋代“犹能进退于汉魏两晋之间”，实际上是肯定了宋代诗歌对汉魏风骨的继承。他比较谢灵运与谢朓诗风“一则风骨高，一则神气清”，评谢朓《入朝曲》“风骨自在唐人以上”（卷七）。而梁、陈的诗歌之所以不如宋齐，其根源正在于“风格日卑”（卷十）。初唐陈子昂因为提出恢复汉魏风骨和兴寄而被陈廷焯誉为复古之功的“骚坛第一座”。对盛唐山水诗派的解读视角历来大都偏向于清新淡远一路，陈廷焯则注意发掘出山水诗中的风骨内涵。如他评王维《送刘司真赴安西》“英武之气浮于纸上”，评《观猎》“魄力雄大”，评《杂咏》“品高骨高”，评孟浩然的诗“风骨自远”（卷十七），等等，就体现了这一批评理念。

陈廷焯对整个诗史成就高低的评价，以是否具有风骨为其中一

---

① 钟嵘《诗品》以“风力”和“丹彩”相结合论诗，曹植的诗被评为：“骨气奇高，词采华茂，情兼雅怨，体被文质。”

个重要的衡量标准。他标举的四“大将”中，曹植与陶渊明属于魏晋，是诗歌风骨的最初锻造者。李白和杜甫是以能从“复古”中“化古”而被标举为另外两位“大将”，其所谓“古”正是指的魏晋时期以“风骨”为代表的审美风尚，所以诗史的创作高峰便因此而相对集中在魏晋和盛唐两个时期。其间南北朝和隋代初唐对“风骨”的取舍虽有不同，但总体上要低于这两个时期。所以诗歌历史的发展在魏晋达到高峰后，便渐趋而下，至梁、陈、隋代而跌至谷底。初唐陈子昂大力复古，风骨再起，至盛唐李、杜，复达高峰。陈廷焯勾勒的诗史发展线索，从总体上说，是符合历史事实的，而且颇具理论色彩。

在陈廷焯的诗学体系中，“沉郁”也是一个非常重要的批评范畴，它与另外一个范畴“顿挫”一起，共同构成了他后期撰写的《白雨斋词话》的理论核心[①]。其理论渊源遥接杜甫馀绪[②]，近则承续何义门、潘德舆之论。陈廷焯在谢朓诗歌总评中曾引潘德舆“康乐沉郁未若元晖”（卷七）之语，又引何义门以“沉郁顿挫”来总评谢朓诗风。则其批评话语中的“沉郁”一词，既与他最为推崇的杜甫诗风有关，也与当时的批评语境有关。关于“沉郁”范畴的内涵，陈廷焯在《词话》卷一中说：“所谓沉郁者，意在笔先，神余言外。写怨夫思妇之怀，寓孽子孤臣之感。凡交情之冷淡，身世之飘零，皆可于一草一木发之。”作为诗学概念的“沉郁”主要是指基于对哀怨之情的表达而形成的深厚隽永的艺术境界。实际上与儒家温柔敦厚的诗教也相仿佛，他曾在《词话》卷九中说：“温厚和平，诗教之正，亦词之根本也。”在“温厚和平”

---

① 陈廷焯《白雨斋词话》自序云：“撰《词话》十卷，本诸《风》、《骚》，正其情性，温厚以为体，沉郁以为用，引以千端，衷诸一是。”本文所引《白雨斋词话》均为屈兴国《白雨斋词话足本校注》本。以下简称《词话》。

② 杜甫在《进雕赋表》中说：“臣之述作，虽不足鼓吹六经，先鸣数子，至于沉郁顿挫，随时敏给，而扬雄、枚皋之流，庶可跂及也。”即以“沉郁顿挫”来概括自己的创作特点。

这一点上，他认为诗词的学理是同样的。在《骚坛精选录》中，他评储光羲《独游》是“仁人君子心胸，落笔便自沉厚”，评李白《古风》（孤兰生幽园）是“温柔敦厚，上追风雅”，评李白《黄葛篇》是“忠厚之意，发乎性情之作也”（卷十八），等等，都大体从忠厚一端来对“沉郁”加以阐释。至于杜甫诗的“本性情，厚伦纪”（卷二十一）就更是人所共知的事实了。在《骚坛精选录》中，陈廷焯以“沉郁”来评论杜甫诗之例触目可见，也可证明“沉郁”一词当是他由对杜甫诗歌的感悟而后推而广之的。

“顿挫”一词虽常常与“沉郁”一起构成一个相对稳定的词组：沉郁顿挫，但实则“顿挫”一词更注重的是笔法，所谓“沉郁之中运以顿挫，方是词中最上乘”（《词话》卷九），即集中体现了陈廷焯以“顿挫”笔法来表现“沉郁”意境的基本思想。“顿挫”的基本意义主要是指笔法的吞吐抑扬，在反复缠绵中表达其深沉之思[①]，就《骚坛精选录》而言，“顿挫”虽也可能与他对六朝鲍照等人诗歌“姿态”的推崇有关[②]，

---

① 此意可从他评周邦彦词中得之。《词话》卷一云：“美成词，极其感慨，无处不郁，令人不能遽窥其旨。如《兰陵王·柳》云：‘登临望故国，谁识京华倦客。’二语是一篇之主。上有‘隋堤上，曾见几番，拂水飘绵送行色’之句，暗伏‘倦客’之根，是其法密处，故下接云：‘长亭路，年去岁来，应折柔条过千尺。’久客淹留之感，和盘托出。他手至此以下便直抒愤懑矣，美成则不然，‘闲寻旧踪迹’二叠，无一语不吞吐，只就眼前景物约略点缀，更不写淹留之故，却无处非淹留之苦。直至收笔云：‘沉思前事，似梦里，泪暗滴。’遥遥挽合，妙在才欲说破，便自咽住，其味正自无穷。《六丑·蔷薇谢后作》云：‘为问家何在？’上文有‘怅客里光阴虚掷’之句，此处点醒题旨，既突兀，又绵密，妙只五字束住。下文反复缠绵，更不纠缠一笔，却满纸是羁愁抑郁，且有许多不敢说处，言中有物，吞吐尽致。”

② 陈廷焯论周邦彦词也曾揭出“顿挫”与“姿态”的关系，《词话》卷一中说：“词至美成，乃有大宗……然其妙处亦不外沉郁顿挫。顿挫则有姿态，沉郁则极深厚。既有姿态，又极深厚，词中三昧，亦尽于此矣。”同卷评辛弃疾《摸鱼儿》（更能消）一词也说：“词意殊怨，然姿态生动，极沉郁顿挫之致。”

但更主要的应该来自于他对杜甫诗歌创作特点的独特感悟。在今本《骚坛精选录》中,“沉郁”一词尚时时出没在六朝诗歌的评论当中,而“顿挫”一词则惟有在杜诗评点中出现。如他评杜甫《画鹘行》说:“刻意写生,笔力起伏顿挫,譬之书家,几于入木三分。”(卷二十二)评《曲江三章》引浦二田语云:“首句顿挫,第三句又顿挫,诗只五句,凡作三截,如歌曲之有歇头也。”(卷二十四)评《韦讽录事宅观曹将军画马图》引张溍语云:“杜诗咏物,必及诗事,故能淋漓顿挫。”评《观公孙大娘弟子舞剑器行》说:“浏漓顿挫,独出冠时。”(卷二十五)等等。这些评语大都结合篇章结构,从语言句法角度来分析其创作特色,即如魏碑书家运笔,一顿一挫,自有其独特风骨姿态,非一味求圆润流转者可比。

在陈廷焯的诗学体系中,杜甫的中轴和核心地位明晰可鉴,他的“授衔”方式、诗史框架、诗学理念都大体以杜甫及其诗歌为学术背景。他以杜甫夫子自道的“沉郁顿挫”为理论基点,上溯杜甫倾慕的汉魏风骨,近接沈德潜的格调学说,追求沉郁顿挫与风骨姿态的融合,形成了自己新的学术理念①,并通过选本与点评立体地呈现出来,值得我们高度重视。

五、陈廷焯诗学与词学之关系

陈廷焯的诗学研究目前还基本上是一个空白,至于其诗学与词学之关系更少人问津。实际上除了《骚坛精选录》外,《白雨斋词话》

---

① 陈廷焯有相当强烈的创新意识,他在《白雨斋词话》自序中直言要“独成一家言”,卷一也说:“余窃不自量,撰为此编,尽扫陈言,独标真谛。”言或有过,但其宗旨可见。

中也有相当丰富的诗学材料，加上陈廷焯相当数量的诗歌创作[①]，其诗学的源流本末还是大致可以厘清的。

诗与词是陈廷焯致力的两个重要领域，他认为诗与词实际上是同体异用的关系，本原一致，但表现各异。诗不仅是词的源头[②]，而且也是学词的基础，“诗词一理，然不工词者可以工诗，不工诗者断不能工词，故学词贵在能诗之后。若于诗未有立足处，遽欲学词，吾未见有合者”(《词话》卷九)。像王沂孙等人的诗歌虽然不能卓立千古，但“要其为词之始，必由诗以入门，断非躐等”(《词话》卷九)。陈廷焯以温厚为体、沉郁为用以论词，其批评话语虽来自于杜甫的文章，其理论内核也与他对杜甫诗歌特点的感悟有关，但其立论的本原其实还是以《诗经》、《楚辞》为原点的，他在《词话》自序中说：“……飞卿、端已首发其端，周、秦、姜、史、张、王曲竟其绪。而要皆发源于《风》、《雅》，推本于《骚》、《辩》。”这八家的词被陈廷焯誉为“沉郁”的典范，而其根源正在其对《风》、《骚》艺术精神的传承和宏扬。而《风》、《骚》的最大特点即在忠厚沉郁，《词话》卷一云：“作词之法，首贵沉郁……不根柢于《风》、《骚》，乌能沉郁？十三国变风，二十五篇楚词，忠厚之至，亦沉郁之至，词之源也。”《白雨斋词话》对词史的勾勒、对词人词作的品评，其批评标准正在于这些词人对《风》、《骚》精神是把握还是疏离。

---

① 陈廷焯著有《白雨斋诗钞》，由同里高寿昌评选，其受业甥包荣翰校订，并经陈廷焯父亲陈铁峰审定，光绪甲午(1894)年，由许正诗等将其与《白雨斋词话》和《白雨斋词存》一同刊行，今南京大学图书馆有藏。《白雨斋诗钞》不分卷，存诗78首，诗尾间附有高寿昌的简短评语。陈廷焯诗歌的实际数量当远在78首之上，高寿昌在其《闺中秋咏》十四首题下注曰：“亦峰喜为香奁体，余悉裁汰之。”故入选的诗歌只是其中部分而已。

② 关于诗、词文体体性的转变，陈廷焯《骚坛精选录》选录隋代侯夫人《看梅》诗：“砌雪无消日，卷帘时自颦。庭梅对我有怜意，先露枝头一点春。”并评论说：“音节近词，诗之入于词也，盖以渐而入矣。”从音乐及其相关语言句式的不同，揭示出从诗到词的渐变轨迹。

“《风》、《骚》为诗词之源”(《词话》卷九),而《风》、《骚》的忠厚缠绵又同是诗和词的根本[1],这是陈廷焯并治诗词且将诗学与词学多加贯通的根源所在,所以在陈廷焯的思想体系中,“沉郁”是连接诗与词的重要纽带。不过陈廷焯同时也认为“沉郁”在诗与词中间的表现方式和重要程度是有差异的,他说:“诗词一理,然亦有不尽同者。诗之高境,亦在沉郁,然或以古朴胜,或以冲淡胜,或以巨丽胜,或以雄苍胜。纳沉郁于四者之中,固是化境;即不尽沉郁,如五七言大篇,畅所欲言者,亦别有可观。若词则舍沉郁之外,更无以为词。”(《词话》卷一)又说:“诗词皆贵沉郁,而论诗则有沉而不郁,无害其为佳者。杜陵情到深处,每多感激之辞,盖有万难已于言之隐,不禁明目张胆一呼,以舒其愤懑,所谓不郁而郁也。作词亦不乎是,惟于不郁处,犹须以比体出之,终以狂呼叫嚣为耻,故较诗为更难。”(《词话》卷六)又说:“诗之高境在沉郁,其次即直截痛快,亦不失为次乘。词则舍沉郁之外……更无次乘也。”(《词话》卷十)陈廷焯三复其言,申论诗与词在“沉郁”问题上的不同取向。在陈廷焯看来,诗歌的“沉郁”只具有或然性,且表达方式比较自由;而词的“沉郁”则具有必然性,且是唯一和最高的价值标准。而在语言表现上,陈廷焯认为诗与词具有“同体而异用”的关系,他说:“温厚和平,诗词一本也。然为诗者,既得其本,而措语则以平远雍穆为正,沉郁顿挫为变,特变而不失其正,即于平远雍穆中,亦不可无沉郁顿挫也。词则以温厚和平为本,而措语即以沉郁顿挫为正,更不必以平远雍穆为贵。诗与词同体异用者在此。”(《词话》卷十)这是诗与词在“沉郁”问题上的同中之异。在《骚坛精选录》中,沉郁固然是入选的基本标准,但他对汉魏的风骨,谢朓、鲍照等人的清刚之气以及王维、孟浩然等人的冲和淡远也有相当程度的认同,可见其诗学之豁达。而词则端正“沉郁”一路,毫不松懈,其诗学与词学理念之不同,就其批评实践即已表现得很充分了。

---

① 《词话》卷九云:“温厚和平,诗教之正,亦词之根本也。”

在诗词发展的规律方面，陈廷焯持基本相同的观点：即大体经过创古、变古、失古、复古的过程。他在《词话》卷十中说：

> 温、韦创古者也。晏、欧继温、韦之后，面目未改，神理全非，异乎温、韦者也。苏、辛、周、秦之于温、韦，貌变而神不变，声色大开，本原则一。南宋诸名家，大旨亦不悖于温、韦，而各立门户，别有千古。元、明庸庸碌碌，无所短长。至陈、朱辈出，而古意全失，温、韦之风，不可复作矣。贞下起元，往而必复，皋文唱于前，蒿庵成于后，《风》、《骚》正宗，赖以不坠，好古之士，又可得寻其绪焉。

这是他以温、韦之词为正宗而梳理出来的简明词史发展观，即大体以唐五代为创古时期，代表人物是温庭筠和韦庄；两宋为变古时期，代表人物是晏殊、苏轼、辛弃疾、周邦彦、秦观等人；清代前中期为失古时期，代表人物是陈维崧、朱彝尊；清代中后期为复古时期，代表人物是张惠言、庄棫。陈廷焯大力标举温、韦的词宗地位，其实还是立足于“温厚以为体，沉郁以为用”的词的本体意识，与他论词而必上溯《风》、《骚》的思维定势是一致的，因为“飞卿词全祖《离骚》，所以独绝千古”，“飞卿《菩萨蛮》十四章，全是《楚骚》变相，古今之极轨也”，“韦端己词，似直而纡，似达而郁，最是词中胜境”(《词话》卷一)，温、韦两人对于确立词中的《风》、《骚》传统，具有奠基的意义，所以陈廷焯独致青睐，并以此作为词史发展的基点和支点。

陈廷焯对诗歌发展的基本规律的认识与此相仿佛。他在《词话》卷六中说：

> 《楚辞》二十五篇，不可无一，不能有二。宋玉效颦，已为不类。两汉才人，踵事增华，去《骚》益远。惟陈王处骨肉之变，发忠爱之忱，既悯汉亡，又伤魏乱，感物指事，欲语复咽，其本原已

> 与《骚》合。……嗣后太白学《骚》，虚有形体；长吉学《骚》，益流怪诞；飞卿古诗，有与《骚》暗合处，但才力稍弱，气骨未遒，可为《骚》之奴隶，未足为《骚》之羽翼也。

又说："余谓自《风》、《骚》以迄太白，诗之正也，诗之古也；杜陵而后，诗之变也。"（《词话》卷九）他认为李白的诗尚在古人的绳墨当中，而杜甫则"无一篇不与古人为敌，其阴狠在骨，更不可以常理论"，所以他明确反对以李白为"变"而以杜甫为"正"的说法，因为杜甫在不悖离《风》、《骚》的前提下，将汉魏六朝的面目洗脱殆尽，"不变而变，乃真变矣"（卷九）。杜甫的"变"实际上是一种"化"，他说："不知古者，必不能变古，此陈隋之诗所以不竞也。杜陵与古为化者，惟其与古为化，故一变而莫可复兴。"（《词话》卷九）这种"化"其实就是在继承"古"的基础上，结合特定时代和个人超迈绝伦之才，从而熔铸成一种新的牢笼百家的传统，旧传统中的"古"也就在这种新传统中淹没无痕了。所以虽然词史发展在唐宋创古、变古，元明和清代前中期失古以后，到了清代中后期尚可再行复古；而诗歌的发展则有些特殊，创故、变古与复古在杜甫之前就已完成了轮回，杜甫之后就是新的天地了，所以他说："诗有变古者，必有复古者。（原注：如陈伯玉扫陈、隋之习是也。）然自杜陵变古后，而后世更不能复古。（原注：自《风》、《骚》至太白同出一源，杜陵而后，无敢越此老范围者，皆与古人为敌国矣。）何其霸也！"（卷九）这是陈廷焯在诗词历史观念上的同中之异。

六、陈廷焯诗学的时代意义

陈廷焯倡导的创作途径是由诗以入词，从《骚坛精选录》与《白雨斋词话》的对勘中，我们可以发现有许多类似或可以互证的地方，特别是在对于"沉郁"在诗词中的不同地位和表现形态，两书的观点十分接近。所以《骚坛精选录》的编选年代虽然难以确考，但其以杜甫沉郁为宗，上溯《风》、《骚》的批评理念，与其在《白雨斋词话》中表现的理念颇为相似，两书思想的传承之迹还是可以清晰地考量出来的。

陈廷焯诗学和词学的根基是建立在对杜甫诗歌的理论解读上的，他从早期诗歌创作追步杜甫，到后期在《骚坛精选录》和《白雨斋词话》中全面解析杜甫，杜甫的身影通贯一生。他以《风》、《骚》的忠厚沉郁为诗词共有之本源和本原，标举以沉郁顿挫为特征的杜甫诗歌为创作典范，梳理诗史的发展，形成了自成一格的创古、复古、化古的理论格局，并以杜甫的"化古"为诗史一大结穴。在此基础上，陈廷焯把作为诗学核心之一的"沉郁"升格为词学核心的唯一，力辨其在诗词体性和表现形态方面"同体异用"的关系，体现了其诗学与词学之间的紧密关系和彼此区别，建构了相当完整的诗学和词学体系，在理论发达但理论形态相对涣散的晚清，颇具理论疏凿手段，已肇新诗学和新词学理论体系之端倪。他大力提倡的忠厚之性情、沉郁之境界、顿挫之姿态和风骨之意蕴，在晚清朝代更替、内忧不断、外患频仍的时代巨变时期，特别是甲午之战以后，在诗词创作界竟得以鲜明体现，王鹏运、朱祖谋等的《庚子秋词》即与陈廷焯之学说契若针芥①。而自端木埰、王鹏运、况周颐绵延一线的"重拙大"说以及王国维的"境界"说等，其理论内涵与沉郁说之间正有着丝丝缕缕难以分割的

---

① 徐珂《近词丛话》云："光绪庚子之变，八国联军入京城，居人或惊散，古微与刘伯崇殿撰福姚，就幼霞以居。三人者，痛世运之陵夷，患气之非一日致，则发愤叫呼，相对太息。"三人约为词课，拈题唱酬，后集为《庚子秋词》。李佳《左庵词话》卷下则称《庚子秋词》"多悲愤苍凉之作"。郭则沄《清词玉屑》评论《庚子秋词》"皆隐约其词"。综合诸家所论，则"沉郁"二字，实可概括《庚子秋词》的基本风格特征。

关系[①],则陈廷焯的文学思想不仅是传统文学创作的一个总结,对于晚清的诗词创作和诗词理论也有着重要的启示和引导意义。

七、关于本书编选的若干说明

本书上编为《骚坛精选录》批语专辑,下编为《云韶集》、《词则》两种选本的序文和评点以及《词坛丛话》、《白雨斋词话》中相关诗论的汇集。上编的辑录按照选本原序,先朝代,次作家,次作品。为省篇幅,作品仅列诗题,一题多首者,则标出首句,依次而下。凡对一朝代或一诗人的总评则附于朝代或诗人之下,而对作品的评点,凡书于书眉者,直接录于作品之下,不再标明"眉批",因原书主要是眉批。少数附在作品之中的批语,则特标"夹批"二字以示区别。下编除《词坛丛话》之外,均按照原书卷次为序,相关诗论即系于原卷次之中。《云韶集》中的诗论逐卷而下,先系作品,再系批语。《词则》则按其四集各分其卷次,各集之中,也各以批语系于各作品之下。《词坛丛话》不分卷,则按原序次抄录。《白雨斋词话》则按卷次逐录相关论说。需要说明的是:下编的诗论因为采录于《云韶集》、《词则》两种词选和《词坛丛话》、《白雨斋词话》两种词话,故所谓"诗论"往往并非纯粹论诗之语,或论词及诗,或诗词合论,或泛论文学,或只是以诗为喻,因为其中包含了陈廷焯的诗学,故一并采录。事实上,陈廷焯的词学本身便多来自诗学。

《骚坛精选录》中的眉批和夹批虽多陈廷焯自撰,但也广泛征引诸家论语以为佐证,或直接以引代论。所引前人评语一般只著评者字号,鲜著书目,很多时候甚至直接抄录或檃栝前人评论,不作任何

---

① 况周颐《蕙风词话》卷一解释"重"就是"沉著",又说"填词先求凝重。凝重中有神韵,去成就不远矣","真字是词骨",等等。"重拙大"说的基本内涵,与陈廷焯解释的"沉郁"说完全可以沟通。王国维"境界"说中"有我之境"对悲哀之情的重视,也正是"沉郁"说的一个重要内涵。

标识，以至覆勘为难。本书在编辑过程中，为了便于阅读，尽量对照原书，覆勘原文，特别是未作任何引文标识的内容，尽量在引文后标注出来。但限于学力，恐仍有本为引文而未能标注者。希望以后在修订再版时进一步完善。

兹将陈廷焯征引各家的基本情况及引文来源略作说明，分“南北朝诗、隋诗”及“盛唐诗”两个部分。“南北朝诗、隋诗”部分征引书目主要是清代沈德潜（号归愚，书中常作“沈归愚”）《古诗源》、王尧衢《古唐诗合解》、潘德舆《养一斋李杜诗话》、于光华编纂《重订昭明文选集评》四种，其中引用明代孙鑛（号月峰，有《孙月峰先生评文选》三十卷）、清代何焯（号义门，有《何义门评点昭明文选》六十卷）、李光地、邵长蘅（字子湘）、方伯海诸家评语均转引自于光华编纂《重订昭明文选集评》。

“盛唐诗”征引书目包括清代仇兆鳌《杜诗详注》、钱谦益《钱注杜诗》、王尧衢《古唐诗合解》、潘德舆《养一斋李杜诗话》、沈德潜《唐诗别裁集》、浦起龙（号二田）《读杜心解》、乾隆御选《唐宋诗醇》、于庆元《唐诗三百首续选》所附《姓氏小传》、陆昶《历朝名媛诗词》、徐文弼《汇纂诗法度针》等。其中引自《唐宋诗醇》最多，诸如引录宋代王安石、李荐、吕本中、蔡宽夫、赵次公、刘辰翁，元代范梈、萧士赟，明代赵汸、胡应麟、钟惺、敖英，明清之际的申涵光、陆时雍、顾宸、王嗣奭、洪仲、黄生、唐汝询、冯舒、冯班、卢世漼、李因笃、朱鹤龄、卢元昌、王士禄、王士祯、吴昌祺，清代赵执信、张远等诸家评语，其中虽多或编有诗选，或撰有诗话者，特别是评点杜诗者甚多，如赵次公著有《杜诗先后解》、赵汸著有《赵子常选杜律五言注》、申涵光著有《说杜》、顾宸著有《杜律注解》、王嗣奭著有《杜臆》、洪仲著有《苦竹轩杜诗评律》、黄生著有《杜诗说》、李因笃批点《钱注杜诗》、朱鹤龄有《辑注杜工部集》、卢元昌著有《杜诗阐》、张远著有《杜诗荟萃》，等等。但陈廷焯引录之语实都转引自《唐宋诗醇》一书。另有引用“陈宏谋”之语者，也出乾隆御选《唐宋诗醇》，而《唐宋诗醇》的选编及评注者其实是吏部尚书梁诗正等人，陈宏谋并未列名其中。陈廷焯所记或有误耶？待考。

上编　《骚坛精选录》批语辑录

南朝·宋诗

鲍照

◎评《代白头吟》

起笔托兴清妙。

何义门曰："恒言兴衰，倒用衰兴，韩诗用字都如此。"

方伯海曰："虽是写弃妇，实是写人情恶薄。凡身世所接，皆作如是观。"

夹批：后来居上，古今同一叹也。

◎评《代放歌行》

托兴起风人嫡派，老杜《新婚别》亦然。

"行急则带后飘，故云曳飙。二语写富贵人尘俗之状，形容尽致。"(引自沈德潜《古诗源》)

何义门曰："结得婉，有味外味。"

夹批：若尽不尽，温厚之怀，溢于言表。鲍公诸乐府，惟此篇纯乎风雅。

◎评《代东门行》

既超俊，复委婉，有气有度，姿态亦不乏，真绝技也。

前面一路转韵直下，食梅二语能使促者缓之，神妙直到秋毫巅。

夹批：沈归愚曰："'食梅常苦酸'一联，与'青青河畔草'篇忽入

‘枯桑知天风，海水知天寒’，一种神理。”

◎评《代鸣雁行》

别有一种凄凉悱恻之致，不落汉人窠臼，却自不在汉乐府下。安得以六朝人目之？

夹批：结二语绝妙。

◎评《代淮南王》

起笔是乐府骨格，节拍俱佳，深情委婉动人。

“怨君”一语绝有姿态。结亦警拔有味。

夹批：运笔如神龙之在天，末一段更觉笔情恣肆。

◎评《代春日行》

三字句无过苏伯（“苏伯”，应作“苏伯玉”）妻《盘中》一作，及汉乐府《炼时日》一章。

此作声情骀宕，琢句婉细，真可亚于汉人。

◎评鲍照《拟行路难》

明远《行路难》，开前人所未有，实为千古绝唱。

◎评鲍照《拟行路难十八首》第一首《拟行路难·奉君金卮之美酒》

起四句叠用四“之”字，意态横逸。此公真有开辟手段，旋转神工。

抑扬哀婉，最是乐府中神味。

◎评鲍照《拟行路难十八首》第二首《拟行路难·洛阳名工铸为金博山》

起笔别有一种古致。

仍是多用“之”字，与前诗同一意态而格法稍着。

夹批：节甚促，音却曼，最是神手。

◎评鲍照《拟行路难十八首》第三首《拟行路难·璇闺玉墀上椒阁》

起得秾至。“中有”句绝有姿态。

乐天“中有一人字太真”，从此脱胎出来。

结更意味深长。

夹批：音节悲艳，神味弥永。

◎评鲍照《拟行路难十八首》第四首《拟行路难·泻水置平地》

起得奇拔。通首俱妙在不曾说破，读之自然生愁，绝调也。

夹批：起手无端而下，如黄河落天走东海也。若移在中间，犹是寻常调法。（眉批及夹批檃栝《古诗源》评语）

◎评鲍照《拟行路难十八首》第五首《拟行路难·对案不能食》

“家庭之乐，非宦游可比。岂明远犹不免于俗见耶？”（引自《古诗源》）然不如此云，则胸中怀绝不足以见。

◎评鲍照《拟行路难十八首》第七首《拟行路难·愁思忽而至》

“悲来无端，触物皆伤情。昔日翠华，而今安在？”（引自《古诗源》）

万事万物皆一理也。

设想茫茫，有不泣数行下者乎？

◎评鲍照《拟行路难十八首》第八首《拟行路难·中庭五株桃》

起笔新妙。“阳春”二语，摇曳行气中亦自有度也。

“初我”下盛言别离之苦，一层深一层。叹笔，推开说。

◎评鲍照《拟行路难十八首》第九首《拟行路难·锉蘗染黄丝》

起用兴语，老杜《新婚别》等诗所祖也。

“我昔”下六语，层层叙清。

末二语，凄凄惨惨，我见犹怜。

夹批：“悲凉跌宕，曼声促节。体自明远独创。”（引自《古诗源》）

《行路难》诸篇，或直言、或喻言、或创言，均有深意存焉。此径至明远始辟。

◎评《代白纻舞歌辞四首》（系奉诏作）其一“吴刀楚制为佩袆”

句句秾艳，又是一种笔墨。西昆体之先声也。

◎评《代白纻舞歌辞四首》其二“桂宫柏寝拟天居”

琢句用意，俱极凝练。

结笔有情。

夹批：上六句实写，华彩动人，下一句虚描，情韵不尽。

◎评《代白纻舞歌辞四首》其三“三星参差露沾湿”

语句凄断绝人。红颜多薄命，千古同慨。

夹批：前二首皆华丽，此首独呜咽凄恻，捧读一过，悲风为我从天来。

◎评《代白纻舞歌辞四首》其四“池中赤鲤庖所捐”

起得奇想。

明远作诗多奇辟处，无一由人之笔。

此其所以独擅千古也欤？

◎评《咏史》

一路说得极其繁华，一结忽归寂寞。笔法甚紧，感慨甚深。

孙月峰曰："结得陡绝，是勒奔马之势，煞是险绝。"

◎评《上浔阳还都道中作》

孙月峰曰："风调劲快。"

方伯海曰："按眼前景，妙在戛然独造，字字新隽。"

"绝目"二语写景，"倏忽"二语兼言情。以下纯是言情。

◎评《梅花落》

霜中作花，一扬；有霜华，无霜质，一抑。

前后对合，借梅以喻人。八句中意味无尽，空前绝后之作也。

◎评《登黄鹤矶》

起笔绝佳。

孟襄阳"木落雁南渡，北风江上寒"从此脱胎。然终不及明远二语之深厚。

◎评《行京口至竹里》

句句峭拔，笔力刚健。绝无排偶之滥觞。

自是明远真本领。结得有意味，看得亦远。

夹批：通首均用排偶，末二语醒明万物一理之意。

◎评《发后渚》

题注：此诗峭绝、斩绝、险绝。

通首无一弱笔，无一平易近人之句。亟录之以药肤庸。

"孤光"二语停顿有致，"涂随"四语矫绝，结得凄断。

夹批："琢句宁可生涩，不肯凡近"（语出《古诗源》），此明远倔强之性也。然人所不能及者，亦正在此倔强。

◎评《学刘公幹体》

起得俊快绝世，千古谁能措手？

曲折写出，意态飞舞。

夹批：起结佳绝，虽谓之公幹复生可也。

◎总评《拟古》

明远拟古直可上接陈思。

◎评《拟古》第三首“幽并重骑射”

孙月峰曰：“气劲而骨奇，调响而语陗。句含金石，字挟风霜。”

笔力之峭拔，月峰先生评之当矣。吾尤爱其渊深朴茂，纯乎汉魏之音。

◎评《拟古》第一首“鲁客事楚王”

孙月峰曰：“持调比前篇稍平，然奇峭之气犹自侉俗也。”

◎评《拟古》第二首“十五讽诗书”

起得古致，先极力铺张，运典俱极生动，不同呆填者流。

孙月峰曰：“典腴中神气自振。”

结悲慨。

◎评《拟古》第四首“凿井北陵隈”

用比兴起诗，中上乘。

从登城隅，后苍茫四顾，发出无限感慨来。

◎评《拟古》第七首“河畔草未黄”

起四语，音调浏亮，措词精湛明秀。

闻君如许思我，因而我更思君。对面生情，妙绝千古，开后人无数法门。

夹批：每谓明远一诗，必爱不释手，知其入人者深也。

◎评《拟古》第八首“蜀汉多奇山”

起得宏肆。云归猿鸣，孤客当此，能不百端交集耶？

结笔正大可风，意味正自无尽。

◎评《绍古辞》第二首“昔与君别时”

题注：真有汉人五古遗意。

起四语，曲折有致，字字生情。

一结用对句，双音节绝妙。

◎评《代夜坐吟》

情发为声乃成吟。情含于未发之先，心解于无声之始，以下情景互写佳绝。（槃栝王尧衢《古唐诗合解》）

夹批：“霜风互动，夜静灯微，人于此时，其情有不一往而深者乎？末二语正是‘含声未发已知心’之意，乃深于言情者。”（引自《古唐诗合解》）

◎评《代君子有所思》

孙月峰曰：“着意雕琢，然笔力遒劲，音调自是振拔。”

又曰：“行月二字甚巧，但微觉生。”

“蚁壤”二语，非明远道不出来，卓绝。

结笔神完气足。

◎评《日落望江赠荀丞》

正意在后幅，尤重在末二语，却从日暮望江、见鸟伤情缓缓说入。

一则字却又下得爽利，的是高手。结明作意。

◎评《赠傅都曹别》

通首纯用比兴语，又是一种章法。

“落日”二语惊心动魄。

结得烟波无际。

◎评《遇铜山掘黄精》

句含精华，“矧”字进一层。重拾句精妙绝人。

“松色”二语情景如画，清绝幽绝，宜令老杜心折也。

结得不佻。

◎评《秋夜》(原诗共两首，录其一)

“遁迹避纷喧”其二

琢句皆以峭炼胜，此明远本色。

“既远”句将情撇开，以下皆写景。然有此一句在先，写景中仍是言情也。可想见古人用笔之□。

◎评《玩月　城西门廨中》

起四语绝妙，音节句法松秀可人。

归华二语清而丽，秀而腴，句法亦新奇绝世。

末二语余情无尽，读之令人神远。

夹批：杜少陵诗云“俊逸鲍参军”，应指此种。明远诗奔放处有驱走风霆之势，其清丽处则风流蕴藉，潇洒绝尘，而一种刚劲之气依然不灭。亟多录之以当心香之奉。

鲍令晖

◎评《代葛沙门妻郭小玉作》

有《十九首》遗意。“霜露不怜人”五字凄绝。

结笔凄咽动人。

夹批:琢句清轻而着纸却又沉着,真乃妙绝。

◎评《题书后寄行人》
落笔清超,措词明晰。
“杨枯”十字,作意绝佳,真乃深于描生者。
夹批:起言君出,末待君还,自是章法。

◎评《寄行人》
情韵自然流出,作意亦佳。
章法妙。

◎评《上声歌》
题注:词秀而丽。情韵并绝。

◎评《蚕丝歌》
题注:似唐人绝句而用意温厚,自是名作。
托兴于蚕,缠绵尽致,措词亦温厚和平。

吴迈远
◎评《胡笳曲》
起笔豪迈,是游侠语。
“越情”二语开后人工整一派之门。
结笔超远得妙。
夹批:起结运行,中间纯用徘偶,开唐人律诗先声。

◎评《古意赠今人》
题注:此诗风骨在《胡笳曲》之上。
三、四语婉至。

“北寒”二语虽属徘偶，而句调深厚，仍是单行之神。

结得真洁，有松柏气象。

王徽

◎评《杂诗》

景元诗颇浓至。

孙月峰曰：“《庄子》子桑鼓琴，‘有不任其声而趋举其诗焉’。此诗从彼脱胎来。”

又曰：“浓古有馀味。”

夹批：结笔提明“思”字。

王僧达

王诗颇有风骨。

◎评《答颜延年》

沈归愚曰：“亦着意在追琢。答颜诗与颜诗相似。”

语语皆斟酌后下笔。

方伯海曰：“赞来诗之美，却从暇日出游后，忽而流连把玩，即是永周旋之义。用意推陈出新。”

◎评《和琅琊王依古》

孙月峰曰：“风骨苍劲。”又曰：“写景语甚浓隋。”

结笔达人知命之言。

夹批：“仲秋”四语，抵得一篇《古战场文》。

袁淑

题注：阳源诗雅近建安七子。

◎评《效曹子建乐府白马篇》

何义门曰:“音节悲壮,近左太冲。”

孙月峰曰:“闳壮而腴密,兼有文货。然与陈思作却不似。要只是赋白马题耳。”又曰:“起两语风度豪宕,总包一篇。彯节投珮,正中‘不坐相捐’意。”

夹批:余谓此诗直入陈思之室,孙月峰谓其近于士衡,犹以句调论人也。

◎评《效古诗》

孙月峰曰:“视前首骨力稍遒劲而典腴不及。”

“四面各千里”二语气象万千。

结得别有一种寄慨之愤。

夹批:孙月峰谓前首似士衡,此首似太冲。余谓前首似陈思而近于公幹,此首似公幹而近于越石。

六朝绮靡极矣,读此二诗如在黄初七子前,令人振起,公真铁中之铮铮者。

沈庆之

◎评《侍宴诗》

沈归愚曰:“武臣诗不嫌其直。与曹景宗诗并传千古可也。”

夹批:诗朴直而味极其深厚。

陆凯

◎评《赠范晔诗》

即景生情,即情生诗,“江南”二语遂成千古佳话。

汤惠休

惠休七言过于绮靡,五言却清俊有骨力。

◎评《怨诗行》

题注:此诗纯乎古音,六朝时不可多得。

“含君千里光”五字,立言婉妙,却面面俱到。归愚叹为绝唱,不我诬也。通首亦曲折尽致,浓艳风华,自是一时名作,万不可没,延年苛论,不尽然也。

◎评《白苎歌》

“此虽艳歌,似有热中之叹。少年窈窕,终难长保,年华易逝,故念切盛年也。”(槼栝王尧衢《古唐诗合解》)

夹批:“情辞婉丽,令人欲唤奈何。”(引自王尧衢《古唐诗合解》)

刘俣

◎评《诗一首》

似谣似谚,意味却深。

无名氏

◎评《答孙缅歌》

渔夫自是一种高人。起笔天然,“乐境”三句,有真乐世句醒世人。收二语尤妙绝千古。

◎评《读曲歌》

四句缠绵尽致,情之至者也。

◎评《前题》

题注:前首思之正,此首思之变。各臻其妙。

情不自禁,归咎于鸟,如此落想真乃妙绝人寰。

此首颇似谣。

◎评《莫愁乐》

亦是读、曲二歌之意。

绵渺寸心，不禁妄想古人钟情一至于此。

夹批：“送欢之际，探手抱腰，惨不忍别，视江水似为之咽，佐而不流，不必真有此境，而情则有之。诗以写情而已。”（引自《古唐诗合解》）

歌谣

◎评《宋人歌》

声情激越中有痛恨之音。

◎评《石头谣》

声情之凄楚迫切，与前歌同而多一层转折。

◎评《青溪小姑歌》

缠绵悱恻之神跃于纸上。

南朝·齐诗

齐有元晖（谢朓，字玄晖，本书作“元晖”盖避玄烨讳）一人，足与颜、谢、鲍三家力敌。视颜则过之，视谢、鲍则一之。此齐之所以与宋并称千古也。康乐沉郁较胜元晖，元晖爽朗过于康乐，盖一则风骨高，一则神气清也，千古并称，乌得漫置轩轾于其间也。

夹批：诗至六朝，世风日薄，萧梁之代，又不若宋、齐。宋所赖者，康乐、明远二公，能令诗风独振，其外更有一颜延之，几欲与谢、鲍并驱，故诗风薄如六朝，而宋则犹能进退于汉魏两晋之间，以其有三人故也。至于齐，则兴起者寥无人焉，几叹天意何所偏也。忽尔元晖一出，文质俱备，陵轹千秋，遂使诸家尽掩，其微妙处能达康乐之所不达，能穷明远之所不能穷。呜呼！齐所以与宋争锋者，赖有元晖一人而已。然当宋时，犹有作者继起，至齐则愈况愈下。幸天不欲绝诗派，特悬一硕果之不食。幸哉，元晖也。吾于此益叹元晖之不可及也。使无元晖，齐无人矣。方且不及梁、陈，又何敢与宋并驱哉。

谢朓

萧子显《齐书》："谢朓，字元晖，陈郡人。少有美名，文章清丽。解谒豫章王，行参军，稍迁至尚书吏部郎，兼知卫尉事。江祐等谋立始安王遥光，朓不肯，祐遂白于遥光。遥光收朓，下狱死。"

沈归愚曰："元晖灵心秀口，每诵名句，渊然泠然，笔墨之外，别有一段深情妙理。"

潘德舆曰："康乐沉郁，未若元晖爽朗。故太白亟称之。"

太白诗曰："一身低首谢宣城。"盖太白天才，傲睨百世，而其源出于《离骚》，独元晖纵横跌宕处尽掩古人，故太白宗之，遂不禁貌似之。夫以太白之才，陵轹千古，而独低首于宣城者，真乃谢公之知己也。元晖诗雅淡处如陶公；沉着处似康乐而清俊过之；滔莽处似汉乐府；描写处实开唐人先声。齐有元晖，真如景星庆云，洵骚坛之名将也。

骚坛大将，余独举四人：陈思、彭泽、太白、少陵，而元晖不与焉。盖元晖追踪陈思，夺胎彭泽而能自成一体，所以列为大家。然风骨总在陈思、彭泽下。若太白，虽学元晖而奔放过之，气魄骨力亦过之，故又当驾乎元晖以上。至如少陵，具备万物，横绝太空，凡诸家之长，无不在其牢笼中，永为骚坛首座。虽陈思、彭泽、太白三人，尚当让渠一步，何况元晖。余所以独以四人为大将者，以四人之圣于诗也。而少陵尤为圣中之圣，特以六朝绮靡之时而元晖独能振起，所以可贵，其不目为骚坛大将者，以元晖之长四人无不概之也。余故列元晖为名将，知者鉴诸后。

◎评《江上曲》

用意沉婉而出以清浅之笔，最是元晖神妙处。后来为王、孟二公有此风派，此外无人矣。

◎评《同谢谘议咏铜雀台》

嘲笑中却有惋惜之神。立言极其温厚,能令读者神往,由得不叹为绝调。

◎评《蒲生行》

“此不得志而安命之词。蒲生湖中,固得所矣。漂于风浪,言富贵不能长保也。通首全重一命字。”(引自王尧衢《古唐诗合解》)

夹批:结得婉妙,却极微至,又不板重,真乃神乎技矣。

◎评《玉阶怨》

怨生于情。三四语情味弥永。

夹批:在唐人中为最上绝句,惜乎与汉魏稍远矣。

◎评《金谷聚》

题注:此诗愈澹愈高。

弥淡弥真,“别后思今夕”五字,初读之不知其妙,愈味而情愈深。

◎评《入朝曲》

通首纯用俳偶,开五七言近体先声。妙在极其浅近,风骨自在唐人以上。

◎评《同王主簿有所思》

四语决尽思之之神,意深而语清,最为婉妙。

◎评《之宣城郡出新林浦向板桥》

何义门曰:“次联固自惊绝,然其得势全在上二句‘出’字、‘向’字,无不笼罩。”

何义门曰:“以廉节自励,使事无迹。”

夹批:结笔迭宕声姿。

写景微妙入神,千古名作。

◎评《敬亭山诗》(《谢宣城集》中作《游敬亭山》)

孙月峰曰:“构法是康乐而下语更清妙。”

“人、仙、峰、溪、草木、鸟兽、云雨,布置一一有次第,便是唐律所祖。通篇布置精密,遣词清快,自是骚坛真色。”(引孙月峰语)

◎评《休沐重还道中》

孙月峰曰:“琢磨入细。”又曰:“妙以生构见致。”

有感思归,层层叙出。写景微妙。

常意常语,撮得中节,自是妙手。

“志狭”四语,言明己志。

◎评《晚登三山还望京邑》

去国之悲,一题已定。音调清快,笔墨亦极浓厚。自是绝大名作。

“余霞”二语写景神品。

结能凄然。

◎评《京路夜发》

用虚字何等斟酌。

孙月峰曰:“意趣全在此点景四语上。”(指“晓星正寥落,晨光复泱漭。犹沾余露团,稍见朝霞上”四句。)通首摹写夜发情景,结笔生出感叹。神味弥永。

夹批:字字是夜发,细意熨帖。骨不高而气清,语不浓而味永,自是元晖本色,何义门谓为唐人律体所祖,犹是浮言。

◎评《游东田》

短章以淡远取致。

何义门曰:“透出春去,仍自新绮。”

“鱼戏”二语随手拈来,自成天然妙趣。

◎评《新亭渚别范零陵云》

邵子湘曰:“短章却起得阔大,正觉别绪黯然。”

运典决不板重,与康乐迥然两途。

◎评《暂使下都夜发新林至京邑赠西府同僚》

一起惊天动地,冠绝千秋,真可以泣鬼神矣。

孙月峰曰:“‘秋河’六句是关山近,‘驱车’六句是返路长,思荆州也。”

“秋河”六句,眷恋之怀蔼然纸上。

孙月峰曰:“‘风云’二句正是隔两乡意。”

收归斥谗,用长卿语意结,甚劲快,太白心折者断是此种。

夹批:评“大江流日夜,客心悲未央”:“黄河落天走东海”,起笔似之。余年十四,读此二语,为之拍案惊绝。十馀日不敢起视焉。东坡论文惯争起笔,作诗亦然。如此起笔,千古而下,更有何人措手。宜乎太白一身低首谢宣城也。

何义门曰:“沉郁顿挫,元晖压卷之作。”

起笔苍莽雄深,结笔寄言高远,中幅淋漓顿挫,波澜秾艳,洵为千古杰作。

◎评《酬王晋安》

孙月峰曰:“奇秀。”

首四句酬王,中四句言己,末四句王己分收,布置分明。

方伯海曰:“因上鸿雁飞不知为秋,复以草色更绿提醒之,点缀《招隐》诗,可谓青出于蓝矣。”

◎评《观朝雨》

起笔苍苍莽莽，与“大江流日夜”同一气概。

苍莽中尤有一种飘洒之致，真是仙笔。

元晖既有先知之明，而终不免曝鳃之祸，言之易，行之难，亦可悲夫。（橥栝何义门语）

◎评《高斋视事》

起四（指“馀雪映青山，寒雾开白日。暧暧江村见，离离海树出”四句）写雪后初晴，情景如一幅画图。结亦超旷。

◎评《落日怅望》

“落日余清阴”十字神似渊明。

序时却有如此点法，“凉风怀朔马”，自是秋尽冬初时也。又以喻战征之世。

◎评《移病还园示亲属》

读元晖诗，如挹西山爽气，一种锦心绣口，妙笔灵珠，千古见之无不折服。

◎评《秋夜》

即景生情，何等姿态，何等超脱。

“白露”二语句顺意逆，妙甚。

◎评《送江兵曹檀主簿朱孝廉还上国》

起四语，宾主分明，层析有致。五、六语，景中情。一结尤情景兼到。

◎评《离夜》

从夜说到离，便有情致。“离堂”、“别幌”（指“离堂华烛尽，别幌清琴哀”两句），造语亦新。结笔沉着而流动。

◎评《王孙游》

有此一曲，意更深，情更厚，读之令人低徊不已。

◎评《和何议曹郎郊游二首》

“春心澹容与”其一

起得超妙。

用数虚字一唱三叹，弦外犹有余音。

“江皋倦游客”其二

前写陆游，此写水游，流动稍逊前作，意致正复不泛。

◎评《送江水曹还远馆》

元晖名句有金石声。结笔尤有远神。

◎评《临溪送别》

元晖灵心秀口，令人读之神怡。

结笔勉之以谨慎，尤得古人送别遗风。

夹批：元晖诗名句极多，却不徒以名句见长，骨高、品高、精神团炼。多录之，以开来学。

王融

元长诗蕴藉有致，落笔清超，然亦渐开沈、范之派矣。

◎评《渌水曲》

从时序叙起，亦有层次。

写景处饶有笔致。结亦合体。

◎评《巫山高》
起得流动。都从“巫山”二字生出，下字意味不尽。

◎评《萧咨议西上夜集》
似唐人律句，情节可歌。
结二语有晋初风味。

◎评《和王友德和古意二首》
二诗清超越俗，意味不尽，情致缠绵，真是合作。
其一：结二语无穷摇曳。
其二：上章一韵，此章转韵，古人不拘一格。音节较上章更自和缓。

◎评《移席琴室应司徒教》
写琴室妙在虚无想象之间。

张融

思光诗渐近唐音。

◎评《别诗》
清超越俗。

刘绘

◎评《有所思》
起得飘忽，朗朗可歌，最是清超之格。
众人乐，我独忧，无穷心绪，岂可告人？
心乱如雪，并不知有所思，深情远韵，一至于此。

孔稚珪

◎评《游太平山》

在唐人绝句中最苍劲者。句法奇紧可爱。

陆厥

◎评《临江王节士歌》

清拔。转接处曲折有筋节。“节士”下三语颇似汉人歌词。

江孝嗣

◎评《北戍琅琊城诗》

“芳树似佳人”,开后人多少门径。“丈夫”下将笔提起。结二语能扫一切,自佳。

歌谣

◎评《东昏时百姓歌》

似嘲似讽,荒淫之政,自于言外见之。

南朝·梁诗

萧梁之代,风格日卑。沈、何、江、范之辈,吐词摛藻,未尝不斐然成章,然总非能出群雄。篇什虽繁,故不多录。

梁诗犹间有一二高古处,固远出陈诗上。

梁武帝

◎评《逸民》

渊渊浑浑,骨格俱高,不类齐、梁、陈、隋风格。(檃栝《古诗源》评语)

四言诗最难,不失之迂板,即失之清浮,此作却妙。

◎评《西洲曲》

“续续相生，连跗接萼，摇曳无穷，情味愈出。”（引自《古诗源》）此千秋绝调也。

“似数首绝句攒簇而成，乐府中又生此一体。初唐时张若虚、刘希夷七言古风发源于此。”（引自《古诗源》）

结四语音节尤佳。

◎评《拟青青河畔草》

视原作不若彼之沉着温厚，而清迥姿态则有馀。

结二语何等意味。

◎评《河中之水歌》

起笔章节浏亮可歌。此叙莫愁生平，写得极其绚烂，开后人香奁一派。

结二语复饶姿态。

◎评《东飞伯劳歌》

深情远韵，何许骀荡。

清词丽句，国朝王渔洋、朱竹垞祖此一派。

◎评《天安寺疏圃堂》

起笔便达，三、四句写远处。

“左右皆春色”五字，写得尽，说得真。

◎评《籍田》

沈归愚曰：“典重肃穆，能与题称。”

“仁化”二语，其言蔼如。

“年丰”二语真至。

结二语尤凝重得体，尚有君人之度。

梁简文帝

◎评《折杨柳》

沈归愚曰：“‘风轻花落迟’五字隽绝。”

“城高”下四语，情景兼到。

夹批：简文帝时名俊绮丽，闺衾妙手，陈后主、隋炀帝皆不能及。

◎评《临高台》

沈归愚曰：“‘山河同一色’，自是登高望远神理，然不如少陵《登慈恩寺塔》二句云‘俯视但一气，焉能辨皇州’，更觉雄跨数倍。”

◎评《龙邱引》

清词名句，的是梁、陈间风派。

◎评《蜀道难二首》

二诗皆两句写形势。两句写得可悲可叹。

“难”字、“道”字，妙在俱实实还他着落。四句中抵得一大篇。

◎评《纳凉》

“池塘生半阴”五字，读之凉风自生。

点缀处字字细腻，不轻下一字，后庾子山大率如此，而更加以气骨。

梁元帝

诗颇有情致，然又在简文帝下。

◎评《咏阳云楼檐柳》

沈归愚曰："唐人咏杨柳佳句甚多，然不如梁元二语（指"杨柳非花树，依楼自觉春"两句）有天然之致。"

◎评《折杨柳》

此五古流于五律之渐也，录之以见风气使然。

◎评《夜宿柏斋》

起四语，写景况入微，的是妙作。结二语尤有神理。

◎评《祀伍相庙》

言外有多少叹息痛恨，运笔亦颇警拔，的是名作。

沈约

休文诗于清丽之中复饶古韵，十篇之内必有一二名作。

◎评《长歌行二首》

《长歌》二首，择言高雅，的的名作。于前人中颇近陆士衡。

其一："春貌"二语是梁陈间人滥调，此却用得有姿态。末作旷达语亦佳。

其二：前首沉着，此首多连续处。姿态有馀，神味弥永。

似《西洲曲》一派，不若彼之自然神妙。长言咏叹，弦外有馀音。看得通达，此沈公所以赫赫一时也。

◎评《临高台》

落落清迥，"思"字跟上"愁"字来。

结语妙。

◎评《夜夜曲》

由景入情，姿态浓至。“孤灯”十字，写少妇独处情怀，恻然可悯，能不泪落。

◎评《新安江至清浅深见底贻京邑游好》

起四语，极形其清，贴切写正面情形。

转意新妙，姿态有馀。

结二语贴“游好”说。

◎评《直学省愁卧》

字字清雅腴静，亦有姿态可见。

沈归愚曰：“诗品自在，是《文选》体。”

◎评《应王中丞思远咏月》

何义门曰：“小庾以降，必无此力量。”

“高楼”一联，自小庾至玉溪皆奉为使事炼字之法。（檃栝何义门语）

◎评《冬节后至丞相第诣庶子》

“况乃曲池平”五字陡入，非浮也。结笔尤有举头天外意。

◎评《宿东园》

何义门曰：“开出宋之问、王维风气。”

休文研于声律，故诗篇婉秀而气骨已衰。如《别范安成》等作不易多得也。

何义门曰：“西山、东郊相映起结。”

◎评《别范安成》

孙月峰曰：“一味说意，清空彻骨，是孟襄阳所祖。”

沈归愚曰:“一片真气流出,句句转,字字厚,去《十九首》不远。”

◎评《伤谢朓》
沈归愚曰:“三、四句能状谢朓之诗。”末二语无限痛惜。

◎评《石塘濑听猿》
三、四语逼真神理。

◎评《咏湖中雁诗》
何义门曰:“咏物之祖。”
孙月峰曰:“轻妙之调,正于浅中得趣。”
结归正意。

◎评《游沈道士馆》
何义门曰:“休文五言,此为压卷。”自是佳作,犹未必为压卷也。
何义门曰:“此旁衬,非反对。观与馆同。”
前用虚后用实,别成一格,先议论而后引证也。
何义门曰:“‘无事适华嵩’与前‘三山’‘九霄’相对。”
陶潜诗云:“即事如已高,何必升华嵩。”

◎评《早发定山》
孙月峰曰:“造语奇新、陗绝、工细。”
又曰:“写远望景亦妙。”
结意遐远可味。

◎评《应诏乐游苑饯吕僧珍》
何义门曰:“大手笔。”
遣词宏厚,用意正大。开合反对。

何义门曰:“一结真有千钧之力。”

◎评《游钟山诗应西阳王教五首》

其一:首章言形势之胜,立言宏敞,巍巍乎如见盛京气象,自是合作。

其二:此章写钟山景致,气魄雄大,似盛唐人手笔。

其三:此章写眺览之奇,运笔明秀动人,妍婉无比。

其四:此章悟得禅机,尤有无穷姿态,读之令人神远。

其五:此章入应教正面,却至末章方点,篇法亦自矫矫。

范云

元龙诗清澈入骨,梁、陈间亦足名家。

元龙诗清超越俗,无些子渣滓,亦是名家。

◎评《有所思》

似诉似问,冲口而出,奇极妙极。

结二语愈淡愈妙。

◎评《送沈记室夜别》

语清气清,情致亦复缠绵,自是佳作。

◎评《之零陵郡次新亭》

起十字神似元晖,但不若彼之厚耳。结得远旷。

◎评《别诗》

沈归愚曰:“自然得之,故佳。后人学步,便觉有意。”

◎评《登城怨》

只四语,意味正自含蓄不尽。

◎评《赠张徐州谡》

语含蕴藉，千秋绝调。

邵子湘曰："字字流转，质而不野，自成一格。"

孙月峰曰："此段意亦跌宕有神。"

结笔尤得怀人情致，格高气高，求之梁、陈间不可多得。

◎评《闺思》

"醉"字妙，似《子夜歌》体而清俊过之。

任昉

彦昇诗颇有情致深婉处。

◎评《赠郭桐庐山溪口见候余既未至郭仍进村维舟久之郭生方至》

沈归愚曰："如题转落，不见痕迹，长题以此种为式。"

孙月峰曰："篇不长而转意多，自觉态浓，此由笔力能驱遣故。"

结句杳然。

◎评《别萧谘议》

三、四语写别时情况，真乃情真语切。

结笔惟望通音信，亦作无聊之词，故曰"聊访"而已。

◎评《赠徐征君》

"东皋"下入正面，气格颇高，遣词亦厚。

此种诗尚留得古诗中音节在。

◎评《出郡传舍别范仆射》

孙月峰曰："悲思淋漓，是情至之语。"

历序往事，触目皆泪。

孙月峰曰：“三转意哀而情至，以显浅妙。”

何义门曰：“位高年促，有哀有讽，隐跃言表。末句仍为时惜，不徒以其私也。”

情真语真，自是名作。他本或分三首，《文选》作一首，从之。

邱迟

◎评《侍宴乐游苑送张徐州应诏》

体制未见大工，而句子却都极新妙。

“风迟山尚响”一联秀色可人，已是初唐佳句。

◎评《旦发渔浦潭》

语句入细，净炼有致，自是佳构。

写情写景，有色有声，姿态俱极飞动。

状景绘色，颇似谢家山水手笔，不谓于梁、陈间见之，岂非快事。

柳恽

文畅诗，馀情不尽。

文畅诗，风致有馀，微乏骨力。

◎评《江南曲》

起四语，清丽芊绵。末二语，含蓄有致。

◎评《赠吴均》

起十字炼。

“谁谓”句更深一层说。

结笔亦是古人长技。

◎评《捣衣诗五首》

其一:先写情。"深庭"十字,景中有孤寂之情。

其二:此章望君子不归以致悲也。"亭皋"十字,大有楚骚遗响,愈读愈妙。

其三:写景写情,捣衣之前乃有如许层叠,如许风致。

其四:此首方入捣衣正面,清丽中风致嫣然。

其五:实从"衣"字上生发。"不怨"二语一唱三叹,哀音苦调,声流弦外。

吴均

叔庠诗足当"清拔"二字。

叔庠清真拔俗,时于清俊中独见风骨,梁、陈中最为矫矫。

◎评《胡无人行》

磊落恣肆。"高秋八九月"下将笔振起,魄力颇大,气骨颇高。

◎评《答柳恽》

炼字炼句,竟体清刚。与柳文畅一作(指柳恽《赠吴均》)各尽其妙。

◎评《酬别江主簿屯骑》

气格犹似宋齐。

议论精神。

慷慨激昂。"间"字、"暗"字俱炼得妙。

结亦警拔。

◎评《送柳吴兴竹亭集》

起笔雄拔,笔路清超,妙在有苍劲之骨,故佳。

◎评《边城将三首》

三诗颇见苍劲，梁、陈间矫矫不群之作也。

其一：须眉毕现，抵掌雄谈。

其二：起得超越，句亦雄丽可喜。写边城景况无不逼真，结亦超迈非常。

其三：双(脱一“关”字)起，妙在不乏风骨。句奇语重。结亦作旷达语。其佳处在警拔过人。

◎评《别王谦》

清澈绝无渣滓，结有风致。

◎评《酬周参军》

炼字炼句，清俊可喜。琢句工细，开初唐王、杨、卢、骆一派。

◎评《雪》

对雪怀人，无限姿态。波折自佳。结亦题之，必然去路。

◎评《春咏》

沈归愚曰：“一起飘逸。”

点染有情。“清词丽句必为邻”。

◎评《主人池前鹤》

直与唐人五律无易，意味却自有馀。寓言大是高妙。

◎评《山中杂诗》

沈归愚曰：“四句写景，自成一格。”

庾肩吾

肩吾诗愈觉近今。

肩吾诗纯尚辞华，自是梁、陈间嫡派也。

◎评《赛汉高庙》

直是唐人律句先声。“野旷”十字警拔，佳在“动”字与“残”字。

◎评《奉和春夜应令》

梁、陈间人专于字句间求工。“水光”十字写景亦真至。此是后人炼字炼句之式。

◎评《乱后行经吴御亭》

起笔超拔。从乱时序入（指“獯戎鲠伊洛，杂种乱轘辕”两句），笔足以达。“泣血”下（指“泣血悲东走”句），肩吾自谓句句精神。

◎评《经陈思王墓》

诗亦平平，尚有佳句。

句斟字酌，的是梁、陈间人面目。

“鹰与云俱阵”十字句法奇妙。

◎评《咏长信宫中草》

沈归愚曰：“‘并欲’字，唐人多此种字法。”

江淹

文通诗表里俱全。沈归愚讥其风骨未高，误矣。

文通诗修饰明净，别有古致。梁、陈中不可无一、不能有二者也。

《杂拟》诸篇超出陆士衡以上，品高，词高，古致纷披，时代原不足以拘人也。

◎评《铜雀伎》

起四语，雄莽可喜。写景亦超迈不同。结二语，无限慨叹。

◎评《从冠军建平王登庐山香炉峰》

格调俱超。

何义门曰："从香炉峰双关起亦佳。"

孙月峰曰："高畅有远慨，妙。却以直写，佳。此亦是唐风所自始。"

方伯海曰："'层阴万里生'五字写出暮色自远而近，足以独步千古。"

◎评《望荆山》

直起。从"望"中生出情景来。

"秋日悬清光"五字峻绝。

孙月峰曰："只就岁宴上生出悲思。"

通篇词义萧瑟。

◎评《步桐台》

起势崚嶒。

"平原秋色来"五字苍苍莽莽。岑嘉州"秋色从西来"于此脱胎。

◎评《秋至怀归》

先写道路之艰阻，正以起下"怀"字。

"草色敛穷水"二语奇峭，可喜可惊。

结笔作自慰自解之辞，亦佳。

◎评《赤亭渚》

句烹字炼，修饰明净，绝无一丝泥滓，真纯化之作。

结笔尤有远神。

◎评《无锡县历山集》

“揽涕吊空山”五字有无限神韵。

“酒”字上生出情致来。

写景言情无不超妙。

◎评《贻袁常侍》

其四语两面对写，皆一句情一句景。

饶有古致。此文通超出梁、陈间处。

结笔亦有温厚之音。

◎评《杂体诗》(题注:并序。《杂体》本三十首，今录十一首。)

评诗序：

“论甘忌辛，好丹非素”八字刺人入骨。“贵远贱近，重耳轻目”八字刺入千古文士之心。一序已尽大概。

◎评《古离别》

孙月峰曰:“调最古，语最淡，而色最浓，味最厚。讽咏数十过，乃更觉意趣长。”

结二语悠然神远。

◎评《班婕妤咏扇》

孙月峰曰:“比班稍着色，然衬贴得好，亦不失古意。调和而语净，正是合作。”

神味无穷。

◎评《魏文帝丕游宴》

何义门曰:“胜本诗。”

孙月峰曰:“比《芙蓉池》一作稍较浓，是以顾盼有姿态。然其淡处正不易及。”

神采俊发,真高妙之作。

◎评《嵇中散康言志》

其四语有正始元音。

方伯海曰:“无一字一句不肖嵇叔夜性情、面目、声口、胸次,直忘其为优孟衣冠。当为三十首(指江淹的三十首杂体诗)之冠。”

引用敷佐亦是诗家本色,妙在中有一段至理。

◎评《阮步兵籍咏怀》

孙月峰曰:“言远,意仿佛近之。”

何义门曰:“阮公知己。”

◎评《张司空华离情》

孙月峰曰:“借景阳语,思追茂先,此亦一巧也。”

清丽温婉,视原作较胜一筹。

◎评《刘太尉琨伤乱》

拔剑斫地,磊落恣肆。后半首情景夹写,尤足以妙绝千古。

何义门曰:“气味逼真。”

“空令日月逝”下唱叹悲歌,山河满目,不知多少血泪,至令读之英气如见。

◎评《殷东阳仲文与瞩》

孙月峰曰:“语浅而寄兴深。”

琢句入细,玩久趣愈出。

何义门曰:“清旷越俗,如接仙真。”

◎评《陶征君潜田居》

何曰:“拟陶诗得其自然。”

李曰:“文通拟古甚多,此首可谓逼肖。”

句法、字法无不相似,神于拟古者。

◎评《谢临川灵运游山》

孙月峰曰:“语不甚袭,然却乃绝似,以时代相迩,有暗入处耳。”

模范之妙,工细无匹。

何曰:“分写鸟兽、草木、寒暄、朝暮,亦极淹留之趣。”

通篇一句幽一句显,交互成奇,中有无限姿态。

◎评《休上人怨别》

清俊与惠休相似,而腴静过之。

超妙之音,神致不尽。文通所拟诸篇,当以此与《古离别》一作为上乘。

◎评《效阮公诗》

文通效阮公诸诗虽未能逼似阮公,然风骨尚高,气质尚厚,能脱当时排偶之习。梁陈中定当让渠独步。归愚薄之,未免苛矣。

阮公风骨之高,几于独有。千古惟初唐陈伯玉、张曲江、盛唐李供奉三家拟之能得其骨。文通力量在陈、张、李三家之下,故效阮公诸作相去甚远。然在梁、陈间却是矫矫之作,阅之令人神快。

◎评《效阮公诗·昔余登大梁》

此章清拔逼人,“仲冬”十字尤令人惊心动魄,然却不似阮公。

◎评《效阮公诗·宵月辉西极》

绮丽中仍自不乏风骨,此文通高出梁陈处。

结四语精彩逼人。

◎评《秦女》

以青琴、绿珠、洛神衬贴本面，亦觉点染生情。

结笔尤有远脉神理。

何逊

仲言诗深情宛转，意味不尽，梁、陈中首推大家。

夹批：仲言诗如池水行舟，浅而有致。固在沈、范二公之上，当与文通并驱中原。

◎评《铜雀妓》

清脱令人神远。结二语精绝可喜。

◎评《望廨前水竹答崔录事》

起笔清超，三四语互写，极有姿态。

“相思不会面”二语无限情韵，读之久而味弥永。

◎评《酬范记室云》

“月色花中乱”五字秀绝千古。

末二语是酬范记室。

◎评《日夕望江山赠鱼司马》

音节缠绵，无穷姿态。起结顾伏，莫不合拍，真是妙作。

清俊中自饶神韵。

沈归愚曰：“音响得之梁武帝《西洲曲》。”（按：《古诗源》原文作“音响得之《西洲》。”）

◎评《夕望江桥示萧谘议杨建康江主簿》

写景言情,俱极超俊。两面写衬。

◎评《入西塞示南府同僚》

起四语,景色如画。此等处却让何水部独步。

重言咏叹,反复言之,意味不尽。

结亦整。

◎评《赠诸游旧》

此水部最高诗。“少壮”下击节而谈,无穷起伏、万端愁绪莫不毕现于纸上。真绝唱也。

结笔开唐贤门路。

◎评《赠族人秣陵兄弟》

情真语至,无一句不从性情中流出。意味愈嚼愈长,真乃绝调。

“自尔”下是赠弟正面。

驱遣故典,妙能驾驭,使事不落板套。此水部所以为大家。

“顾余”下自叙生平,句句见性情真至。

以下(指“萧索高秋暮”句以下。)情景夹写,神味无穷,真乃一字一珠。

◎评《送韦司马别》

沈归愚曰:“每于顿挫处蝉联而下,一往情深。”

摇曳无穷,姿态不尽,梁武帝《西洲曲》后有嗣音矣。

蝉联处意味不尽。结二语情深语至。后人脱此胎者不可胜数。

◎评《与苏九德别》

竟体清俊,然姿态有馀。

沈归愚曰:“末四句分顶秋月春草,随手成法,无所不可。”

◎评《和刘谘议守风》

尚有正始之音。

句烹字炼。

实做“守风”,二字点缀,亦有姿态。

◎评《宿南洲浦》

起二语真,“知”字下得妙。

数语写景。

当次景况,愈动怀归之感。

◎评《和萧谘议岑离闺怨》

写怨字却有如许情致。

清俊有神味,去汉魏遗风庶几不远。

◎评《答高博士》

水部每于赠答诗必有一二联空写景致,最快人心目,真乃胸中无俗尘者。

◎评《野夕答孙郎擢》

起四语,浑如一幅野夕画图。

“流水注”(指“思君意不穷,长如流水注”句),言思君无已时也。

◎评《临行与故游夜别》

情至语。“夜雨滴空阶”十字情景俱绝,此沈、范所以心折也。

◎评《与胡兴安夜别》
三、四语真至。意味深厚。
“露湿”二语写景，妙不脱“夜”字正面，却仍是别时凄凉境界。

◎评《慈姥矶》
沈归愚曰：“己不能归而望他舟之归，情事黯然。”

◎评《相送》
“江暗”十字，写景处高浑而沉着。

◎评《范广州宅联句》
句中有神韵，天然风致，足与范诗相伯仲。

萧子云
◎评《落日郡西齐望海山》
落日晚眺中写出如许情景，措词亦复清俊，仿佛何水部一派。
“蝉鸣”一联出色。

萧琛
◎评《饯谢文学》
三、四语妙能雄浑。结亦楚楚有致。

王籍
◎评《入若耶溪》
此当时最有名诗，传诵一时之口，以为文外独绝，然亦不过轻倩而已。
梁、陈间风骨之卑，于斯益见。

刘孝绰

◎评《古意》

饶有古致。

多妇思夫词，古人每托意于此。

“故居”二句叠字妙，摇曳有致，姿态愈出。

结二语写出可怜。

刘峻

◎评《自江州还入石头诗》

亦未能脱梁、陈俗调。

“我思”下却有意义，但通体排偶，风骨便弱，诗教之衰始于梁、陈。唐初陈伯玉出而风骨始正，挽回之功千古第一。

刘显

◎评《发新林浦赠同省》

“落日”二语佳。

陶弘景

◎评《诏问山中何所有赋诗以答》

沈归愚曰：“即‘独寐寤宿，永矢勿告’意。”

夹批：可谓高风千古。

◎评《寒夜怨》

沈归愚曰：“音节近词，然‘空山’七字却高。”

情深语至，节短音长。

曹景宗

◎评《华光殿侍宴赋竞病韵》

华光，一作光华。《古诗源》作“光华”，《古诗笺》作“华光”。

自是兴到之作。

徐悱

◎评《古意酬到长史溉等琅琊城》

沈归愚曰：“在尔时已为高响。”

孙月峰曰：“首尾腴静，炼而不苦，格调在不深不浅之间，趣味亦自不乏。”

何义门曰：“只‘遐望’二字开后半首，自成一格，然却与起二语相关动，故妙。”

虞义

◎评《咏霍将军北伐》

孙月峰曰：“调响气劲。”

沈归愚曰：“不为纤靡之习所囿，居然杰作。”

何义门曰：“妙有起伏，非徒铺叙为工。”

又曰：“此诗为老杜前、后《出塞》之祖也。然此诗有永明缓弱风气，不若子美诗为俊健。”

虞骞

◎评《视月》

竟体清俊，此梁、陈风派也。结笔娓娓有情。

江洪

◎评《胡笳曲》

“落日惨无光”五字起得有声势。写胡地情景亦佳。

车縠

◎评《陇头水》

起二语开盛唐人先声，似岑嘉州、高达夫一派。

结二语颇见笔力。

王玉京

◎评《孤燕诗》

燕亦通灵。贞节语出以和婉之音，愈能感人，读之既久，意味弥永。

刘大娘

◎评《赠外》

上七字、下五字亦自成格，不必过于拘板也。

包明月

◎评《前溪歌》

陆梅垞曰："情款亹亹，词气幽媚，笔力动宕，殊佳。"

莫愁女

◎评《莫愁乐》

陆梅垞曰："二诗类男女一唱一和之词。相传俱为莫愁所歌。以可解不可解读之，可也。"

吴兴妓童

◎评《赠谢府君》

陆梅垞曰："有气有词，清迥不落卑靡，可谓奇矣。"

夹批：情致楚楚，风格自在。的是梁、陈中佳作。

无名氏

◎评《木兰诗》

或曰下有木兰塚。

沈归愚曰:“事奇诗奇,卑靡时得此,如凤凰鸣庆云,见为之快绝。”

叙事简老明静,风骨高,气味厚,真千古绝调也。

“朝辞爷娘去”两排一层逼一层,一程远一程。言情叙事,绘色绘声,亘古今来莫与骖乘。

写归来,夹写夹叙,面面俱到。其笔力之高,音节之古,求之两汉中亦不可多得,况梁、陈颓靡时乎?

以下写其归家情状,与“出门看伙伴”情状,句句逼真,意味挹之不尽。每读一过,为之喜悦悲歌者累日。

末四语以歌谣之笔结之。卓绝万古。

◎评《企喻歌》

有苍劲气。

奇变之调,古人所以为高。

读之飒飒悲风生。

夹批:似谣。

歌谣

◎评《幽州马客吟歌辞》

愤激之辞却托于譬喻,正有无限悲慨。

夹批:末句沉痛。

◎评《琅琊王歌辞三首》

奇情妙趣。

正意在前,喻意在后,古人往往有之。

似着意不着意,古人每有此种高奇之调。

◎评《钜鹿公主歌辞三章》

合三章共成一韵，古人每有此种格法。如《渔父歌》、《芦中人》三章亦犹是也。

◎评《陇头歌辞》

“寒不能语”二句奇妙。

◎评《折杨柳歌辞三首》

深语以浅出之，此歌谣之所以为天籁也。

古朴可喜。

气味浑厚，似西汉人笔墨。

◎评《捉搦歌二首》

似谣似谚，亦在可解不可解之间。

每读一遍，不知何故令人神竦，真神调也。

南朝·陈诗

陈诗诗人远不逮梁诗。

梁、陈之代，风格日卑。陈之视梁，抑又降焉。盖梁诗虽卑弱，犹尚风格，合通篇观之，亦间有高古处，陈诗如阴、徐、江、张之辈，专攻琢句，不尚体格，可叹人也。故所选从略。

诗至于第求之字句之间，不过差强人意。汉魏正始之音，杳不可追矣。

阴铿

阴、仲并称，然子坚远不逮仲言。

◎评《渡青草湖》

句斟字酌，无一字不工妙，自是精心着意之作，然而去汉魏音节杳乎远矣。

◎评《广陵岸送北使》

格不高而句子却佳。

“亭嘶”二语炼句法。

“海上”十字写景亦佳。

◎评《江津送刘光禄不及》

真是律句。

“泊处空馀鸟”一联写来有致。

◎评《和傅郎岁暮还湘州》

“大江”十字措语警拔。“戍人”一联炼句亦妙。

◎评《和侯司空登楼望乡》

音调俱谐，直似律句。“野日烧中昏”五字却是警句。

◎评《开善寺》

擅于琢句，擅于炼句，不得不谓之佳作，然却不似古诗。

与近体越近，去古体越远。诗教之衰，始于梁、陈。使无陈伯玉，吾不知其伊于胡底也。

夹批：子坚诗，求其一首风格高者，不可得也。

徐陵

孝穆诗非无佳句，然古音不可追矣。

◎评《长相思》

“调苦思深，雅人逸致。”(引自王尧衢《古唐诗合解》)

◎评《关山月》

清丽可人。

非不欲学古致，无奈说来，总是梁、陈间风派，牢不可破。

◎评《出自蓟北门行》

通首多巧思之句，音调纯是律句。不入律者，惟一“凉”字耳，尚得谓之古诗耶？选者于此不得不低一格论人。

◎评《别毛永嘉》

似达愈悲，孝穆集中不易多得。

夹批：风格尚不卑靡，陈诗中罕见之作。

◎评《山斋》

通篇纯用排偶。古诗一脉绝矣。惟末二语尚超，差强人意。

结二语有别致，故佳。

周弘正

陈诗靡弱，独二周诗骨颇高，惜所见不多。

◎评《还草堂寻处士弟》

起四语，慨叹不尽。结二语亦有温婉音节。

周弘让

弘让人品不足取，而诗骨尤在乃兄之上。

◎评《留赠山中隐士》

质朴中却有一片真气。如家常语，看去甚易，拟之便难。从陈诗靡弱中犹幸存此骨韵之厚，岂非快事？（㠀栝《古唐诗合解》）

江总

总持诗颇有清晰处，在陈时当首推大家。

◎评《闺怨篇二首》

兴起最佳。

“故人”二语无限意味，读之数十遍其味弥永，真名作也。

此诗竟似唐人七律，殊逊前作，然绮丽缠绵，在陈诗中亦是佳作，故与前首并录之。

◎评《姬人怨》

情至意至，说来姿态有馀。所惜将思君肠断直截说出，未免意尽少含蓄。㠀栝《古唐诗合解》）

◎评《赠贺左丞萧舍人》

长篇亦自脉络分明，起伏步骤有写景处，有言情处，有运用处，有沉痛处，的的佳作。

“回首”下音节漫远，有一波三折之致。

“芦花”四语写景亦清超绝俗。

音韵凄断。

结笔亦郑重，一矫陈时颓靡陋习。

◎评《遇长安使寄裴尚书》

有清俊句，在陈时自是高超之作。

◎评《入摄山棲霞寺》

山形方，四面重岭，亦名伞山，上有千佛岭。

腴炼中自有一种清爽之气，佳构也。

写山景笔亦能曲曲绘出，然较之康乐游山诸诗，相去不啻天渊，盖能清不能厚也。

◎评《经始兴广果寺题愷法师山房》

亦是着意在琢句。

中四语写景幽微，起结决题之义蕴。

◎评《并州羊肠坂》

起四语太嫌平。五、六语却佳。“起”字、“尽”字炼得妙。结亦平。

◎评《于长安归还扬州九月九日行薇山亭赋韵》

浅语中有深致，开唐人绝句先声。

◎评《哭鲁广达》

沈归愚曰：“不嫌自污，真情可悯。”

张正见

◎评《关山月》

未尝不清丽，然去古诗又远一层矣。

“唐萱”“秦桂”，必如此对法，亦太小家气。

◎评《秋日别庾正员》

此诗尚能清俊。三、四语亦有凝炼处。在梁、陈时便可谓之佳作。

夹批：沈归愚曰选《古诗源》至陈、隋间，则曰“遇好句不十分卑弱者，亦便收入。盖钞诗者至此，眼界放下几许矣”。余之选《骚然精选录》，至陈、隋亦犹是也。

何胥

◎评《被使出关》

陈时诗人无一首不排，力薄也。

“莺啼”二语写风景之异，十字中却写得明尽。

韦鼎

◎评《长安听百舌》

此小题耳，起五字何等苍莽，乃知胸中所感，出笔固自不同。

陈昭

◎评《昭君词》

咏明妃者，至老杜可谓前无古人、后无来者矣。此作尚有雅音在，陈时亦是难得，故录之。

沈婺华

◎评《答后主》

陆梅垞评曰：“音节和缓，不为怨怅之词，亦不为娓娓之语，闲闲道破，翻令闻者一笑。”

北朝·魏诗

北魏诗颇有劲快处，音调上接古人，迥非陈诗纤弱之比，惜乎所存者少。

刘昶

◎评《断句》

磊落恣肆,慷慨悲歌,有声有泪。二十字中情绪已尽之矣。

常景

◎评《赞四君》

大致亦是从《五君咏》脱胎。所不及《五君咏》者,颜作能写性情,此只引得故实也。然气体大方,诗品自在,陈、隋中人罕有此笔墨。

《王褒》章(《赞四君》诗,四君依次为司马相如、王褒、严君平、扬雄)上章云"穷达委天命",此章云"遇否徒自分",咏古人处即是景自道语也。

四诗皆引用故实而夹以一二语断论,格律极为端正,绝无一丝小家气,录之可以救陈时纤靡之习。

语句莫不凝重,自是斟酌之作。

温子升

鹏举诗清俊而沉着,的是高手。

◎评《从驾幸金墉城》

立格措词俱极幽细深沉,仿佛三谢风度,读之令人心目一快。

"微微"下写景愈妙。

起结俱有古致。三谢后复见此种笔墨,不可多得。

◎评《捣衣》

艳词丽句,姿态有馀。

音节近似唐人,风气自斯愈近。

胡叟

◎评《示陈伯达》

理直词直，绝无婉转，自成一种格法。

末用"辅仁"，此种用法本之于康乐。

结亦梗直。

胡太后

◎评《杨白花》

沈归愚曰："音韵缠绵，令读者忘其秽亵。后人作此题，竟赋杨花，失其昔旨矣。柳子厚一篇若隐若露，剧佳。"

一唱三叹，余音绕梁，情致缠绵，令人低徊不已。

冯太后

◎评《青台歌》

似谣、似谚、似古乐府，三句中有无限意味，真是神来之作。

谢氏尼

◎评《赠王肃》

陆梅垞曰："以蚕丝喻肃，情幽语细，胜于明写怨语。"

陈留长公主

◎评《代王肃答谢氏》

陆梅垞曰："不烦委屈，探怀而出，与谢作合看，极似《子夜》古歌中妙诗。"

歌谣

◎评《咸阳王》

深情出以婉节，自能油然动人。一时文人诗浅率无味，愧宫中女子多矣。

◎评《李波小妹》

强盛处难于备写，妙却以小妹一端点染，只末二语醒明，而宗族强盛自见。古人一语抵人千百，此也。

北朝·齐诗

诗至北齐，年代与唐日近。然转有独见古质处。所存诗不多，然不可磨灭。

邢邵

子才诗有清远处，尚带古风。

◎评《思公子》

“归来岂相识”五字深婉。

夹批：写“思”字别有一种真至处。

◎评《七夕》

尚有古音。

深情绵邈，寄语遥深，调响思清，令人泠然可歌。

祖珽

◎评《望海》

未能尽海中奇妙，望中景物，此限于篇幅之故也。然立格措词尚不卑弱，故存之。

◎评《挽歌》

“素盖转悲风”五字写得尽，抵得一大篇《挽歌》。

高昂

◎评《征行诗》

末句趣甚，然从军中的有此情。

郑公超

◎评《送庾羽骑抱》

沈归愚曰：“末二语翻得新妙。”

起十字清俊高超。结得有致。

萧悫

仁祖诗时有清思，北齐人高手也。

◎评《上之回》

沈归愚曰：“声律俱谐，唐音中之佳者。”

“叶下故宫秋”自是名句，佳在一“下”字、一“秋”字。

◎评《秋思》

“芙蓉”一联不从雕琢而得，自是佳句。

五、六语工丽，然亦仅取其工丽耳，去古则远矣。

◎评《春庭晚望》

妙语入情，翩翩飞舞。一结尤有别致（指“不愁花不飞，到畏花飞尽”句），然去古愈远。（嗥枯《古唐诗合解》）

颜之推

颜介诗颇见古质，颓靡时罕得有此。

◎评《古意二首》(录一首，“十五好诗书”其一)

沈归愚曰：“直述中怀，转见古致。”

苍苍莽莽，千古杰作。

“歌舞”二语惊魂动魄，令人读之毛发俱竦。白香山“渔阳鼙鼓动地来”二语从此脱胎，然不若颜之劲拔。

托珠玉以自喻，以下一句珠一句玉对写，姿态不若前诗横逸，而沉细过之。

潜荣守真(指“归真山岳下，抱润潜其荣”句)，结笔纯正。

◎评《从周入齐夜度砥柱》

“马色”四语音律逼似唐人，然句子却佳，不可弃也。

冯淑妃

◎评《感琵琶》

犹有追怀故主之思，善于写怨。

诗中比兴最佳，即此一端可见。

崔娘

◎评《(醶面词》

“其词四段皆重复，即以重复为变换，愈短愈长，愈促愈缓，著作妙手。”(引自陆昶《历朝名媛诗词》)

斛律金

◎评《敕勒歌》

沈归愚曰："莽莽而来，自然高（按："高"字据《古诗源》补，疑漏）古，汉人遗响也。"

末七字更有姿态。

歌谣

◎评《童谣》

童谣每于无理中有至理，此是天籁，不可强为也。

北朝·周诗

诗至北周，风气转高，于梁、陈，以有庾子山一人，足以抵百人也。

庾信

子山诗清新溜亮，格调俱超。陈、隋靡靡中犹幸有此硕果不食。

子山赋足以独有千古，诗亦冠绝一时，真天人也。

夹批：子山诗琢句清新，格律高迈。六朝自谢、鲍而外，定当让渠独步。少陵诗云："清新庾开府"。不第赏其句，兼赏其格，自是一时高手。

◎评《商调曲·君以宫唱》

沈归愚曰："别为一体，当存以备观览，在尔时庙廷之乐亦自靡靡，此如蒉桴土鼓也。"

夹批：古质朴茂，于颓靡时重见大雅之音。

结二语典重质实。

◎评《商调曲·礼乐既正》

起笔正大可风，端庄简贵，通体莫不古茂，真一时景星再现。

措语、遣词、立格俱非古非今，此子山独往独来之处。

夹批：二诗得于颓靡之时，如振木铎。

◎评《乌夜啼曲》

清丽中仍带风格，所以为佳。

结二语尤有风致。

◎评《对酒歌》

起十字措词清丽，音节绵远。

亦是有意学嵚崎。

沈归愚曰："起结致佳。"

◎评《奉和泛江》

调清语俊，是子山本色。"兰桡"下数语极有姿态，剧佳。

结二语劲拔而清俊。

◎评《奉报寄洛州》

气格自高，不落卑靡之习，却有无限姿态，此子山不可及处。

未尝不炼句，却不仅以炼句见长，所以为高。

◎评《同卢记室从军》

快字快语，颇见魄力。

"寇阵"十字，非亲见敌军崩溃者道不出。

结笔劲拔有力。

◎评《至老子庙应诏》

此种诗亦未脱陈、隋人俗派，然语句却清警，亦是可传之作。

"野戍"十字清新腴静。

结笔尚有古致。

◎评《拟咏怀》(注:庾信《拟咏怀》共二十七首,选本录七首。)
子山咏怀诸作几于独有千古。
骨力劲拔,的是名作。
子山咏怀,寄兴无端,不必专指一人一事也。

◎评《拟咏怀·摇落秋为气》
“摇落”四语,音调近唐律,而骨格却仍是古风,所以为高。
结二语,无穷孤愤,俱于言外现出。

◎评《拟咏怀·横流遘屯慝》
“哭市闻妖兽”二语奇警怪诞,读之心惊胆战,足以震动千古。

◎评《拟咏怀·横石三五斤》
起笔老横。
随事托悲,孤愤之怀溢于言表矣。
结得深远。

◎评《拟咏怀·日晚荒城上》
结笔写出荒凉景况。“阵云”二语劲炼中别有姿态。

◎评《拟咏怀·萧条亭障远》
“城影入黄河”五字苍凉悲壮,千古警绝之句。

◎评《拟咏怀·步兵未饮酒》
此诗自悲其行止之无定也。抵得一篇《哀江南赋》。

◎评《拟咏怀·悲歌度燕水》

悲歌慷慨，羽奏商音，读之如当秋风萧杀之时，骨惊心折，骇胆慓魄，尤为诸篇中之冠。

夹批：子山咏怀诸篇，可兴、可悲、可怨，得知陈、隋间，真如凤鸟再至，河洛出图。

◎评《和王少保遥伤周处士》

起四语，生离死别，写得黯然魂销。无一句不情真语至。

结笔尤有惋惜之神。

◎评《和张侍中述怀》

拉杂使事而不嫌其弱，骨格高也。

措词瑰瑰典丽，陈、隋间罕有此等篇幅。

永嘉（指"永嘉独流寓"句）以晋喻梁，言此时已适流寓长安也。

引用故事，直抒胸怀，自是子山本色。

运用处句法亦参差变换，不犯重复，后人作长篇者当以为法。

"大夫惟闵周，君子常思亳"二语即子山自道，怀梁之感于斯益见。

观其运用古典，却无一句不是自道，不待思索，一望而遽知也，所以名贵。

"冬严"二语，伤世乱也。触绪兴怀，无穷起伏，真是一时绝唱。哀音苦节，即《哀江南赋》之意也。观结二语，疑此时江南兵乱后也。

◎评《寄王琳》

情急意至，四句中不知多少血泪。

◎评《和侃法师》

似唐人绝句而意致却深厚。

◎评《重别周尚书》

沈归愚曰:“从子山时势地位想之,愈见可悲。”

◎评《寄徐陵》

音节近唐。

◎评《咏画屏风诗三首》

其一:此咏画屏,不是其境,是虚空,以取其神理。三四语超秀入神。

其二:实咏画屏风正面,妙能以假为真。

其三:少陵所云“清新庾开府”定是此种。

◎评《梅花》

“古人咏梅诗清高越俗,后人愈刻划愈觉枯滞。古人取神,后人取形也。”(引自《古诗源》)

◎评《望渭水》

起二语排,三、四语不排,唐人诗多有此格。

王褒

子渊诗有清快句,格调犹近于高。

◎评《关山篇》

颇有劲拔之处。措词立格俱见手段。

“好勇”下转韵,稍嫌弱,然立格却佳。

末二语收足本题。

◎评《从军行》

少苍劲气而琢句自佳。

拉杂使事，最难警炼，如庾子山《和张侍中述怀》诗，不可多得也。

此作使事非不工妙，但嫌泛警炼。

◎评《赠周处士》

起笔佳。虽是排偶，却飞动有姿态。

“云生陇底黑”二语精妙。

结笔紧切弘让（按，弘让，即周处士弘让。）。

◎评《从弟祐山家》

处处写出高隐之怀，紧切山家。既有姿态，却亦不乏风格。调高句妙，子渊集中当以此为第一首。

◎评《渡河北》

沈归愚曰：“起调甚高。”

三、四语言其所历之境。

“心悲”二语自伤。

末二语言行路之难。

隋 诗

诗至于隋，风气一大转移之机也。盖自此以往，古音愈杳，律体竞作，流于薄弱之渐也。然后知初唐陈伯玉复古之功，当为骚坛第一座。

隋炀帝

◎评《饮马长城窟行示从征群臣》

气体阔达，立言宏敞，颇似君人之语。惜其言是而其人非。

立格既高，措词亦厚重，陈、隋间罕见有此。

“山川互出没”下写行军战胜事，姿态横生，风格振举，的的名作。

结笔尤典重肃穆。

◎评《白马篇》

体格与前诗同一阔大，而琢句更觉警快有馀。

“轮台”二语英气勃发，自是强霸之主声口。

英风霸气，姿态飞舞。笔力甚遒劲，超出一时。结四语尤慷慨有飞动之致。

◎评《春江花月夜》

四句中有无限姿态，句调俱佳。

杨素

武人诗，在庾子山之下，在沈、范、阴、何之上。

夹批：武人诗，风格颇高，别饶远韵。自是一时大家，卓不可及。

◎评《出塞》

有排处，有不排处。不排处固高，即排处亦高。骨力劲拔，气格清超，真名作也。读者当善观其风格，不第于字句间求其精妙也。

◎评《山斋独坐赠薛内史二首》

二诗幽微淡远，几于康乐复生。句细而骨峭，是真作家，不可强求也。

清高越俗，几于阮、嵇、郭、张等身分，高绝清绝，诗竟不可以定人品耶？

◎评《赠薛播州》（原诗十四章，选录十章）

夹批：深沉高远，自是百代杰作。

其一“在昔天地间”：起笔古重。此诗叙六朝纷乱之际。沈归愚曰：“落句是奸雄语，曹孟德时或有此。”

其二“两河定宝鼎”：此诗言己与道衡各自分守也。

其四“道昏虽已朗”：起“（疑脱‘道’字）昏”，言虽一统开基，而政故犹未新也。措语厚重。

夹批：苍劲有骨力，陈、隋人序事多乎庸，似此真不可多得。

其七“荏苒积岁时”：言己与（疑脱“道衡”二字）既立事功，各自分镇，离别既已久也。结亦有余致。

其八“滔滔彼江汉”：情节俱足千古。武人奸雄而有如此语，真乃奇绝。

其九“汉阴政已成”：道衡所谓“人之将死，其言也善”，定是以下数首。

其十“北风吹故林”：承上“北风”二字递入，音节绝佳。结笔有正始馀音。

十一“养病愿归闲”：亦承上章接入。高古绝俗。

十三“秋水鱼游日”：起二语虽排，却有别致，不乏古色。其言也哀。武人可谓先后着两人。

十四“衔悲向南浦”：亦承上章接入，中有无限情节。

赠薛诸作脉络分明，音节高远，真有数之作。

卢思道

◎评《游梁城》

立格措词仅有可取，尚不过于卑弱。

唱叹中亦自有音节。

“乌散空城夕”十字中有十层。

薛道衡

玄卿诗颇见清新气格，愈逼愈近。

◎评《昔昔盐》

亦自工巧。

张景阳诗云：青苔依空墙，蜘蛛网西屋。此作“暗牖”二语实从张诗脱胎，而其发原则在“伊威（按：“威”字疑为水渍所晕，据《诗经》补）在室，蟏蛸在户”，但古人质朴，今人工巧耳。

◎评《敬酬杨仆射山斋独坐》

亦学《西洲》而音节不逮，视武人作不如多矣。

“遥原”二语，孟襄阳诗多祖此句法，然仅祖其句，非祖其格也。

◎评《人日思归》

诗浅近然却自真实，绝不雕琢。

虞世基

茂世诗颇见苍劲处。

◎评《出塞》

上半写未出之先，下半写既出之后，姿态飞动，气骨亦苍劲，在陈、隋间真不可多得。然较老杜“出塞”诸篇（指杜甫《前出塞九首》及《后出塞五首》）则不可同日而语矣。于此益叹少陵为千古骚坛之圣。

◎评《入关》

音调近唐，风格自在。

◎评《在南接北使》

有情有景，语亦名俊，陈、隋中便是可传之作。

孙万寿

仙期诗高超古致,隋朝在杨武人外定推作家。

仙期诗高迈处,多自是一时名手。

◎评《和张丞奉诏于江都望京口》

气调俱高。有意致。

细观诗中词义,想是坐事配防江南时所作也,故不无怨语。

◎评《和周记室游旧京》

起四语,高超卓茂,不可几及。

使事处尚不平庸。

"闻君"二语无限悲慨。

结笔亦峭。

◎评《行经旧园》

起四语,写尽旧园颓废景象。

"日斜"二语警炼有神。

结二语虽旷达,然却不背题旨。

◎评《早发扬州还望乡邑》

三、四语有画境。

"洲渚敛寒色"五字精神绝似康乐。

◎评《东归在路率尔成咏》

起得愤惋。不是羁旅久在外者道不出来。

结二语最近人情。

王胄

◎评《别周记室》

音调近与五律无异，置之古诗中竟不相类，以句词尚有可取，故存之。

尹式

◎评《别宋常侍》

“无论去与住”二语写得十二分沉痛，不可以浅语忽之。

诗甚清警。俱见骨力，“沸”字“咽”字妙。

“望望”下有水逝云卷、风驰电疾之妙。且对下作自慰自解之辞。

通篇起伏都超。

侯夫人

◎评《妆成》

“梦好却成悲”五字真绝，盖于好梦之后转添万端愁绪也。

◎评《自感》

怨矣，却不见怒色，炀帝读之能不泪下。末句悲婉。

◎评《看梅》

音节近词。诗之入于词也，盖以渐而入矣。

吴绛仙

◎评《谢赐合欢水果》

词义不深，情事却好，不溢不支，亦复能事。

夹批：善于托意，措辞亦佳。

千金公主

◎评《书屏风诗》

“以一弱女子身陷虏廷而笃念君亲，思图克复，不成而死，情苦志壮，固非寻常女子也。”（引自《历朝名媛诗词》）

诗之工拙在所不计。然即以诗论，剀切详明，亦是佳作。

丁六娘

◎评《十索曲》

细观《十索曲》，情致楚楚，似从《子夜歌》脱胎而变其体势，独创一格，的是妙作。但词近淫亵香奁一体，于此渐肆，同时如张碧兰、罗爱爱各有篇什，概置不录，恶其词之亵也。

□□丁六娘□□以备□□而已，学者□善防其渐，勿为古人所囿，可也。（按：本页残损）

秦玉鸾

◎评《忆人》

“淡淡说来，自觉可怜，舌尖灵动”（前语引自《历朝名媛诗词》），自是慧心女子。

无名氏

◎评《叹疆场》

脱胎《子夜》，却有真致音节，亦类乐府。

唐　诗

（前缺）

盛唐诗

王维

◎评《送梓州李使君》

起四语,有转圜石于千仞手段。

“结意言时之所急在征戍,而文翁在蜀,翻重教授。准之当今,恐不敢倚先贤也,然须活看。”(此评语引自沈德潜《唐诗别裁集》,原文为“结意言时之所急在征戍,而文翁治蜀,翻在教授,准之当今,恐不敢依先贤也。然此亦须活看”。文翁,名党,字仲翁,西汉时人,为蜀郡守,修学官,崇教化,被列入《汉书·循吏传》。)

◎评《送贺员外外甥》

情景兼到。

◎评《送刘司直赴安西》

沈归愚曰:“一气浑沦,神勇之技。”

英武之气浮于纸上,少陵外罕有其匹。

夹批:右丞五律,有自然,有雄浑,此雄浑者。

◎评《送杨长史赴果州》

此等绝似太白手笔。

王、孟并称,毕竟王妙于孟,以王能兼孟,孟不能兼王也。

◎评《送刑桂州》

“三、四当句对,妙用活对。‘潮来’句奇警。末讽以不贪也。古人运意曲折微婉。”(引自沈德潜《唐诗别裁集》)

◎评《送丘为落第归江东》

三、四语，写尽久客垂老归乡苦况。

反用孔融（指反用孔融荐祢衡事以自咎），古道在，绝不自讳也。

◎评《酬虞部苏员外过蓝田别业不见留之作》

起写蓝田别业，三、四写不见留，五、六写归路寥落，末二语得系念之神。

◎评《送孟六归襄阳》

却是送孟襄阳声口。他人不足当此，亦不足与语此也。末二语见襄阳胸次。

◎评《汉江临眺》

对起雄峙。三、四写水势浩瀚，山色微茫，有囊括宇宙气象。

◎评《被出济州》

三、四语亦周旋，亦曲折，亦明快，亦深沉，得风人旨。结亦凄绝。

◎评《冬晚对雪忆胡居士家》

沈归愚曰："通首写对雪，不削而合，不绘而工，忆胡居士只就末处一点。"

◎评《终南别业》

行无所事，一片化机，此等落笔，直似未有声律之先便早有此一首也，尚矣。

◎评《登裴迪秀才小台作》

"边"字、"外"字，如此用法奇绝妙绝，然诗家偶一为之则可，不可为例也。

◎评《秋夜独坐》

三、四语写独坐不堪之景。雨中果落如人老病衰，灯下虫鸣更助愁人凄切。

◎评《观猎》

起四语，魄力雄大，与杜陵并驱中原。

"章法、句法、字法俱臻绝顶，盛唐诗中亦不多见。"（引自沈德潜《唐诗别裁集》）

◎评《奉和圣制上巳于望春亭观禊饮应制》

句句明丽，既合体裁，却又不是颂扬俗套。

古人律诗亦多出律处，大家不计小疵。

◎评《奉和圣制暮春送朝集使归郡应制》

起笔调高词丽，最是应制之妙。公笔庄丽……（按：本页残损）

◎评《春日直门下省早朝》

三、四语传出早朝初入时神理。

五六庄丽。

结意得体。

夹批：一片承平雅颂之音。

◎评《晓行巴峡》

以"馀春忆帝京"为一篇之主。

写蜀道之奇险如画。

以人语莺声转出别离情，所以明帝京之可忆也。

◎评《送秘书晁监还日本》

起四语，雄浑阔大。

中四语，布景绘神，淋漓尽致，右丞独有千古矣。

结出离情。

◎评《过沈居士山居哭之》

悲痛之词出以清逸之笔，妙绝千古。

“野花”二语无穷凄婉，“愁”字、“咽”字已妙，“愁对客”、“咽迎人”更妙。以下一往叹息。

◎评《奉和圣制幸玉真公主山庄因题石壁十韵之作》

“公主辞主第而就山庄。应志在求仙者。”（按：本页残损）（引自《唐诗别裁集》）

三、四语流水对，神韵天然，妍丽绝世，却又合体。

通首写山庄幽静，真乃世外逍遥，脱离苦海。

◎评《奉和圣制从蓬莱向兴庆阁道中留春雨中春望之作应制》

典重温丽。

沈归愚谓唐人应制诗应以此篇为第一，信然。

夹批：五、六语的是一幅名画。

“结意寓规于颂，臣子立言方为得体。”（引自《唐诗别裁集》）

◎评《敕赐百官樱桃》

雍容名贵，与少陵《野人送朱樱》诗均为三唐绝唱。（前语檃栝《唐诗别裁集》评语）他如郑谷“鹧鸪”、崔珏“鸳鸯”、雍陶“白鹭”皆堕咏物尘劫，视王、杜二公何啻霄壤。

◎评《敕借歧王九成宫避暑应教》

叙事从容有度，应教诗能如此，骨冷然超出烟火，右丞独绝之技。

◎评《和贾至舍人早朝大明宫之作》

“早朝倡和诗，贾作平平，右丞正大，嘉州颖秀，一时有鲁卫之目。”（引自《唐诗别裁集》）

◎评《出塞作》

“上言疆场有警，下言命将出师。一结得‘彤弓弨兮，受言藏之’意。”（引自《唐诗别裁集》）

结笔典重。

◎评《酬郭给事》

目所见，耳所听闻，当前景物，可谓妙手点染。

五语写入朝，六语写出朝，结二语酬郭。

◎评《积雨辋川庄作》

三、四语绝妙画境。

五、六语是隐者自得之乐，不可语人。

结更潇洒绝尘，无一点人间烟火。

◎评《送杨少府贬郴州》

此诗六用地名，因其诗工，掩而不觉。其中又运以真气，故痕迹俱无。然后人不可为训。

夹批：写不得意，俱就物上说，妙有含蓄。

◎评《送方尊师归嵩山》

三、四语奇妙。“有此奇境，非此奇句不能写出”（引自《唐诗别裁集》),不必议其偏锋也。

◎评《春日与裴迪过新昌里访吕逸人不遇》

起句写未访之前,次写访吕,次写景物,次写不遇,俱有叙次。

结笔独造。

◎评《酌酒与裴迪》

前四语写人尽翻覆,后四语发自宽意,阅历世故之言也。

◎评《和太常韦主簿五郎温泉寓目》

“青山”二语秀丽而别致。

五、六写寓目之境。

结不浮实。

◎评《临高台送黎拾遗》

“写离情,能不露情态”(引自《唐诗别裁集》),最难下笔。

此作得景中之情矣。

夹批:无限深情,妙只不露,而意味愈长。

◎评《鸟鸣涧》

沈归愚曰:“诸咏声息臭味迫出常格之外,任后人摹仿不到,其故难知。”

◎评《鸬鹚堰》

形神可绘。

夹批:自然起灭,所谓天籁。

◎评《孟城坳》

自悲自解，起灭无端，神乎化矣。

◎评《鹿柴》

随意写出，笔有造化。右丞五绝，永宜独步千古。

◎评《竹里馆》

“独坐”二字是眼。无一字不清冷刺骨。

夹批：幽静而潇洒，诗与人两绝。

◎评《辛夷坞》

孤绝幽绝，用楚词而不学楚词，而义蕴亦不让楚词，所以为高。

◎评《欹湖》

深情远韵，意态微茫。

◎评《山中送别》

送别诗不必多作套言，只此便情韵足矣。

夹批：一片深情，言下流出。

◎评《相思子》

深情楚楚。相思之极才有“休采撷”之语，读者切莫泥看也。

◎评《送春辞》

情致缠绵，自慰语正自伤也。

◎评《留别崔兴宗》

三、四语浅率中有无限情致，细绝。

◎评《答裴迪》

四语中绘出一片苍茫景象，胸中有山水，笔下走云烟。

◎评《息夫人》

言之蔼然，感王心也。宜矣。

◎评《杂咏》

问得神气宛然，笔亦清逸异人。

夹批：品高骨高，诗又高矣。

◎评《田园乐三章》

六言诗最难自然，必须增一字不可，减一字不可。观此三章是何等本领。颜、陶高风，右丞得其半矣。

桃柳花鸟，极俗字眼，看此写法，何等姿态。

◎评《送元二使安西》

情真语切，遂成千古绝调。（㮚栝《古唐诗合解》评语）

相传曲调最高，倚歌者笛为之裂。

右丞七绝此为压卷。

◎评《秋夜曲》

貌为热恼，心实凄凉，非深于涉世者不知也。

◎评《少年行》

所饮者，意气也。我知摩诘胸中有许多愤郁在。

◎评《九月九日忆山东兄弟》

沈归愚曰："即《陟岵》诗意，谁谓唐人不近《三百篇》耶？"

◎评《送沈子福之江东》

春光无处不到，送人之心亦不限江南江北，犹春光也。

◎评《与卢员外象过崔处士兴宗林亭》

写处士放浪形骸，不拘礼法如此。（槩栝《古唐诗合解》评语）

◎评《送别》

自伤憔悴不似洛阳全盛之时，既衰老而思归，又合悲而送别，真正泪下。（槩栝《古唐诗合解》评语）

◎评《菩提寺禁，裴迪来相看，说逆贼等，凝碧池上作音乐供奉人等举声便一时泪，私成口号诵示裴迪》

“肃宗究从逆诸臣，见王维此诗得释，以其志不忘君也。诗以言志，信矣。”（引自《古唐诗合解》）

◎评《叹白发》

无穷感喟，信口说出。

夹批：右丞诗或壮丽，或清远，或冲淡，或雄浑，各体兼善，视高、岑则过之，视储、孟则兼之，别乎李、杜，独自成一大家，宜为唐代之正宗也。

古、律、绝三体最难兼善，独右丞五古可配渊明，七古可匹东川，五、七律亚乎少陵，五、七绝并驱太白。尤妙在有似众家处，有不似众家处。右丞胸中别有旗鼓，千古骚坛当目之为华岳。

眉批：右丞诗自唐迄今，李、杜外谁不低首。

孟浩然

山人诗无一刻挚语，无一深沉意，而风骨自远，此陶诗化境也。山水清音，皆天籁也，惟山人得之。

夹评：“右丞学陶而得其清腴，山人学陶而得其闲远，同得渊明之妙。襄阳诗每无意求工而清超越俗,正复出人意表。清闲浅淡中,自有泉流石上、风来松下之音。王阮亭讥其未能免俗,正未必然也。”(引自于庆元《唐诗三百首续选·姓氏小传》)

“襄阳诗从静悟得之,故语淡而味终不薄,此诗品也。然比右丞之浑厚,尚非鲁卫。”(引自《唐诗别裁集》)

◎评《宿业师山房待丁大不至》

清绝闲绝,一尘不染,读之令人萧寥有遗世之意,的是妙境。

◎评《秋登兰山亭寄张五》

起笔便超。

右丞诗中有画,襄阳亦然,各有千古。

结二语是寄张。

◎评《南阳北阻雪》

不得意人,眼中情景于言外一一露出,妙在绝不激烈。古人诗总留地步。

夹批:读此二章而知此老胸中已早有遗世之意。

◎评《适越留别谯县张主簿申屠少府》

三、四语飘飘有凌云之概,超绝。

五、六分写。

结句见“留”字意。

◎评《送从弟邕下第后归会稽》

落第后送别,愈觉黯然销魂。

“落羽更分飞”五字凄绝。

◎评《夏日南亭怀辛大》

起二语绝妙清景。三、四语洒脱。五、六语清越。

怀辛意只于末处点，古人多此章法。

◎评《万山潭》

垂钓而有忆游女之解佩，无端触悟，信笔书之，中有一片天籁。

◎评《宿杨子津寄润州长山刘隐士》

三、四语一片微茫境界。结句寄慨遥深。

◎评《采樵作》

沈归愚曰："'桥崩'十字写出奇险之状。"

后半写采樵归来，高绝千古。

◎评《晚泊浔阳望香炉峰》

神妙天然，与太白"牛渚西江夜"（即《夜泊牛渚怀古》）一章同是天籁。

"已近远公精舍而犹闻钟声，寓'望'字意，悠然神远。"（引自《唐诗别裁集》）

◎评《夜归鹿门歌》

三、四语见得无所不可，适然高隐，精神全在"亦"字。

结笔悠然，神味永隽。

◎评《临洞庭湖上张丞相》

起法高浑。三、四雄阔，足与题称。

上半写临洞庭，下半上张丞相。

◎评《与诸子登岘山》

凭空落笔,似不着题而自有神会。

沈归愚谓为清远之作,不足以尽其妙也。

◎评《题大禹寺义公禅房》

三、四语妙景妙句。

五、六语秀绝清绝。

◎评《寻梅道士》

起二语对,三、四语反不对,古人诗神妙莫测,信笔所之,自然合拍,原不必定拘绳律也。

◎评《宴梅道士山房》

上半写道士相邀,下半写赴宴山房,笔路高远,迥绝尘埃。

◎评《归终南山》

(中间有缺页,不见评语)

◎评《闲园怀苏子》

三、四语景色妙,得之偶然。后人无古人心境,故所作卒不能合也。

◎评《早寒有怀》

沈归愚曰:“起手须得此高致。”

三、四语似对非对,中有神味。五、六情景分写。结亦苍茫无际。

夹批:通首一片神行,襄阳集中最高者。

◎评《途中遇晴》

三、四语状晚霁如画图。

结二语对月思乡，是雨霁后情况，恰合“途中”二字。

◎评《夜渡湘水》

句句是夜渡，秀绝中别有真致。

末二句是行路者情境。

◎评《游精思观回王白云在后》

通首以古行律，有晋人风味。

前半游精思观回，下半王白云在后。

◎评《除夜有怀》

襄阳不长于七律，所作亦不多，似此非不秀雅，然格调不高。

◎评《宿建德江》

以客愁为主。“野旷”十字可作十层读，写景诗已臻绝顶。

◎评《送杜十四之江南》

不烦雕凿而音节自然合拍，故佳。

◎评《济江问舟子》

指青山以问舟子而欲一决其迷途也。语亦沉着。

夹批：襄阳诗一味妙悟，亚于摩诘，等于太祝。

储光羲

储诗如家常谈话，决不刻挚，婆心佛手。

徐良弼（应作徐文弼，著者所记有误，下同。徐文弼，清代人，著有《汇纂诗法度针》）谓：诵储老诸诗不必读《放生》（即《放生文》）《戒杀文》，知此则储诗见矣。

太祝胸次肃穆，诗亦恬淡真朴，于学陶诸家中最为胜境。薛据《寄太祝诗》云："爱义能下士，无人知此心。"可以知其生平矣。

钟伯敬曰：储诗清骨灵心，不减王、孟，一片深醇之气，装裹不觉。人不得直以清灵之品目之，所谓诗文妙用，有隐有秀，储盖兼之矣。

沈归愚曰：太祝诗学陶而得其真朴，与王右丞分道扬镳。

徐良弼曰：储御史诗寄兴入想皆高一层，厚一层，远一层，田家诸作皆然。

储公诗格高调逸，趣远情深，唐人田家诗以公为冠。

◎评《野田黄雀行》

不必用古乐府句调而风骨自与古会，储诗之高，原非后人所可继步。

◎评《樵父词》

起笔闲散而入最高。

一片真境，此中人语云，不足为外人道也。

◎评《牧童词》

三、四语先生亦是自道。

"同类"(指"同类相鼓舞，触物成讴吟"句)二语读之，先生胸中可想。

◎评《钓鱼湾》

次语妙。三、四语是真境。

"待情人，候同志也。见钓者意不在鱼。"(引自《唐诗别裁集》)

◎评《题太玄观》

三、四语随遇而安，得过便过，观两"即"字自见。

◎评《喫茗粥作》

余尝夏日行天台道，未尝不膳茶粥，句句恰有此情，古人已先我言之。

◎评《使过弹筝峡作》

“马足凌兢行”五字写出危峻来。

结笔质朴得妙。

◎评《游茅山·昔贤居柱下》

“言昔贤老聃曾居柱下而为周史，虽仕亦吏隐也。五、六语言我志非钓国，学不希颜，惟任性之所适耳。”（引自《古唐诗合解》）

通篇得渊明之妙。

◎评《独游》

触目伤情，仁人君子心胸，落笔便自沉厚。此章深得渊明真朴。

◎评《田家即事》

自然景色随时点出。田家之乐句句真至。

爱物之心胜于爱己爱人，可知田父中不意有是人也。（檃栝《唐诗别裁集》评语）

◎评《同王十三维偶然作》（题注：录四首）

四诗皆沉深温厚，直与摩诘分道扬镳，各有千古。

其一：一片真至。

其二：“其意深厚，其气和平，虽胸中似有不平，令人不觉。风人之旨也。与榛苓之思西方美人、楚词之思帝子同一寄托。”（第二首评语引自《古唐诗合解》）

其三：“相与命为春”五字有无可无不可之义蕴。一味寄托，妙不指破。

其四：起五字来得苍茫，恰是暴雨神气。先生忽属意于鸟。一片真至，陶公化境。

◎评《田家杂兴五首》

其一："不能自力作"数语真朴有趣，右丞说不到此。"百草"二句清越。结得老。

其二：陶公真朴处不过如此。点缀景色，中有一片天真，不可几及。"州县莫相呼"便是真乐。结笔更洒脱可喜。

其三：一片真至。叹写世情，非真有梁将军其人也。

其四：起笔高。田家真乐。写老农知足处消却多少怨尤。我知太祝胸中直有一片云物。

其五：中有真乐。彼贪荣慕位者反不如此清闲自在也。妙景妙意，清骨灵心。结二语写田家之乐，令我移情。

◎评《登戏马台作》

起有声势，然较之李、杜两公则瞠乎后矣。

"居人"(指"居人满目市朝变"句)下，击节一叹，风云变色。

"泗水"二语健拔雄肆，然终是排偶。若单行又将如何也！于此叹李、杜之高也。

◎评《张谷田舍》

五、六语写田家景象，宛然如在目中。

◎评《题虬上人房》

三语沉深，四语名隽。

"江寒"十字绝妙清景。

◎评《题山中流泉》

三、四语写得寒气欲怯。

五、六语实写正面。

结笔写意。

◎评《题陆山人楼》

三、四语写景高妙。

“拂”字、“入”字俱炼得妙，然其高妙之味又不仅在炼字也。

◎评《汉阳即事》

五、六鲜丽。结用屈子事，方是汉阳结穴。

夹批：储五言律诸作，骨相奇老，不当于一字一句一篇中求之。

◎评《江南曲》二首

其一：“落花”二语艳冶可人。

夹批：艳而不妖，风人之正。

其二：枫林、楚水、山月、清猿，一入离人之目，无非别泪，此情何以堪也。

夹批：离索之情，一一如见。

◎评《同武平一员外游湖·青林碧屿暗相期》

日已暮，时不再，来到此哪敢不乐？

◎评《同金坛令武平一游湖·花潭竹屿傍由蹊》

与上章皆同一夜作，或云此诗在前。

夹批：储公诗无一着力语，既得陶之真朴，复得陶一二渊浑处，所以为高。

邱为

为诗明净秀雅，读之令人神往。

夹批：诗亦腴秀。

◎评《题农庐舍》

起二语天然神妙，令人心目一开。

◎评《山行寻隐者不遇》

起写山行，三、四语寻而不遇，五、六语水、陆分写，不知其何往也。

“草色”(指“草色新雨中”句)下写西山寻色，气爽神清。

上山起，下山结。

◎评《登润州城》

景色如画。“平”字、“隔”字俱炼得妙。

五、六更是画境。结二语思乡。

夹批：通首如画，句句是登临境界。

◎评《左掖梨花》

上二句写梨花，下二句从左掖想到玉阶。寓言亦妙，体制亦新。

裴迪

◎评《送崔九》

恐其一去不返也。

◎评《宫槐陌》

高隐不仕意已于言外见之。

河东高雅之致亦可亚于右丞。

万楚

◎评《骢马》

几可亚于老杜咏马诸作（指杜甫《骢马行》、《玉腕骝》等咏马诗），读之一快。

后四语更跳跃有神。

结得雄峻。

◎评《五日观妓》

前写歌妓容饰，后写歌妓神情，而五日意前后俱见。

或谓末句与彩丝、续命（端午节以五彩丝系臂，又称续命丝）关合，巧则巧矣，然毕竟有害风雅。

梁献

◎评《王昭君》

唐人咏昭君者多纤巧恬俗语，此作故为雅正之音。若少陵"群山万壑赴荆门"，笔如游龙，不可方物矣。

薛奇童

◎评《吴声子夜歌》

哀艳之词入人肺腑。三、四语虽《子夜》无此凄怨酸楚。

夹批：哀艳入人，后世仿《子夜》者，多淫冶之词，那得此深厚？

李嶷

◎评《林园秋夜作》

"白云长在天"五字超绝。

"月色"二句凉沁心脾。

结句未免嫌滑。

张巡

诗如其人也，有一片血性。

◎评《闻笛》

一片忠义之气从性分中流出。闻笛意于结二语一点即足。

◎评《守睢阳诗》

读之犹想见当日情形。

“裹疮”十字真至，“忠信”十字亦可自信。

结亦温厚。

李白

天生杜少陵已尽有古今之美，又生一李供奉，是不欲少陵独擅千古之奇也。观太白纵横变幻，一泻万里，而其中有渊浑处，有俊逸处，其才力真可亚于少陵。

少陵诗包罗万象，太白诗驱走风雷，一以大胜，一以高胜。千古诗坛，无出二公之右者。

夹批：有唐诗至杜子美氏集古今之大成，为风雅之正宗，千古骚坛奉为矩矱，无敢异议者。然有同时并出，与之颉颃上下，齐驱中原，势均力敌而不多让者，太白亦千古一人也。

“太白纵横变化，凌轹百代，所谓天授，非人可及。集中‘兴酣落笔摇五岳，诗成笑傲凌沧洲’二语惟太白足以当之。王贻上（王士祯）谓，七言诗歌子美似《史记》，太白似《庄子》。子美每饭不忘君国，太白亦然，特天性不羁，故放浪于诗酒间，其忧时伤乱之心实与少陵无异也，安得徒以诗人目之？至于从永王璘反，实由迫致之故，论古者当原谅之。”（引自于庆元《唐诗三百首续选·姓氏小传》）

沈归愚曰：“太白诗纵横驰骤，独《古风》二卷不矜才，不使气，原本阮公风格俊上，伯玉《感遇》诗，后有跡音矣。”

沈归愚曰："太白七古想落天外，局自变生，大江无风，波浪自涌，白云从空，随风变灭，此殆天授，非人可及。集中如'笑矣乎'（《笑歌行》）、'悲来乎'（《悲歌行》）、《怀素草书歌》等作，皆五代凡庸子所拟，后人无识，将此种入选，嗷訾者指太白为粗浅人作俑矣。读李诗者于雄快之中得其深远宕逸之神，才是谪仙人面目。"

"太白五律逸气凌云，天然秀丽，随举一联知非老杜诗，非王摩诘、孟襄阳诗也。"（引自《唐诗别裁集》）

"五言绝右丞供奉，七言绝龙标供奉，妙绝古今，别有天地。"（引自《唐诗别裁集》）

"七言绝句以语近情遥，含吐不露为贵，只眼前景、口头语而有弦外音，使人神远，太白有焉。"（引自《唐诗别裁集》）

太白诗豪情逸兴，独步古今，前此惟子建、渊明足与抗衡，同时惟一杜少陵。自此而后，绝无人矣，惟韩、白两公差堪随侍左右。

◎评《古风二十四首》（李白《古风》共五十九首，选录二十四首）

其一"大雅久不作"："《古风》诗多比兴。此篇纯用赋体，一起一结有山立波回之势。"（引自《唐宋诗醇》）朱子曰："李白诗不专是豪放。如首篇'大雅久不作'，多少和缓。""览其著述，笔力翩翩，如行云流水，出手自然，非想索而得，岂欺我哉。"（刘克庄语，转引自《唐宋诗醇》）

其二"蟾蜍薄太清"："是指武惠妃有宠，王皇后见废而作。通体皆作隐语，而'萧萧长门宫'二句若晦若显，布置最佳。"（引自《唐诗别裁集》）

其三"秦皇扫六合"："极写其盛，正为中间转笔作地。'茫然使心哀'五字多少包含。借秦以讽，意深旨远。"（引自《唐宋诗醇》）

一结如水逝云卷，中有无限感慨。

其八"咸阳二三月"："言子云不能自守，则反为小人所嗤。萧士赟为借子云以自况者，非也。"（吴昌祺评语，转引自《唐宋诗醇》）

其九"庄周梦蝴蝶"："作达语是白本色。"（引自《唐宋诗醇》）

“言一体尚有变易,而富贵焉能长保耶?”(引自《唐诗别裁集》)

其十“齐有倜傥生”:“曹植诗‘大国多良材,譬海出明珠’即‘明月出海底’意,而白诗更觉超迈。”(引自《唐宋诗醇》)

其十二“松柏本孤直”:“起句本之《荀子》,直揭本指,严羽所谓‘开门见山’者也。与左思《咏史》诸作风格正复相似。”(引自《唐宋诗醇》)

其十三“君平既弃世”:白姿性超迈,故感兴于君平,与上篇鲁连、子陵同此意也。

其十五“燕昭延郭隗”:“太白少有高尚之志。此篇岂出山之后,不为时贵所礼而作耶?其诗者,千古犹有感慨。”(萧士赟评语)

其十八“天津三月时”:“此刺当时贵幸之徒怙侈骄纵而不恤其后也。杜甫《丽人行》,其刺国忠也,微而婉。此则直而显,自是异曲同工。《书》曰:居高思危,罔不惟畏。此能令权门胆落。”(引自《唐宋诗醇》)

范温谓“建安气骨惟李杜有之”,良然。

其二十三“秋露白如玉”:“《唐风·蟋蟀》之篇感兴如此,诗之神韵,与古为化,拟之《十九首》可谓波澜莫二。”(引自《唐宋诗醇》)

其三十一“郑客西入关”:此诗若有所指,若无所指。无端感触,风调致佳。

其三十四“羽檄如流星”:“群鸟夜鸣,写出骚然之状。‘白日’四句形容黩武之非。至于征夫之凄惨,军势之怯弱,色色显豁,字字沉痛。结归德化,自是至论。此等诗殊有关系,体近风雅,去少陵《兵车行》、《出塞》等作不远矣。”(引自《唐宋诗醇》)“开元以来,岁有征役。至王君奂战胜青海,益事边功。石堡一城,得之不足制敌,不得无害于国。唐兵前后屡攻,所失无数。哥舒虽能拔之,而士卒死亡已略尽矣。”(引自《唐宋诗醇》评《古风·胡关饶风沙》语)

诗以垂戒,关乎国计。

其三十五“丑女来效颦”:“大雅”四语足以维持风教。伯玉而后有嗣音矣。

其四十五“八荒驰惊飙”:此因当世时务,中原纷溃而作。“浮云”

一句隐指乱世景象。（“浮云”以下引自《唐诗别裁集》）

其四十七“桃花开东园”：小人得志，真如浮云流水。通首以桃喻当时权门，以松自喻。

其三十八（《古风》诸作，编序遵照《李太白集》，对照陈廷焯的选录顺序，偶尔有次序倒乱的情况。）“孤兰生幽园”：君子在野，未能自拔于众人之中。若无知己之人，何以见君子？（槃梠萧士赟评语）

其四十三“绿萝纷葳蕤”：诗有比兴，所以抒下情而通讽喻也。太白以绝世之才而不容于当世，托言讽咏，意味深长。（槃梠萧士赟评语）

其四十九“美人出南国”：“前篇寓意于君，此则谓张垍辈之谮毁也。”（引自《唐宋诗醇》）

其五十四“倚剑登高台”：天宝以还，小人兴，君子废，穷途恸哭，可胜慨哉！知柳下惠之贤而不与立，所以致恨于臧孙辰之窃位也。

其五十八“我行巫山渚”：隐刺当世，寄慨无穷。音节悲凉，读之令人心惊骨折。

其五十九“恻恻泣路岐”：朱子曰：“太白《古风》两卷皆自陈子昂《感遇》中来，亦有全用其句处。太白去子昂不远，其尊慕如此。”又曰：“太白诗如无法度，乃从容于法度之中，盖圣于诗者。”

◎评《拟古四首》

其一：三、四语恣肆。“石火”四句，言时光与人命同一短促，不如且自行乐为佳耳。

其二：起笔天然，不由思索。萧士赟语：“太白素志学仙，此是反古诗中‘服食求神仙，多为药所误’之意，犹反骚云。”

其三：《古诗十九首》遗音，何等微婉。太白诗岂仅豪放云尔哉？

其四：此章盖太白去国之时所作，气味深厚，词旨微婉，直入西京之室，较陆机、江淹拟古诸作高出万倍。

◎评《沐浴子》

萧士赟曰:“此诗檃栝《渔父词》之意。其白涉难后之作乎?”

◎评《子夜吴歌》

吴声十曲,一曰《子夜》。太白作《子夜四时歌》,超出六朝,直与《子夜》颉颃千古。

◎评《关山月》

吕居仁曰:“太白诗如‘明月出天山’等篇,气盖一世,学者能熟味之,自不褊浅矣。”胡应麟曰:“雄浑之中多少闲雅。”

◎评《丁督护歌》

白感其土俗之事,即因其土之古歌名以为歌也。(按,胡震亨言:“白辞‘云阳上征去’,咏润州埭牐牵挽之苦,感其土俗,即因其土之古歌焉。”)

字字沉痛。

时齐澣开新河,白感赋此。

◎评《树中草》

“白《上留田》一篇云‘交让之木本同形,东枝憔悴西枝荣’,于此正复相似。”(引自《唐宋诗醇》)

◎评《少年子》

“《行行且游猎篇》亦用此意,然彼则语激而意已尽,此则语冷而意有余也。”(引自《唐宋诗醇》)

◎评《春思》

“以风之来反观夫之不来,与‘祗恐多情月,旋来照妾床’同意。”

（吴昌祺评语）

◎评《黄葛篇》

"忠厚之意发于情性，风雅之作也。世人作诗评，乃谓太白诗全无关于人伦风教，是亦未之思耳。"（萧士赟评语）

◎评《古朗月行》

与《古风》中"蟾蜍薄太清"篇同意，但《古风》指武惠妃，此指杨贵妃，各有主意也。

"蟾蜍蚀圆影"二语暗指杨妃能蔽主。

◎评《妾薄命》

"咳唾"二语，形容尽态，妙于语言。

萧士赟曰："虽言汉武之事，而意实在于王皇后之废，辞意凄断，令人感叹。"

结二语唤醒古今，不仅叹王皇后之废也。

◎评《短歌行》

人生几何？唤醒痴迷不少。"麻姑"下数语，恣意恢奇，逸情云上。（檗栝《唐宋诗醇》评语）

◎评《长干行》

其一："儿女子情事直从胸臆间流出，萦迂迴折，一往情深。尝爱司空图所云'道不自器，与之圆方'为深得委曲之妙，此篇庶其近之。"（引自《唐宋诗醇》）

钟惺曰："古秀，真汉乐府。"

"蝴蝶"一句即所见以感兴，无穷凄婉。

其二："风骨微逊前篇，而清丽不减前篇，故并录之。黄庭坚以此

篇为李益所作，颇为具眼。试以前篇较之，气体固殊矣。以其清丽存之。”(引自《唐宋诗醇》)

二冯所论，未允。

夹批：冯舒曰：“此等诗俱元气所陶冶，未可以中唐后诗法论之。”冯班曰：“二篇句句有本。”

前篇尤高。

◎评《去妇词》

“直起悲凉。”(引自《唐宋诗醇》)“遗妾何处去”五字中有多少眼泪。

“通篇缠绵凄婉，怨而不怒，直从《谷风篇》脱化而出。”(引自《唐宋诗醇》)太白天才原不受古人羁缚也。

通篇凡十五解，一解一意，一字一泪，自是化工。

转接处绝无痕迹可寻。

“寒沼”二语凄艳千古。“余生”二语无限苦衷。“君恩”下纯是一片血泪，妙在温婉，绝不激烈，风人之旨也。

一结古甚，却有无限悲感在，的是李白手笔。

夹批：温厚和平，两汉以后复见此种笔墨，令人一快。

◎评《秋浦歌》

“触物怀人，抑郁谁语。泽畔行吟，深情宛露，自是骚人之绪。”(引自《唐宋诗醇》)

◎评《清溪行》

伫兴而言，铿然故调，后人不善学之徒，有粗浅之笑。

一结有言不尽意之妙。

◎评《湖边采莲妇》

“亦乐府之遗作，劝勉语可以厉俗，比《采莲曲》尤为近古。”（引自《唐宋诗醇》）

夹批：古朴浑厚，二千年前，始可论其本领。

◎评《赠卢司户》

“高调，妙于省净。”（引自《唐宋诗醇》）

起二语为后代写景清妙者之祖。

◎评《沙邱城下寄杜甫》

“白与少陵相知最深。饭颗山头一绝，《本事诗》及《酉阳杂俎》载之，白集无是也。”（引自《唐宋诗醇》）

◎评《送杨山人归嵩山》

“蟠逸气于短言，弥觉骨格奇健。”（引自《唐宋诗醇》）

结得飘然神远，是太白本色。

◎评《金乡送韦八之西京》

起便古直。三、四精采夺人，不徒以奇句见长。

结二语尽“送”之意。

◎评《下终南山过斛斯山人宿置酒》

“此篇及《春日独酌》、《春日醉起言志》等作逼真渊明遗韵。”（引自《唐宋诗醇》）

钟惺曰：“起似右丞。‘曲尽河星稀’寂然有景。”

◎评《寄东鲁子》

范梈曰：“天下丧乱，骨肉分离，此老杜《咏怀》‘入门号咷’以下意也。然彼合此离，彼有哭其死，此则怜其生，彼兼时事，此乃单咏。要皆忧思之正者也。”

“《广记》曰：太白于任城县造酒楼。”（转引自《唐宋诗醇》）

◎评《秋日鲁郡尧祠亭上宴别杜补阙范侍御》

胡震亨曰：“太白诗押‘宜’字韵者凡五见，此其一也。他如‘月色望不尽，空天交相宜’，‘谑浪偏相宜’，‘置酒正相宜’，‘春风与醉客，今日乃相宜’，韵致俱胜，仙逸才也。”

◎评《经下邳圯桥怀张子房》

数语将子房说活。了无数断案在。“岂曰非智勇”五字可作留侯世家“传赞”。

结二语目空今古。

◎评《望鹦鹉洲怀祢衡》

魏武乃大英雄，目中岂有祢衡，不过假手于刘表、黄祖杀之耳。祢衡不自量，恃才傲物，宜为人所不容。

才高识寡，警戒千古。

◎评《月下独酌》

“千古奇趣，从眼前得之。尔时情景虽复潦倒，终不胜其旷达。陶潜云，‘挥杯劝孤影’，白诗意本此。”（引自《唐宋诗醇》）

◎评《春日醉起言志》

起笔猛喝，境地活拨，意味冲淡，令人玩索不尽。

萧士赟曰：“太白此诗，拟陶之化也。”

◎评《望终南山寄紫阁隐者》

深慕南山，有棲迟之意。(橥栝《古唐诗合解》评语)

淡雅自然处神似渊明。

白云天际无心舒卷，白诗妙有其意。

◎评《登黄山凌歊台送族弟溧阳尉济充泛舟赴华阴得齐字》

一起奇气胜人，于此可见仙才。

起笔高妙，说转漕处见得关系。君国事大，必须郑重。数语内包括颇广，得古人赠言之义。

“送别一段，情景并到，语语沉挚，意味极厚，又极轩豁，非大家未易有此。”(引自《唐宋诗醇》)

夹批：说转漕处见关系，非徑此一篇。主意写送行，亦不草草。

◎评《上三峡》

“巴水忽可尽”二语便奇。

“质处似古谣，纵笔所之，皆可以相肖也。至其爽直之气，自是青莲本色。”(引自《唐宋诗醇》)

◎评《游泰山》(李白《游泰山》共六首，录前四首)

其一“四月上泰山”：直序起。“飞流”二句笔力精炼，句调凄清。“天门”二句目空一切。想出玉女一段奇境幻境，笔力矫变，然亦得景纯《游仙》诗夺胎。

其二“清晓骑白鹿”：首二语便来得奇横。“遗书”一段琅琅数语，不多着墨而韵致自胜。

其三“平明登日观”：二语奇妙。前半旷远宏阔而无发露之痕，后半幽幻灵奇而无怪诞之象，仙才仙笔，可与老杜《望岳》诗竞爽。

其四“清齐三千日”：起四语，中有仙气。“云行”二语，仙风道骨。“海色”四句，魄力矫健。结笔亦高。

◎评《听蜀僧濬弹琴》

不着力而句调却秀逸。

“客心”二语秀炼。结句远。

◎评《经乱离后天恩流夜郎忆旧游书怀赠江夏韦太守良宰》

眉批：太白之从永王璘，千古物议不一。东坡辨其由于迫胁，论甚平允，惜不著其辞官弃金逃去之事，止以白平日知人论断而决其不从永王，未免空虚无据，不足雪太白之冤也。余已详辨于尾批中。（尾批录潘德舆为李白所作的辩白之辞，见潘德舆《养一斋李杜诗话》卷一，附录于下。）

苏东坡曰：太白之从永王璘，当由迫协〔胁〕。以璘之狂肆寝陋，虽庸人知其必败。太白能认郭子仪之为人杰，而不能知璘之无成，此理之必不然者。按太白于永王璘一案，千古物议之所从集。诗以教人忠孝为先，此事不辨，亦安用诗圣为哉？窃取白《本传》、《诗集》及他人论断此事者而合勘之，则知白之从璘，始由迫胁，而《旧唐书》所谓在宣州谒见，遂辟从事者，误也。既胁以行，见其起兵，遂逃还彭泽，而曾巩《太白集序》所谓璘兵败，白奔亡宿松者，误也。按《新唐书》本传云，安禄山反，白转侧宿松、匡炉间。永王璘辟为府僚，佐璘起兵，逃还彭泽。夫起兵即逃，可见白非佐璘之人，与事败而逃，天渊迥隔。失节与否，专勘此处。论世者一以《新唐书》为主，而白之非失节亦明矣。白后《为宋中丞自荐表》云：“仆卧香炉顶，餐霞漱瑶泉。门开九江转，枕下五湖连。半夜水军来，浔阳满旌旃。空名适自误，迫胁上楼船。徒赐五百金，弃之若浮烟。辞官不受赏，翻谪夜郎天。”夫胁而来，逃而去，辞官弃金，未汙爵赏。白之心事行迹，亦可以告天下后世矣。徒以平日跆权籍贵势，世皆欲杀，故朝无平反之人，遂至冤坐大辟，幸郭令公援手，乃得免死，杜公所以哀之曰：“苏武先还汉，黄公岂事秦。楚筵辞醴日，梁狱上书辰。已用当时法，谁将此义陈。”曰先还汉，曰岂事秦，曰辞醴日，曰上书，曰当时法，亦剀切示人，字字昭雪矣。苏长公不能据《新唐书》白本传、杜长律以洗千古之诬，但以白平日知人，断其不从永王当日迫胁，未免空虚无据，且只言迫胁，不著辞官弃金、中道逃去之事，安之非迫胁而反乎？论事不核不备，焉能塞议者之口也。若苏次公直谓永王窃据江淮，白起而从之，不疑，遂以放死，绝不考究始末，一笔抹倒，读书鲁莽之过，又愧其兄多矣。至蔡絛故为白斡旋，谓其“学本纵横，气侠自任，当中原扰攘时，欲藉之以立功名。大抵才高意广，未必成功，知人料事，尤其所短，若其志亦可哀矣”。似能为太白末减厥罪，不知“藉以立功”四字，已将太白说成从逆之人，而不止於不知人之过，仍非究明此案根末者。若王百谷并谓“灵武之位未正，社稷危於累棋，璘以同姓诸王，建义旗，复神器，白亦王孙帝胄，慨然从之；璘本非逆，从璘乃为逆乎”。此则全与史传相戾，徒欲为太白颂冤，而不知永王不受肃宗召命，直犯江、淮之师，万不可以义旗目之者。文人高谈，无当实迹，徒为古人增谤而已。观太白《永王东巡歌》曰：“二帝巡游俱未回，五陵松柏使人哀。”又云：“南风一扫胡尘静，西入长安到日边。”是太白直言东下之非，而劝以西上勤王，拥卫二帝，与永王如冰炭之不相入；迫胁之困，逃去之勇，均於此诗可见。而浅者非加以诋诃，是为之文饰，蒙冤不洗，而徒日诵其诗，以为神品，又何赖有此知音哉？为之三叹！

眉批：“此篇历叙交游始末，而白生平踪迹亦略见于此。十月到幽州一段，盖自白被放后北游燕赵，观听形势，知禄山之必反，尾大不掉之害，欲言不能，述之犹觉痛切。至于潼关失守，江陵煽乱，与白之为璘所胁，受累远谪，无不明如指掌。结尾一段，虑庙堂之无人，忧将帅之不一而贼之不得速平，与前遥相照应。通篇以交情、时势互为经纬，汪洋浩瀚如百川之灌河，如长江之起海，卓然大篇，煌然巨观，当与老杜《北征》并垂千古。”（自注：亚于《北征》）（引自《唐宋诗醇》）

胡震亨曰：“太白永王璘一事，论者不失之刻，即曲为讳，失之诬，惟蔡宽夫之说为衷。余按蔡氏之论此事也，谓太白学本纵横，以气侠自任，当中原扰攘时欲藉之以立奇功耳。又谓太白才高气广，如孔北海之徒，固未必有成功，而知人料事尤其所难。议者或责以璘之猖獗而欲仰以立事，不能如孔巢父、萧颖士察于未萌，斯可矣。若其志亦可哀矣。”

蔡氏此论似为太白末减而不知愈增太白之罪。藉以立功，是将太白说成从迎之人，仰以立事，是将太白说成无知无识之人，不写其由于迫胁，辞官弃金逃去之勇，徒为空论，于太白何补？胡氏谓此论最佳，亦是无识之夫。不知太白始由迫胁而去，何得谓之藉以立功，继劝以东上勤王，不从则辞官弃金，倏然远遁，何得谓之仰以立事？文人高谈无当，亦可笑矣。

◎评《赠从弟宣州长史昭》

“独立”二语悲壮，好在不怨君，非“不才明主弃”可比。结勉之。

◎评《秋夕旅怀》

起笔苍秀绝世，是太白学古而高于古者。

一结尽旅怀。

◎评《寄远》(李白《寄远》共十一首，一本作十二首，录二首)

“阳台隔楚水”：“春草生黄河”言无此情也，喻相思相见之难。想路奇妙，然亦从楚骚“采薜荔于水中，搴芙蓉于木末”二句中化出。

“长短春草绿”：情味悠远，是能神与古会者。

◎评《题舒州司空山瀑布》

“《西清诗话》曰：白仙去后，有人见其诗者，其略如此。又云：‘举袖露条脱，招我来反覆’，真云烟中语也。”(引自《唐宋诗醇》)

◎评《自代内赠》

起四语，缠绵断续，低徊欲绝，古音古节，古色古香，真仙才也。

若断若续，一往说去，情味自深。

凄艳动人，一结尤觉余情不尽。

◎评《远别离》

“玄宗禅位于肃宗，宦者李辅国谓上皇居兴庆宫将不利于陛下，于是徙上皇于西内。怏怏不乐，未几而崩。诗盖指此也。太白，失位之人，虽言何补？故托吊古以致讽焉。”(引自《唐诗别裁集》)

曲折反覆，参差缭曲，幽人鬼语，而动荡自然，无长吉之苦，天才也。波澜起伏，一结尤佳。

◎评《蜀道难》

桂临川曰：“《蜀道难》，全为元宗幸蜀而作。至于‘一夫当关’云云，为元宗虑深远矣。”

词旨幽深，雄浑飘逸。欧阳子以《庐山高》方之，殊为可哂。

萧士赟曰：“君字非泛然而言，犹杜甫《北征》诗‘恐君有遗失’及‘君诚中兴主’之义。所谓君者，指明皇也。”

“其险也若此”总束三语，笔力千钧。(橥栝《唐诗别裁集》评语)

才思放肆，语句奇崛，后人何敢继步？

沈归愚曰：“‘锦城虽云乐，不如早还家’，一篇主意。”

结笔忠爱之忱，令人低徊不置。

夹批：“笔阵纵横，如虬飞蠖动，起雷霆与指顾间，任华、卢仝辈仿之，适得其怪耳，太白所以为仙才也。”(引自《唐诗别裁集》)

◎评《梁甫吟》

“此诗当亦遭谗被放后作，与屈平睠睠楚国同一精诚。‘三千六百钓’，迄无定论，按《说苑》云：吕望年七十钓于渭渚。孔丛子云：‘太公勤身苦志，八十而遇文王。’以百年三万六千场计之，七十至八十约三千六百钓也。或又以八十始钓，九十始遇为十年，本《楚辞》所云

‘太公九十乃显荣’意。不知《楚辞》是指封国时,非始遇时也。沈归愚谓:‘地有三千六百轴,太公合天下而钓之,得与文王遇。其说甚善。’”(引自《唐宋诗醇》)

◎评《乌夜啼》

蕴含深远,不必语言之烦也。此盖被放之初,述怀如此,真写得难字意出。

无怨君语,忠爱亚于少陵。

◎评《长相思》三首

其一:如泣如诉,缀景幽绝。

“《卫风》曰:‘云谁之思,西方美人。’《楚词》曰:‘恐美人之迟暮。’贤者思君之词也。”(引自《唐宋诗醇》)

其二:起笔凄艳,令人读之低徊不尽。怨而不怒,风人之旨。

其三:凄艳绝伦而句古朴,古朴中自饶远韵,不求工而自工,太白所以为仙才。

◎评《上留田行》

词气激切,如闻秋声,题本古乐府瑟调曲之一。

情直词古,直似汉人。

“桓山之禽,盖白自比也。”(引自《唐宋诗醇》)

气古词古,独绝千古。

沈德潜曰:“末一段促节繁音,如闻乐章之乱。”

结句尤呜咽不尽。

◎评《前有一樽酒行》

“通篇即白所云‘浮生若梦,为欢几何’之意,写来偏自细致,不是一味豪放,又不是齐、梁卑靡之音,故妙。”(引自《唐宋诗醇》)

◎评《夜坐吟》

“空谷幽泉，琴声断续。恩怨尔汝，呢呢如闻。景细情真，低徊不尽。结语从鲍照诗翻案而出，亦甚新爽。”（引自《唐宋诗醇》）

◎评《野田黄雀行》

起亦系从“饥不求猛虎食”脱胎。

“黯然自伤，当在浔阳既败之后而作。”（引自《唐宋诗醇》）

◎评《夷则格上白鸠拂舞辞》

“诗妙比兴，苟无关风义，不可作也。盖自李林甫为相而聚敛之臣进，严酷之吏多，此诗所以刺也。词之古奥，超魏入汉。王世贞乃谓‘李白乐府出入齐、梁’，岂知太白者？”（引自《唐宋诗醇》）

◎评《日出行》

“诗意似为求仙而发，故前云‘人非元气，安得与之久徘徊’，后云‘鲁阳挥戈’，‘矫诬实多’，结以‘溟涬同科’，言不如委顺造化也。若作理学语看，反索然无味矣。”（引自《唐宋诗醇》）

◎评《北风行》

夹用长句，开宋元明诸公先声。

《山海经》：“西有王母之山，有轩辕之台。”陈子昂诗：“北登蓟丘望，求古轩辕台。”（转引自《唐宋诗醇》）

“遗剑”一段写得悲歌激楚，如当北风雨雪之时。

◎评《独漉篇》

“全从古诗夺换而出，其妙过之。世人但学兰亭，面欲换凡，骨无金丹。如太白之乐府，真乃神移意授，变化从心，故能青出于蓝，冰寒如水。”（引自《唐宋诗醇》）

白之忠爱略于此篇可见。

◎评《登高邱而望远海》

气概逼人,句奇语重。悲慨如此,千载下犹闻其声。结尽作意,笔力遒劲。

◎评《杨叛儿》

“何许”十字凄艳动人。即《子夜》、《读曲》意,而语不嫚亵,故知君子言有则也。

夹批:艳而不妖,胜于《子夜歌》,余正集不录《子夜歌》者,此也。

◎评《双燕离》

太白自叹之作。首四句言待诏金銮时也。“柏梁”四语喻遭谗被放,累遭迁谪时也。末四句思君难见,亦可哀也。(萧士赟评语)

◎评《山人劝酒》

“泛咏‘四皓’,便是无情之文。应是刺卢鸿辈而作。白居易《四皓庙》云:‘如彼旱天云,一雨百谷滋。泽则在天下,云復归希夷。’可谓蕴藉有味矣。白只‘泛若云无情’五字尤深妙。”(引自《唐宋诗醇》)

◎评《于阗采花》

“林甫当国,贤奸倒置。白之受谗于张垍,所谓入宫见妒,固其宜也。”(引自《唐宋诗醇》)

结语峭甚,可为叹绝。

◎评《幽涧泉》

“此琴操也。松响猿吟,写出凄清幽怨之音。幽涧泉声,泠然在耳。”(引自《唐宋诗醇》)

沈德潜曰："松响猿吟，从琴中写出，俱可以例涧泉也。"

纵笔挥洒，泠泠有声。

◎评《有所思》

"'海寒多天风'五字融铸古人，自成妙句，后人所拟不到。"(引自《唐宋诗醇》)

托言仙人，古人缥缈处。

◎评《久别离》

"一往缠绵，低徊反覆，所谓缘情之什，却自不涉绮靡。此盛唐所以为高，岂梁、陈诸公所得方其万一。"(引自《唐宋诗醇》)

◎评《白头吟》

沈德潜曰："此随题感兴耳。"又曰："太白诗固多寄托，然必欲扭合时事，谓此指废王皇后事，殊支离也。"

通篇词婉意悲。"兔丝固无情"以下信手拈来，无不入妙，自是天才，非人可及。

"'国风好色而不淫，小雅怨诽而不乱'，是诗得之矣。"(萧士赟评语)

◎评《采莲曲》

"绮而不艳，此自关乎天分。"(引自《唐宋诗醇》)

王安石云："'清水出芙蓉，天然去雕饰。'太白所得也。于此诗可见。"

◎评《临江王节士歌》

北雁南飞。

"白日当天心"一语深于写照。

词气激烈，千载下犹有生气。

◎评《白纻辞》(二首)

“《白纻歌》,有《白纻舞》。吴地出纻,故兴其所见以寓意。始则田野之作,后乃太乐氏用焉。其音入清商调,故清商七曲有《子夜》者,即《白纻》也。在吴歌为《白纻》,在雅歌为《子夜》,其实一也。”(萧士赟评语)

宋鲍照有《白纻辞》,太白拟之。

◎评《鸣雁行》

“此白遭难避祸而作,步步忧虞,所谓惊弓之鸟。一结婉而多讽,令人读之中心恻然。”(引自《唐宋诗醇》)

◎评《来日大难》

“李白尝谓,寄兴深远,五言不如四言,七言又其靡也。非有志于古者不能作此语。然必执《三百篇》以绳后之为四言者,亦甚迂谬。此题本属寓言,词旨恍惚,于此论四言正变、兴寄深微,则又远矣。”(引自《唐宋诗醇》)

◎评《君马黄》

萧士赟曰:“此诗其伤友朋之道缺乎?抑白遭诬被谤之时所作也耶?”

婉而不迫,可谓得国风之体。

◎评《襄阳歌》

“意旷神逸,极颓唐之趣,入后俯仰含情,乃有心人语。‘韬精日沉饮,谁知非荒宴’亦同此怀抱耳。子美诗云‘长镵长镵白木柄,我生托子以为命’,可谓奇绝。此诗云‘舒州杓,力士铛,李白与尔同死生’,苦乐不同,造语正复匹敌。”(引自《唐宋诗醇》)

黄庭坚谓太白歌诗度越六代,与汉魏乐府争衡,非虚语也。

通篇层波叠浪,一气盘旋。

◎评《江上吟》

“发端四语，即事之辞也。以下慨当以慷，虽带初唐风调而气骨迥绝矣。”（引自《唐宋诗醇》）

“兴酣”二语神来气来，非太白不敢道。（㮚栝《古唐诗合解》评语）

◎评《侍从宜春苑奉诏赋龙池柳色初青听新莺百啭歌》

起七字便是仙笔。清圆流丽，鼓吹休明。“千门万户”一语气象阔大，非初唐应制诸公所可及。

沈德潜曰：“三唐应制诗以此篇及摩诘之‘云里帝城，雨中春树’为最上。”

◎评《梁园吟》

怀古之作，慷慨悲歌，兴会飙举。

范传正有云，李白“脱屣轩冕，释羁韁锁，自放宇宙间。饮酒非嗜其酣乐，取其昏以自秽。好神仙非慕其轻举，欲耗壮心，遣余年。作诗非事其文律，取其吟咏以自适。”是真知太白肺腑者。余尝三诵斯篇，益叹古人不我诬也。

◎评《将进酒》

纵笔直下，势若游龙。

“人生得意须尽欢”七字，一篇之主。豪气直贯长虹，要皆郁结而成。快句快字中却有一副血泪。

“古来”二语是愤词，不可泥看。非圣贤不如饮者也。

结四语尤自放达。

夹批：纵笔挥洒，豪放恣肆。

◎评《寄王屋山人孟大融》

琢句亦奇。

安期生见项羽，不见而去。“中年谒汉王”下是太白借安期生以自谓也。结笔胜。

◎评《鸣皋歌送岑征君》

“太白作骚体，便觉屈原、宋玉去人不远。其不规规步趋处，正是才高气逸为之耳。‘不见兮’一段写出幽居寂寞之况，兴起下文，脉络相贯。陈绎曾谓白诗祖《风》《骚》，宗汉、魏，善于掉弄，造出奇怪，惊动心目，忽然撇出，妙入无声。其知言者乎？王世贞以为歌行纵横，往往长弩之末，间以长语，英雄欺人之处也。不知太白歌行错落变化，长短疾徐自有天然节奏，所谓‘行乎其所不得不行’，何得轻议之也。”（引自《唐宋诗醇》）

夹批：学楚骚而长短疾徐，纵横驰骤，又复变化，其体是为仙才。

◎评《白云歌送刘十六还山》

“吐语如转丸珠，又如白云卷舒，清风与归，画家逸品也。”（引自《唐宋诗醇》）

◎评《当涂赵少炎少府粉图山水歌》

“写画似真，亦遂驱山走海，奔辏腕下，杳然如在丹青里，又以真为画，各有奇趣。康乐之模山范水从此另开生面。”（引自《唐宋诗醇》）

西峰、东崖、泉石、林树两两写照，真觉满纸烟雾。

“羽客对坐”一段落笔清超。

结得豪迈而有远神。

◎评《赠裴十四》

“朗如行玉山”五字奇妙。

“黄河”二语魄力雄大，压徧千古，太白外无第二人。

结亦有神仙之概。

◎评《流夜郎赠辛判官》

“气岸”二语太白自道，当年亦是真境。

“与君”二语转接处甚健。结笔明写流夜郎而冀放赦回也。亦可叹矣。

◎评《赠汉阳辅录事》

“烟江风景，登楼所见，如此发端接出怀人之意，最有气格。”(引自《唐宋诗醇》)

◎评《赠从弟南平太守之遥》

太白生平遭际略见于此。

“炎而附，寒而去，自是俗情之薄，比比皆然。翟公书门，殷浩咏诗，白何见之晚耶？‘兰生谷底’二语，逸韵可赏，复有深味。末四句用古入化，别具清新之致。”(引自《唐宋诗醇》)

写世态炎凉，人情鄙薄，一一如见。

“爱君”下是赠从弟。

◎评《忆旧游寄谯郡元参军》

“太白诗天才纵逸。至于七言长古，往往风雨争飞，鱼龙百变。又如大江无风，波浪自涌，白云从空，随风变灭，诚可谓怪伟奇绝者矣。此篇最有纪律可循。历数旧游，纯用序事之法，以离合为经纬，以转折为节奏，结构谨严而神气飞畅。至于奇情胜致，健笔凌云，使览者应接不暇，又其才之独擅者也。”(引自《唐宋诗醇》)

唐汝询曰：“此篇叙事四转，语若贯珠，又非初唐牵合之比。长篇当以此为法。”

吴昌祺曰：“长篇步步奇崛苍劲，亦天然笔力也。”

沈德潜曰:“叙与参军情事,离离合合,结构分明,才情动荡不止以纵逸见长也。老杜外谁堪与敌。”

夹批:通篇浑浑洒旷,笔若游龙,语至情真,不可几及。

◎评《庐山谣寄卢侍御虚舟》

叠浪层波,如天马行空,不可羁绁。

“庐山秀出南斗傍”一段自下望上,状景奇妙,笔力精警绝伦。“登高壮观天地间”一段自上望下,气魄雄伟。

“好为庐山谣”下寄侍御。言寻幽不如学仙,与卢敖同游太清,此素愿也。笔下真带仙气。

◎评《自汉阳病酒归寄王明府》

句句是快句,而胸中却别有慷慨。

“‘平生飞动意,见尔不能无。’胸怀正复如此。”(引自《唐宋诗醇》)

结二语言得时行乐耳。

◎评《早春寄王汉阳》

起韵超绝,玩索不尽。太白诗秀骨天成,偶然涉笔,无不入妙,非人力也。

◎评《梦游天姥吟留别》

“七言歌行本出楚骚乐府,至于太白然后穷极笔力,入于圣域。此篇尤夭矫离奇,不可方物。然因语而梦,因梦而悟,因悟而别,节次相生,丝毫不乱。若中间梦境迷离,不过词意伟怪耳。胡应麟以为无首无尾,窈冥昏默,是真不可以说梦也。特谓非其才力学之,立见颠踣,则诚然耳。”(引自《唐宋诗醇》)

通篇显晦无常,变幻莫测,仙耶?梦耶?

气势驾驭,胸次高旷,直与南山秋色争高可也。

◎评《金陵酒肆留别》

言有尽而意无穷，味在酸咸之外，是太白不着意求工而最工之作。

◎评《南陵别儿童入京》

句甚朴直。自叹语实是自愤语。

一结自解自放，所谓词意俱尽，如截奔马，然已开放翁门径。

◎评《灞陵行送别》

“上下”二语夺胎于古，太白惯用此调法，然却有别致。一结凄恻动人。

◎评《宣州谢朓楼饯别校书叔云》

沈归愚曰：“此种格调太白从心化出。”

“遥情逸慨，飙举云飞。杜甫所谓‘飘然思不群’者，此矣。千载而下，犹见酒间岸异之状。”（引自《唐宋诗醇》）

◎评《月下吟》

“白云”二语清俊可歌。

白云、白露，故著二“白”字，亦甚有致。

◎评《把酒问月》

“问”字下得便奇。

“绿烟”七字俊逸可味。

“但见”二语清俊中却带气机。

慨叹不已。

“‘共看明月皆如此’，令延之见之又当失笑。”（引自《唐宋诗醇》）

◎评《三五七言》

“哀音促节，凄若繁弦。”（引自《唐宋诗醇》）

太白《菩萨蛮》、《忆秦娥》两调为倚声之祖，然亦发端于此。

◎评《泾溪东亭寄郑少府谔》

太白寄友之作，每夹写景色，由景生情，由情触景，自是有心人。结句尤有远神。

◎评《示金陵子》

“落花一片天上来”二语非人所能到。

“似能未能”七字已摹写殆尽。

◎评《怨情》

措词隽永。偶引古辞，别出新意，怨意不言而显。

◎评《代寄情楚词体》

约全骚之短韵而辞气清朗，意旨忠厚。非第偶弹古调也。（隳栝自《唐宋诗醇》）

夹批：学楚骚而别俱清机，非天才不能。

“何无情”下低徊感叹，直是屈子化身。结笔尤凄然欲绝。

◎评《自溧水道哭王炎》

“吊死”十字便觉黯然。

语至情真，古人交友之诚如此。

◎评《宫中行乐词七首》

其一：对起工丽绝伦。“素女”十字韶秀。

其二：“寒雪梅中尽，春风柳上归”十字秀韵天成，非学可到。

其三：“宫花”十字秀骨天成。“争”字妙，“暗”字妙。“争笑日”、“暗生春”尤妙。

其四:盛言宫中行乐,讽刺意自于言外见之。

其五:七章皆对起,别有丰神。不忘规讽,寄意深远。非泛写宫中行乐之事也。

其六:工丽。规讽处露而不露,有祸福相倚伏之惧。

其七:一结如水逝云卷,火灭烟销,凄绝恐绝,我读之不禁泪下。

夹批:太白以奔放横逸之才,此数章独带齐、梁风调,才大者无所不可也。韵味虽胜,风骨自在。

◎评《塞下曲》三首

其一:沈归愚曰:"四语直下,从前未具此格。"结亦雄俊。

其二:起四语,有英武之气。"消"字韵气魄雄健。结笔叹绝。

其三:"高调入云,于声律中行俊逸之气,自非初唐诸公可及。"(引自《唐宋诗醇》)

◎评《秋思》

此征妇思夫之辞。"海上"十字精炼。结句自伤。

◎评《口号赠征君卢鸿》

"格调高朗。卢鸿屡征不起,故白诗云尔。末句言其当应召也。以伯起期之,位置殊高。"(引自《唐宋诗醇》)

夹批;格律谨严,仿佛老杜。

◎评《赠孟浩然》

起言爱孟。中四句写孟一身遭际以及胸襟之高旷。结言慕孟。格律甚谨。

◎评《渡荆门送别》

"项联与杜甫之'星垂平野阔,月涌大江流'句法相似,亦势均力

敌。胡震亨以杜为胜，亦故为低昂耳。”(引自《唐宋诗醇》)

◎评《赠升州王使君忠臣》

大臣任国，当不负重寄，太白言之深矣。结命自负亦不凡。

◎评《赠钱征君少阳》

“各成丝”叹钱征君，并自叹也。结以子牙期之，意甚壮。

◎评《送友人》

“首联整齐。次联流走而劲健。结有萧散之致。大匠运斤，自成规矩，岂后世所可几及哉。”(引自《唐宋诗醇》)

◎评《送友人入蜀》

写出奇境，格调高俊。此五律正宗也。五、六亦佳。

“一结翻案更饶胜致。”(引自《唐宋诗醇》)

◎评《寻雍尊师隐居》

起调甚高。

吴昌祺曰：“此种甚与襄阳相似。”

“一结擅胜，神韵悠然。”(引自《唐宋诗醇》)

◎评《访戴天山道士不遇》

起语浏亮。

“自然深秀，似王维集中高作。视孟浩然《寻梅道士》诗，华实俱胜。”(引自《唐宋诗醇》)

◎评《过崔八丈水亭》

起笔遒炼。三、四奇妙。五、六语好在下三字。结亦超旷。

◎评《秋登宣城谢朓北楼》

吴昌祺曰："此种自堪把臂元晖。"

风神散朗。五、六写出秋意，郁然苍秀。

沈归愚曰："中间实写处正是如画。"

◎评《谢公亭》

气机清溜，琢句精秀，骨格自高。吴昌祺称其"通体完浑"，信然。

◎评《太原早秋》

唐汝询曰："唐人汾上作，必用《秋风辞》。太白曰'云生渡河秋'，便无蹊径可寻。"

◎评《观猎》

"江沙"十字尽"猎"之意。五、六语工而健。

◎评《南阳送客》

"从《古诗十九首》脱化而出，词意俱古。咏至五、六句，可谓蕴藉风流矣。"(引自《唐宋诗醇》)

◎评《金陵》

"六朝佳丽，满目黯然，诗亦别一风格。"(引自《唐宋诗醇》)

◎评《陪宋中丞武昌夜饮怀古》

"八句一气涌出，古无此格，乃古体中之协调，律体中之清音。自非太白仙才，那得有此？"(引自《唐宋诗醇》)

夹批：格高气清，如闻龙吟鸾鸣。

◎评《夜泊牛渚怀古》

以谪仙之笔而作五律，如豢神龙于池沼中，屈伸盘拿，出没变化，自不可遏。此篇全散如海鹤凌空，不必鸾凰之苞彩，真仙才也。

夹批：沈归愚谓“不用对偶，一气旋折，律诗中有此一格”。或云中二联对意不对词，自然成偶。非不用对也。其说亦通。

青莲作近体如古风，一气呵成，无对待之迹，有流行之乐。所谓“镜中之花，水中之月，羚羊挂角，无迹可求”，洵非虚语也。

◎评《宿巫山下》

一片散行中有化机。二韵尤超绝。琢句无一字不工，但落笔不苦耳。

◎评《与夏十二登岳阳楼》

“引”字、“衔”字妙，寻常语一经点缀便有奇趣。于此可悟炼字之妙。

◎评《中丞宋公以吴兵三千赴河南军次寻阳脱余之囚参谋幕府因赠之》

刘辰翁曰：“句句壮，末韵更佳。”

范德机曰：“发端雄浑而严，真长律起辞也。”

胡震亨曰：“排律起句极宜冠冕雄浑，不得作小家语，如此篇之类，最为得体。”

◎评《送储邕之武昌》

沈德潜曰：“以古风起法，运作长律，太白天才，不拘绳墨乃尔。后人不善学之，反颠蹶矣。”

◎评《送友人寻越中山水》

桂临川曰：“太白天才飘逸，长律虽法度整严而清骨不泯。”

◎评《秋日与张少府楚城韦公藏书高斋作》

“三、四语气体雄浑，与老杜‘飞星过水白，落月动沙虚’句法相似，当称双璧。”（引自《唐宋诗醇》）

“楂拥”十字有静机。

◎评《秋日登扬州西灵塔》

沈归愚曰：“入手高超，能以古笔为律体。”

吴昌祺曰：“‘凌’字读如‘凌阴’字音。此诗有似初唐，非太白本色。”

◎评《金陵送张十一再游东吴》

起调甚高。“夫子”指张十一也。“春光白门柳”二语，八层写景，神品画品也。

◎评《登金陵凤凰台》

因怀古而怀君，气象雄浑。

沈德潜曰：“从心所造，偶然相似，必谓摹仿司勋，恐属未然。”

三山二水可见，而长安不可见，为浮云蔽也。有忧谗畏讥意。

◎评《送贺监归四明应制》

望其复来帝城，借鹤说便不入套。此古人避俗处。

◎评《别中都明府兄》

“东楼”二句平仄与上下相背，古人每多此格。

◎评《鹦鹉洲》

沈归愚曰：“以古笔为律诗，盛唐人每有之。大历后此调不复弹矣。”

刘辰翁曰：“犹是《凤凰台》余韵，情景觉称。此以正平吊正平者。”

夹批：太白不甚于七律着力，故所选亦少。

◎评《王昭君》

郭茂倩云："一曰王昭君。"《唐书·乐志》曰："《明君》，汉曲也。石荣以此曲教绿珠而自制新辞。"

◎评《玉阶怨》

"无一字言怨，而隐然幽怨之意自于言外见之。"(萧士赟评语)

◎评《襄阳曲》

"'江山留胜迹，我辈复登临'，不如此寄慨之深。"(引自《唐宋诗醇》)

◎评《夜思》

沈归愚曰："旅中情思，虽说明却不说尽。"

胡应麟曰："古诗乐府后，惟太白诸绝近之。"

◎评《渌水曲》

"逸调。末句非有轶思，特妒花之艳耳。"(引自《唐宋诗醇》)

◎评《秋浦歌》

托兴在意象之外，一气浑成，中有波折，太白最高之作。

◎评《怨情》

不必深写而情味自永，远出齐、梁之上。

◎评《见京兆韦参军量移东阳》

中有不堪言处，只如此写已足。

夹批：不着一实语，已觉满纸皆泪。

◎评《对雪献从兄虞城宰》

真至语，不可于浅语忽之。刘批最允。

◎评《送殷淑》

“灯青月复寒”写离别之景，甚觉黯然。

◎评《敬亭独坐》

传“独坐”之神，境地高绝，非拟议可到。

◎评《自遣》

二十字中，处处真境，无一做作处，自是胸有元气。

夹批：直是陶诗化境，卓不可及。

◎评《清溪半夜闻笛》

“寒山”十字朗然可歌，句调亦甚凄清。

◎评《忆东山》

“白云”十字极写忆之深。想到云月，落笔便清高。

◎评《劳劳亭》

二十字无不刺骨。“春风”十字开后人多少思路。

◎评《越女词·镜湖水如月》

写得明艳，妙在不妖，非《子夜歌》之比。

◎评《巴女词》

语甚质直，亦是“子夜体”而骨格自别。

◎评《清平调》

清调平调，本周《房中乐》之遗声。

三章合花与人言之，风流旖旎，绝世丰神。

沈归愚谓："或云首章咏妃子，次章咏花，三章合咏，殊近执滞。然细玩三章，却是如此，不必讥其执滞也。"

◎评《横江词二首》

胡云："尚是乐府古调。"

赵执信曰："'横江馆前'一首，此乐府也。'问余何事'一首，此古诗也。"

◎评《长门怨二首》

胡应麟曰："此与江宁《西宫怨》，李则意尽言中，王则意在言外，然各有至处。大概李写景入神，王言情造极。"

◎评《越中怀古》

三句说盛，一句说衰，奇格独创。

◎评《苏台览古》

越中作。上三句写其盛，末一句言今日之衰。此作上三句言今日之衰，末一句言当日之盛，同一寄慨。

◎评《赠汪伦》

言情之深。

◎评《送孟浩然之广陵》

"语近情遥，有'手挥五弦，目送飞鸿'之妙。"(引自《唐宋诗醇》)

"烟花"七字瑰丽。

◎评《春夜洛城闻笛》

《乐府杂论》曰："笛者，羌乐也。古曲有《折杨柳》、《落梅花》。"

◎评《峨眉山月歌》

刘辰翁曰："含情凄婉，有《竹枝》缥缈之音。"

陈宏谋曰："但觉其工，然妙处不传。"

◎评《下江陵》

瞬息千里，如有神助。三、四设色托起，殊觉自在中流。

◎评《黄鹤楼闻笛》

凄切之情，见于言外，有含蓄不尽之致。

《落梅》笛曲点用入化。

◎评《舟下荆门》

陈宏谋曰："运古入化，绝妙好辞。"

◎评《与贾舍人汎洞庭》

敖英曰："缀景宏阔，有吞吐湖山之气。落句感慨之情深矣。"

中有不堪之情，所以放荡如此。

◎评《望天门山》

"对结另是一体，词调高华，言尽意不尽，不得以半律议之。"（引自《唐宋诗醇》）

◎评《客中作》

强作宽解之词，正是极不得意处，而意态自别。

◎评《巴陵赠贾舍人》

“词意深婉。古人立言之妙总在含蓄，后人直截言之，有何趣味。”（引自《唐宋诗醇》）

◎评《闻王昌龄左迁龙标遥有此寄》

同一伤心人，诗中只写相思景况，而不得意自于言外见之。

◎评《少年行》

胡应麟曰：“唐人七言绝有作乐府体者，如此诗及《横江词》尚是古调。”

◎评《上皇西巡南京歌》（共十首，录其二）

“莫道君王行路难”：“渭水长安隐寓故都之感，且以幸其早还，非夸成都佳丽也。”（引自《唐宋诗醇》）

“剑阁重关蜀北门”：沈德潜曰：“二句上皇，三句少帝，而以末句总收，格法又别。”

◎评《登庐山五老峰》

“纯用古调，次句亦秀，削成三、四语，亦高旷绝世。”（引自《唐宋诗醇》）

◎评《山中问答》

“自是君身有仙骨，世人那得知其故。”（引自《唐宋诗醇》）

起二句，夫人皆能言之，何足为奇。妙在三、四语高远，真写出心间意境来。格奇而正。

夹批：归曰：“李白诗体也。”

许顗曰：“贺知章呼太白为‘谪仙’，余观此诗信之矣。”

太白之为谪仙，当在古风、乐府、七古以及《辞白帝》诸绝，洵是仙才。许以此诗信太白为谪仙，仅就字面言之耳。非真知太白者，且此诗亦非太白造极之作，特落笔高超，意境旷逸，与人自有仙凡之隔。

◎评《宣城见杜鹃花》

太白不长于律诗，盖白天才横逸，不受羁缚，有如此者。

夹批：如谚如谣，却是绝句本色，效之则拟矣。或以为杜牧作，亦不类也。

太白诗天才飘渺，变化从心，作诗多放达处，然蒿目时政，疾心朝廷，凡祸乱之萌，善败之实，靡不托之歌谣，及复慨叹以致其忠爱之志，实与少陵无异也。

太白尝言："齐、梁以来，艳薄斯极。沈休文有尚以声律，将复古道，非我而谁？"故其所作，摆脱骈俪，驱除旧习，上继陈思、彭泽，同时与少陵并驱，朱子以为"圣于诗"者，非虚语也。

人知太白天马行空，不可羁绁。不知太白诗格律丝毫不乱，起伏严明，变化盘屈，与子美并称，夫何愧焉？后长吉学之，适形其怪，放翁学之，适形其野。鸾凤一鸣，蜩螗绝响矣。

杜甫

赵氏次公曰："杜陵野老负王佐之才，有意当世，而肮脏不偶，胸中所蕴一寓于诗。其曰：'许身一何愚，自比稷与契。'又曰：'致君尧舜上，再使风俗淳。'此其素愿也。至其出处，每与孔、孟合。'尚怜终南山，回首清渭滨'则有迟迟去鲁之怀。'勋业频看镜，行藏独倚楼'则有皇皇得君之意。"（赵次公语，引自《养一斋李杜诗话》）

按："杜公之诗，人之推服至极者，如秦少游以为'孔子大成'，郑尚明以为周公制作，黄鲁直以为'诗中之史'，罗景纶以为'诗中之经'，杨诚斋以为'诗中之圣'，王元美以为'诗中之神'，亦蔑以加矣。其为人，则《新唐书》本传云：'数尝寇乱，挺节无所污。为歌诗，伤时挠弱，情不忘君，人怜其忠云。'数语亦简而核。然本传又谓：'甫放旷不自检，好论天下大事，高而不切。'则于杜公之经济出处犹未之识也。考杜公诗，于国家之利病，军国之成败，往往先事而谋，援古而

讽，无不洞中窥要，而其难进易退，去就皎然，亦何尝非接淅而行，三宿出昼之宗派哉？”（赵次公语，引自《养一斋李杜诗话》）

黄山谷曰：谓杜诗“无一字无来处”，此不知杜诗者也。杜诗之妙，全在胸有造化，绝不依傍古人。所以为至。山谷以“无一字无来处”评杜，试思少陵岂徒饾饤之学见长者哉？大抵山谷见杜诗有“读书破万卷，下笔如有神”二语，故作此论。不知“破”字乃识破万卷之理，非熟读卷，易磨破也。山谷之论可谓谬极，然必谓杜诗皆凭空臆造，非善乎？元氏遗山云：“子美之妙，元气淋漓，随物赋形，谓无一字无来处可，谓不从古人中来亦可。”此说兼赅无流弊，远胜诸家多矣。

少陵诗本性情，厚伦纪，达大义，绍《三百》，洵足表洙泗“无邪”之旨，宜其为列代诗人之冠欤？

“五言古体，发源于西京，流衍于魏晋，颓靡于梁陈，至唐显庆、龙朔间，不振极矣。陈伯玉力扫俳优，直追曩哲。读《感遇》等章，何啻在黄初间也。张曲江、李供奉继起，风裁各异，原本阮公。唐诗中能复古者，三家为最。”（引自《唐诗别裁集·凡例》）少陵一出，法乎古而变乎古，《三百篇》不得专美于前，遂使诸家一齐抹倒。

“苏、李、《十九首》以后，五言所贵，大率优柔善入，婉而多风。少陵才力标举，篇幅恢张，纵横挥霍，诗品又一变矣。要其为国爱君，感时伤乱，忧黎元，希禹稷，生平抱负无不流露於楮墨中。”（沈德潜语，引自《养一斋李杜诗话》）

诗之变，情之正者也，千古骚坛谁敢仰视？

少陵七古，波澜变化，层出不穷，无论短篇长篇，皆非他人所得道其只字者，信为千古一人。

初唐七古，风调可歌，气格未上。至王、李、高、岑四家，驰骋有余，安详合度，为一体。李供奉鞭挞海岳，驱走风霆，自是仙才，非人力可及，为一体。韩文公拔出于贞元、元和间，踔厉风发，为一体。白香山长篇巨制，浓淡相兼，别具古朴神味，为一体。温、李一体，又体之卑者矣。少陵出而沉雄激壮，奔放险幻，如万宝集陈，千军竞逐，天

地浑奥之气，至此尽泄。终唐之世，无出其右者。韩白而外，谁能窥其藩奥哉。（“初唐”以下檃栝《唐诗别裁集·凡例》）

少陵五律如大宛之马，驰骤千里；如东海之龙，变化盘屈。四十字中，风走沙飞，波涛汹涌，令人几若视如古风而忘其为五律也。呜呼，此少陵之所变化莫测者欤。

（“详见”以下上接“三宿出昼之宗派哉”）“详见集中各诗，不及备述。赵氏止引二联，尚属挂漏，然断之曰‘王佐之才，出处与孔孟合’，则信非溢美矣。故杜公祠堂凡有数处，而鄜州学孔庙戟门则祀子美。夫以子美之诗，抉经心，执圣权以从祀孔子庙，不较胜于唐人之从祀何休、王弼哉？元顺帝追谥文贞，为千古诗人之仅事，要亦当之而无愧色者也。黄氏彻曰：‘东坡问老杜何如人哉？或云似司马迁但能名其诗耳。’至潘彦辅谓老杜似孟子，盖原其心也。据此则谥以文贞，其美尚有不尽者欤？”（引自潘德舆《养一斋李杜诗话》，“潘彦辅谓”，《诗话》原文作“愚谓”。）

夹批：少陵七律，有一气呵成者，《闻官军收河南河北》一章是也。有八句纯用排偶者，《登高》一章是也。此等处，只让此公独步。尤非他人所能望其项背。

少陵七律，生拗一体，在少陵为之，风骨自高，姿态更觉横逸。他人若欲依样描摹，鲜不失之生硬矣。余尝见宋以后，诗家多学少陵此体者，可谓丑女效颦，愈增其丑。

摩诘诗允为唐代正宗，同时高、岑、崔、李诸公皆在其笼络中。独少陵七律以沉浑雄健出之，正复驾乎其上。

少陵七律，入其室者无一人。惟义山《咏史》诸篇揖让进退，差堪随侍左右，以云入室则未也。然亦升少陵之堂矣。

太白无志于排律，所作亦寥寥，然落笔自高，遣词独别，高出初唐数倍。此其天才，非人力可及也。独少陵学博才大，又精心作意以为之。太白所作诸篇，要皆在老杜笼络中也。信乎其为诗中之圣。

五言绝句，王、李、韦三家，诗中之《风》也。崔张诸家，诗中之

《雅》也。少陵,诗中之《颂》也。

太白五绝,纯乎天籁,非他人所能几及。少陵旨正辞严,别开大道,固是一时瑜亮。

太白五绝之不可及处,在高远、在自然。少陵五绝之不可及处,在正大、在深厚,皆非他人所能窥其门户。

少陵忠君爱国,时于吟咏见之,余最爱其《复愁》一绝,知其忠爱之怀,惓惓不已。不以不用而移其志,乃知其诗之所以独冠千古者,性情使然也,时势使然也。

《养一斋李杜诗话》中论少陵七言绝句详矣,大抵总论少陵七绝之妙高,在与众不相延习,虽不能笼络诸家,固足扬镳接轸,并驱中原,乌得谓老杜短于七绝也。

《江南逢李龟年》一章固是千秋绝调,信乎沈德潜归愚曰:"少陵七绝直抒胸臆,虽非正声,自是大家气度。"呜呼,起少陵于九原,此语亦当心折。

乐府兴于汉魏,盛于六朝,变于唐人,太白纵横排奡,驰骤万里,少陵一出,独辟蹊径。阳开阴阖,雷动风飞,如《兵车行》、《哀江头》、《哀王孙》诸篇,入神出化,鬼斧神工,长短疾徐,指挥如意,永宜独步千古。西崖极赞其《桃竹杖引》一篇为最,犹非少陵知己也。

◎评《望岳》

四十字气势欲与岱岳争雄。次句写得(按:疑页面有遗漏。)

◎评《奉赠韦左丞丈二十二韵》

"语非乞怜,当与昌黎上宰相书并读。"(引自朱鹤龄注)

浦二田谓:"一结高旷,非昌黎可及。"真洞见老杜襟怀。

◎评《同诸公登慈恩寺塔》

前半力写胜境,奇情横逸。"回首"以下寄兴深远。同时名作以岑为最,观岑作分写上下、东西、南北,字字飞舞。少陵则曰"俯视但一气，焉能辨皇州”，嘉州自鸣得意者，少陵则一笔扫尽。人才之不可限量如此。

◎评《示从孙济》

“济盖年少孤子，由谗言构衅而猜嫌族属，故谆谆告之如此。中十句既悯之，复戒之，所以发动其天良也。中入比体，似歌似谣，有水源木本意，卓不可及。”(引自《读杜心解》)

◎评《前出塞》九首

前出塞，刺开边也。

其一：首章拈破主意。一结忍绝，愤绝，惨绝。

其二：“摹写轻身喜事之状，跃跃欲飞。少年初出，路人实有此概。”(引自《读杜心解》)

其三：心绪虽乱，终不以易。吾誓死之志也。全从性真中流出，一副血性。(檃栝《读杜心解》)语卓绝。

其四：极写许国志决，勇跃从戎。“附书”一段词迫意悲，甚于恸哭。

其五：三、四语真至。浦二田曰：“读‘我始’二语，寒士泪下。”

其六：沈德潜曰：“汉魏歌谣。”此章乃临事筹于意中，遥应首章开边，仍寓规意。

其七：“写冲寒涉险之苦，设色黯淡，天为愁。”(引自《读杜心解》)因边关寒苦，困极而起思归之情。

其八：前六句势猛气雄，跃跃欲动，真有摆簸山岳之势。结如清磬一声，悠扬不绝。

其九：卒章说到论功处，不屑写策勋进爵等语，恐启君臣幸功之心也。少陵一身经济学问，于此可见一班。

夹批：即合九章成章法，此体创自少陵，唐以前未有也。

◎评《送高三十五书记十五韵》

《通鉴》:"每岁麦熟,吐蕃辄获之,边人呼为吐蕃穛。哥舒翰伏兵夹击之,自是不敢复来。"(转引自《唐宋诗醇》)

作引起最佳。

钱谦益曰:"明皇有事于西戎,垂二十年。用哥舒翰于陇右,始克石堡而靡敝中国多矣。此诗以穷荒为戒,亦以见哥舒翰之谋国不臧也。"

◎评《奉同郭给事汤东灵湫作》

朱鹤龄曰:"此诗直陈温汤事而风刺自见。其忧乱之意,情见乎词。当与《慈恩寺》'回首叫虞舜'数语及《奉先咏怀》'凌晨过骊山'一段参看便得。"

卢元昌曰:"《灵湫》一篇,其曲突之讽欤?"

词旨恍惚,把臂楚骚。

沈德潜曰:"'坡陀金虾蟆'数语难显,言者以隐语出之,诗人之体也。"又曰:"'复归虚无'二句隐然祸不可测。"

同郭意只末一点,最高。

◎评《后出塞》五首

"五诗如《前出塞》逐层下,但交河之役,其情苦,故叙别家在路特详;蓟门之役,其气豪,故叙跋涉行程较略。要皆至理。"(引自《读杜心解》)

其二:沈归愚曰:"写军容之盛,军令之严,如干将莫邪出匣,寒光相向。"徐良弼(应作徐文弼)曰:"读'中天明月'四句,令人如在战场,魂惊魄散,神品也。"

夹批:夹景夹叙,有声有彩,正如宝刀出匣,寒光逼人,后人何能到此。此章极写军容之盛,有点清征兵之地,格律极严,气骨雄大,惊风雨、泣鬼神,千载无二。

其三:"此章写到击敌之事,纯用虚机,而含讽之旨即从此露出。其章法更屈曲出奇。以重守剔重勋,主意提破矣。"(引自《读杜心解》)

结言功必不成，而说来却不激烈。

其四：此章言战胜克敌后恣意欢愉。当日禄山一种跋扈情状跃跃纸上，绝技也。结句事属实纪，笔却虚按，最为得体。

其五："卒章如何着笔？文势至此不得不说破禄山即反矣。然前章云议者死路衢，作者独不畏之乎？妙在假词于逃军，便觉隐讽有味。"（引自《读杜心解》）

夹批：五章含愁托讽，洞悉奸人心事，老杜识力经济之大，岂徒诗圣云尔哉。

◎评《自京赴奉先县咏怀五百字》

"是老杜集中开头大文章。此老平生大本领，须用一片大魄力读去，断不宜如朱、仇诸本，琐琐分裂，通篇只是一大段。首明赍志去国之情，中慨君臣耽乐之失，末述到家哀苦之感。而起手用'许身'、'比稷契'二句总领，如金之声也。结尾用'忧端齐终南'二句总收，如玉之振也。"（引自《读杜心解》）

"其稷契之心，忧端之切，在于国奢民困，而民惟邦本，尤其所深危而急虑者。故首言去国也，则曰'穷年忧黎元'；中慨耽乐也，则曰'本自寒女出'；末述到家也，则曰'默思失业徒'。一篇之中三致意焉。然则其所为比稷契者，果非虚语，而结忧端者终无已时矣。"（引自《读杜心解》）真仁人言，真经济语。

沈德潜曰："前叙抱负，次述道途所经，末述到家情事。身际穷困，心忧天下，自是希稷契人语也。"

中间叙事夹议论以行，此种诗深得变雅之体。

"时禄山反信即至矣。篇中不及之，盖此诗乃自述生平致君泽民之本怀，意各有主也。"（引自《读杜心解》）

◎评《述怀》（按：页面破碎，参照资料试补。）

申涵光曰："无一语空闲，只平平说去，有声有泪，真《三百篇》嫡派。"

李因笃曰:“《北征》如万山之松,中蔚艳霞。此诗如数尺之竹,势参霄汉。”

次公云:“自去年寄书,今已十月。”

流离困苦,曲曲达出。语至情真,不计词藻工拙也。

夹批:沉郁顿挫,声泪俱下。

◎评《塞芦子》

“通首大概言两寇乘锐西冲,略西北而大荒尽,则灵武去矣。回马崤函,长安至是乃终非我有也。统曰‘大荒’,不敢斥言灵武也。‘延州’四句,扼要本旨。曰‘秦北户’者,自灵武来由此入,南达长安由此过。河东之贼,来截两头,亦由此进。以我塞之,则我可通而彼可扼也。”(按:页面残损,缺字据浦起龙《读杜心解》补。)

结笔□□□不宜□□□(按:残损难辨)

◎评《送樊二十三侍御赴汉中判官》(按:该页破损。)

……“四极我得制”语有斤量。两汉通淮税者,淮与汉不通。谓淮湖地税,运入于汉,以通行在之饷也。“冰雪”、“雷霆”(按:后文缺。然大略皆本浦起龙《读杜心解》。)

◎评《送从弟亚赴安西判官》(按:参照资料所补题。)

通乎时命者也。所论极允。

卢世漼亦云:“但俱不及《长孙》篇。不知何分去取。”

“结四句,神龙掉尾。言远地小官,非所以屈‘异人’。即日成功归国,乃勋当在王室耳。”(引自《读杜心解》)

起结英矫不凡。(《杜臆》:“起结皆用比兴,英矫不凡。”)

◎评《彭衙行》

沈归愚曰:“通首皆追叙,故用‘忆昔’二字领起。”

琐琐屑屑，语至情真，愈朴愈妙，作汉乐府读可也。

孙宰必白水人。同家洼当是白水乡邨之名，即孙宰所居也。公因取白水之古名命题作歌以表其人，故曰《彭衙行》。非路出彭衙后再历一旬之泥涂，然后到同家洼遇孙宰也。

◎评《得舍弟消息》

沈曰："末四句收出本意。"

起四句用比（按：页角折起五字难辨，下缺页）

◎评《北征》

（前缺页）伤人臣之义。甫但称其忠烈，而行诛之权贵诸明皇。尤为得体。中唐以下，惟李商隐《西郊》等作有此风力，特知之者少耳。叶氏（指叶梦得）云：穷极笔力，如太史公记传。此古今绝唱也。（此段檃栝《唐宋诗醇》评语）

王氏（指王嗣奭）云："其篇法幻妙若有照应，若无照应；若无穿插，若有穿插。不可琢磨。"

"通首当分五大段看。归省家人，本事也。回念国事，本心也。第一段叙清还鄜事迹。先以问家室三字提出省家，随以遭艰虞三字提出念国，为一篇纲领。第二段详叙归途景物，满目残山，无限血泪。第三段备述到家景况，语语真朴，痛快绝伦。第四段拨家计而忧国恤，议论正大，经济过人。第五段追颂上皇圣断，预卜新主中兴，亟反神京，重开盛治，直欲追美于贞观之初，为通篇大归宿。至矣，蔑以加矣。"（引自《读杜心解》）

◎评《羌村》三首

其一：《杜臆》云："家书往来已知两存矣。直至相见方信，此乱世实情也。"

其二："'不离复却'眼前语拈出如生。中四天然波折。即'昔我往矣’、‘今我来思’之意。”（页面有残缺，据《读杜心解》所引仇兆鳌注补。）

其三：起二句画出乡村小家气，妙绝千古。

二章承上妻帑来，三章承上邻人来。公于天伦邻谊无所不笃，读之至性至情，油然感发。（槑梧仇兆鳌注）

夹批：三章皆经乱还乡作也。真朴处似渊明，而沉挚过之，益叹杜老之不可及。

◎评《玉华宫》

“明是唐时所建而曰‘不知何王’，正以先世卑宫遗意，思子孙有愧敬承，故叹息之深。若明言贞观之俭则显形天宝之奢矣。而况本朝旧物一旦荒凉，又有不忍言者也。”（引自《读杜心解》）

前八句直写废宫起，冷色逼人。后八句抚迹增慨。

◎评《九成宫》

李因笃曰：“兴亡在目，讬讽独深。”

浦起龙曰：“《九成》、《玉华》用意各别。一为隋代所建，故明志来历，有借秦为喻之意。一为国初所作，故不忍斥言，有《黍离》‘行迈’之思。”

《玉华》因哀起兴，泪洒当前。此由盛及衰，意存追感。

◎评《留花门》

“此诗作于宁国出塞后，回纥复遣骑入助，仍屯沙苑。公忧其绎骚无已，乃作是诗。劈提四句领局，下作两扇格分应。曰‘气勇决’，其力可借也。‘自古’下十二句应之。此层是开。曰‘射汉月’，其锋可骇也。‘长戟’下十二句应之。此层是合。纪律整严。公之经济识力益见。”（引自《读杜心解》）

◎评《义鹘行》

浦曰："奇情恣肆，与子长游侠、刺客列传争雄千古。"

沈归愚曰："细细摹写。《史记》钜鹿之战、荆轲刺秦王是此种笔意。"

"快意贵目前"五字本怀。

沈归愚曰："'功成'二句如鲁连之却赏。"沈归愚曰："'人生'二句又如延陵挂剑。"

末二句结明作意。

◎评《画鹘行》

起笔奇特，初不知其为画也。"乃知"句方转到"画"字正面。"巧刮造化窟"五字精警绝伦，力透纸背，非少陵不能下此五字。一结有多少叹息，与公所作《雕赋》同。

◎评《赠卫八处士》

仇兆鳌曰："《漫斋诗话》云：'怡然敬父执'以下，他人须臾有数句，此便接云'问答未及已，儿女罗酒浆'，真有抔土障黄流气象。"

旧友重见，情景逼真。

◎评《新安吏》

沈德潜曰："诸咏身所见闻事，运以古乐府神理，惊心动魄，疑鬼疑神，千古谁能措手。"

陈鹿宾曰："板桥论诗以沉着痛快为第一，然千古沉着痛快之至者，亦无过于'白水'六句。"

徐良弼(应作"徐文弼")曰："一派哭声俱从劝慰中叙出，音调凄黯，尤难为情。"

结用劝慰之词，愈见沉痛。言天地虽无情，犹幸仆射可恃也。

◎评《潼关吏》

“起四句，虚笼筑城之完固。‘下马行、指山隅’一段写关吏目营手画，神情活现。‘胡来’二句谋深识远。”（引自《读杜心解》）

结言前车可鉴，宜守不宜轻战也。

◎评《石壕吏》

一起有猛虎獲人之势，直令千古惊绝。

徐良弼（应作“徐文弼”）曰：“哀情苦语，不堪卒读。”

李因笃曰：“响悲意苦，最近汉魏。”

少陵乐府妙能驾驭汉魏，创新立题，为千古绝唱。“室中”一段情悲语迫，呜咽动人，真有不堪卒读者。

◎评《新婚别》

沈归愚曰：“起结皆兴，乐府体也。”又曰：“与东山零雨之诗并读，时之盛衰可知矣。”又曰：“‘君今往死地’以下层层转换，皆‘发乎情，止乎礼义’之语，真得《国风》之旨。所谓‘言夺苏李，气吞曹刘’者，洵非虚美。”

仇云：“篇中‘君’字凡七见，频频呼君，几于一字一泪。”

夹批：起结用比兴，体中分三段，一正叙，一追叙，一从别后叙，笔情往复，词旨惨切，神韵悠然，能令读者忘食。视汉魏乐府则又过之。

◎评《垂老别》

“此篇凡三段。首段叙出门，用直起法，开首即点子孙。二句抵石壕。中十六句，中段叙别妻，忽而永诀，忽而相慰，忽而自奋，千曲百折。末段又推开解譬，作死心塌地语，犹云无一寸干净地也。愈益悲痛。”（引自《读杜心解》）

沈归愚曰：“结笔有敌忾勤王意。”

◎评《无家别》

起二从追叙起，写无家之由也。

王曰:“三别诸诗,惟《新婚》作新妇语。《垂老》、《无家》,其苦自知而不能自达,随物赋形,一一刻画,宛然异曲同工,真开辟手。”

徐良弼(应作徐文弼)曰:“‘永痛’下一句一意,辗转悲慨,结出至性至情来。”

沈曰:“上章以忠结,此章以孝结,可以续《三百篇》矣。”

夹批:“汉魏乐府,因事立言。有风诗遗意,后人转相仿效,文胜而情隐矣。少陵以驰骋古今之才,奋乎前人。窠臼之外,如‘三吏’、‘三别’,目极时事,慨乎言之,一字一泪。虽《三百篇》中,《陟岵》、《鸨羽》之怨,‘苕华’、‘草黄’之悲,亦不是过。使孔子删诗,亦不能废。岂汉魏诸乐府所得,方其万一哉。”(引自《唐宋诗醇》)

◎评《夏日叹》

“语云:兵旅之后,必有凶年。继‘三吏’、‘三别’而‘二叹’作焉。良有以也。以‘郁蒸’二字领起,‘郁蒸’以况中心之烦闷,中间隐叹病民,明叹河北,皆是也。必如置身贞观初年乃始得开释耳。”(引自《读杜心解》)

◎评《夏夜叹》

曰“不可暮”,曰“苦夜短”,极写夏日可畏而冀得夜晚一晌清凉也。

因热而念到戍卒,何等感叹。宋欧阳公《咏雪》诗念及四十八万屯边兵亦同此意也。

结穴与上章同,但一慕当年,一冀日后也。

◎评《立秋后题》

浦二田谓:“以河南残破,河北寇逼,东归不可,故西行耳。非饥之故。”此论甚允,见《读杜心解》。(按,评语似与原诗无涉。)

◎评《西枝村寻置草堂地夜宿赞公土室》二首

其一:“起十字似右丞口中语。起四,先叙来到赞室之路。中十

二句，四叙来寻之由，八叙同寻之事，结四明未得置草堂之地，抵暮回室，为下篇夜宿土房作引。”（引自《读杜心解》）

其二：“前八句接上篇‘落日’、‘多露’（指“层巅馀落日，早蔓已多露”句）来，从夜景叙出回土室之景。中八喜宿之情。结四叙去路，与上章起笔来路作章法，合两章为一气也。”（引自《读杜心解》）

◎评《有怀台州郑十八司户》

“起四句，痛其隔远不归，而曰老病迷路（指‘老病不识路’句）。便永无归日矣。次八句，叙其放逐远恶之处，源出《招魂》。又次八句，以其才名误于前，惧其复以放旷招时恶也。”（引自《读杜心解》）

结四句悲惋深至，既慨郑，复自慨也。

◎评《两当县》

起四写空宅，萧飒逼人。

浦曰：“详诗意，侍御在凤翔行在，以言事见谪。公方任拾遗，阙为疏救。今过其宅，慨然触起。特为暴其事迹，而引咎自责。非公衷肠坦白，断断不肯如此剖露。”

申涵光曰：“摩诘诗云：‘知祢不能荐，羞称献纳臣。’两公心事如青天白日，他人便多回护矣。”

落句寄慨。

◎评《遣兴》三首（录一首）

“蓬生非无根”：起四句，比而兴也。用比兴起是魏晋气格。结二句有多少叹息，多少愤惋。

◎评《遣兴》三首

其一“下马古战场”：浦起龙曰：“诗眼在‘尚开边’，咎兆衅也。”边指吐蕃界。起八句悲风飒飒，令人毛骨悚然。

其二“高秋登寒山”:浦二田曰:“诗眼在‘愿兵休’,愤贼炽也。此愤安史时秦陇属羌皆东征。‘诸将茅土’,激之之词。”

“老弱”二句可为恸哭。

其三“丰年孰云迟”:浦二田曰:“诗眼在‘鹿皮翁’,伤老废也。前以禾之晚成兴士之晚遇,皆属激射语,身则甘为鹿皮翁矣,而语仍潇洒。”

◎评《遣兴》五首(录二首)

其一“蛰龙三冬卧”:“贤俊生世,遇不遇皆不系于己。忽而比,忽插古人,忽又比,章法逼古。”(引自《读杜心解》)

此杜公不求古而自古处。

其二“昔者庞德公”:陈宏谋曰:“‘林茂’二句虽用庞公语,然其本旨自是孟子所云‘民之归仁,士愿立朝’之义。而用笔跌宕,弥觉深远。”

◎评《遣兴》五首

题注:五诗风格遒劲,建安之正声也。

其一“朔风飘胡雁”:古杂诗体。杜公《遣兴》诸作,笔路各别。此见客旅悲秋之感。

其二“长陵锐投儿”:浦二田曰:“乱后武夫得志,见于诗者始此。”

其三“漆以用而割”:起用比调,最见风骨。仇兆鳌曰:“慨趋炎附势之徒。”“赫赫”下加一“怜”字正如冷水浇骨。

其四“猛虎凭其威”:仇云:“戒凭威肆虐者。”陈宏谋曰:“古来权要读此能不胆落?”

其五“朝逢富家葬”:吴注云:“富贵贫贱同归于尽。”按:此属愤激之词。少陵《遣兴》诸作大半伤时叹世,故每章皆带商音。

◎评《大云寺赞公房》四首(录两首)

其三“灯影照无睡”:“心清”五字中有静机,亦带禅意,宜钟惺叹赏不置。

“此夜寝不寐所作。起结言情，余皆写景。笔妙幽寂。”（引自《读杜心解》）

其四“童儿汲井华”：“此晓景话别之诗。非赞公如白雪不能畜。此‘童儿’写童儿，正写赞公也。次四写洒扫后景，清芬可恋。中四转关。后八皆叙别之语。”（引自《读杜心解》）

一结高洁。

◎评《喜雨》

浦二田曰：“‘赤如血’三字夺……”（按：下文缺。）

◎评《发秦州》

自秦州赴同谷，始于《发秦州》，终于《万文潭》。自同谷往成都，始于《发同谷》，终于《成都府》。一路山川形物，光怪陆离，足以独步千古。

朱子曰：“观杜诗，初年甚精细，晚年旷逸不可当。如自秦州入蜀诸诗，分明如化，乃少作也。”

“自秦州抵同谷，又自同谷抵成都，前后纪行诗各十二首，此其首篇也。须看二十四首蹊径，各自不同。”（引自《读杜心解》）。

一面有一面境界，真似才大如海。

◎评《赤谷》

“起四接上篇来。‘岂但’二句无限衷曲。情随事迁之悲，饯来驱我之苦俱见。中八叙发赤谷以后。‘险艰’五字为诸篇提纲。末四是初到道中结法。”（引自《读杜心解》）

◎评《铁堂峡》

此从到峡直。（按：中有缺页。）

◎评《白沙渡》

“中以‘洗愁辛’三字挑起，饶有别趣。”（引自《读杜心解》）

◎评《水会渡》

沈曰：“‘大江’数语是月没后情景。”

由陆入舟，渡舟登岸。前写江势之险，从正面写。此从旁面写。变化莫测者也。

◎评《飞仙阁》

穷形状景，笔力深入，令读者如行峻岭空衙间。

“疲劳”二字反从歇鞍后托出，绝无呆相。

“结二语，笑貌叹声俱有。”（引自《读杜心解》）

◎评《五盘》

一路所作，大半窅冥险峻。此则上不履栈，下不涉江，曲折盘纡，中藏妙境，恍若羲皇以上。因此地安居乐业，兴乡国之思，念及弟妹，何等仁爱。

◎评《龙门阁》

“飞仙之险在山，龙门之险尤在下临急水。起四领清。中八先述阁道之欹危，次述临江之恐坠，其意承递而下。”（引自《读杜心解》）

◎评《鹿头山》（按：“始喜原野阔”前缺。）

正复相发，作法又变。

“前八叙事，中八吊古，后八发议。过鹿头便无山路，曰‘连山断’，曰‘险阻尽’，将前来无数奇险一笔扫空，眼界旷然，妙恰是将到之体。”（引自《读杜心解》）

◎评《成都府》

“前后各八句，皆言游子羁旅之情，是税驾（即解驾停车意）语，亦是二十四首总结语。只中四句还成都正面。”（引自《读杜心解》）

作格正大。

“信美而犹望川梁者，见鸟雀有归而伤故乡之不可归也。所以然者，由冠扰中原，如星争月彩，人思避乱，是以不免羁旅也。比意侧重众星。”（引自《读杜心解》）

◎评《枯柟》

“前四直叙其枯。中十二原其具，伤其枯，推其隐。后四句用讬法。”（引自《读杜心解》）

“犹含栋梁具，无复霄汉志”，一诗之眼。结亦冷隽。石林谓为房太尉作，殆非臆说。

◎评《遭田父泥饮美严中丞》

起十字写出为官有德、太平景象来。亦是暗使潘岳河阳事。

浦曰：“笔笔泥饮，却字字美严。此以田家乐为德政歌也。如此称美上官，才得吃紧，才是脱套旧说。将泥饮美严横截疏解，大非。”

◎评《过郭代公故宅》

浦二田曰：“纯是论断体，笔笔坚卓。前八句，总挈生平。中八句，特表勋伐。后八句，凭吊还题。格复峻整。”

沈德潜曰：“‘俄顷辨尊亲，指挥存顾托’，极状其敏而能断。杜公诗出色处，必有此一二语压眼众人。”

“俄顷”十字压人，馀亦坚拔如铸。

◎评《山寺》

沈德潜曰：“以兹奉佛之心抚驭士卒，岂非弘济天下才乎？盖引之于正也。”

朱注：“章彝，二史无考。公诗《桃竹杖》、《冬狩行》语皆含刺。大抵彝之为人，将略似优，乃心不在王室。是冬天子幸陕，彝从容校猎，未必无拥兵观望之意。公窥其微而不敢诵言，因游寺以讽谕之。”

◎评《草堂》

仇兆鳌曰：“起四句，以成都治乱为草堂去来，领起全意。‘请陈’一段，言知道倡乱而自败。‘义士’一段，言贼徒乘乱而残民。以上两段申明昔去草堂二句。‘贱子’一段，申明今归草堂二句。末八句乃归后寄慨也。”

浦起龙曰：“按：徐知道事，史俱不载，此诗可作史补，而古质之趣，流衍洋溢。”

《木兰》诗云：“爷娘闻女来，出郭相扶将。阿姊闻妹来，当户理红妆。小弟闻姊来，磨刀霍霍向猪羊。”“旧犬”下一段，从此脱化而出。

夹批：质古气苍，独来独往，此杜诗之品格。

◎评《四松》

“分两段看，前段叙松始末，移松、别松、见松，顺叙而下。所插四句是护松，乃追叙而来。后段因松寄慨，‘故林主’三字，借松入己。以下写松写身，融结一片。末四句，付之不可知之‘千载’，识解尤为超旷。”(引自《读杜心解》)

◎评《水槛》

起十字写槛废之由，来势苍莽。

“前八句写槛废，后八句言修槛。每八句中又有三层曲折。”(引自《读杜心解》)

“感故物”三字中有慨叹，咀味不尽。

夹批：“高岸”十字，“临川”十字，俱曲折得妙。起笔绘景，结笔言情。

◎评《扬旗》

“从夏景递入,笔致纡徐,格调清洒。是篇竟是以诗为赋。前八句叙事,中八句摹写,后八句属望,体制秩如。前妙在简净,中妙在镵刻,后妙在严重,格调最为完密。”(引自《读杜心解》)

◎评《太子张舍人遗织成褥段》

“前言珍贵之品,不宜以非分受。后言奢侈必败,聊且以守分终。”(引自《读杜心解》)

沈德潜曰:“李鼎之死,史未之载。来瑱之死,出于裴茂之诬,然侈肆不节,实有之也。借小物发出正论,儆戒不少。”

“皆闻黄金多,坐见悔吝生。”见二人之死以骄盈金多,故可补史传之缺。

◎评《三韵三首》

其一:“唾”、“损”者不足责,要在“高马”、“长鱼”之能不受“困”、“辱”也。结二语矫然。

夹批:比也。

其二:二章语气,邈视千古。

夹批:比也。

其三:浦曰:“名利二句,名言可佩。此辈营营,不足供烈士一笑也。”

夹批:赋也。

(以上评语引自《读杜心解》)

◎评《杜鹃》

起四句不关工拙,其体系仿《江南曲》“鱼戏莲叶东”云云。通篇调古词微,寄慨深远,见禽鸟之事杜鹃,盖托物以为臣节,讽也。其间“鸿雁”、“羔羊”又是推类言之。结四语自慨沉沦不遇,虽欲事君,不可得也。千载读之，为公堕泪。

◎评《雨》(二首录一)

“空山中霄阴”：“此对雨念远行将士，又兼峡中之盗言。未致留滞之感，亦处处不脱雨意。起段，自宵而曙，而云，而雨，凄迷动人。中段叙时事。结以‘渔艇’、‘樵客’之朝夕，兴已留滞之感。”(引自《读杜心解》)

◎评《壮游》

“首段叙少年之游，次段叙吴趋之游，三段叙齐赵之游。以上皆在开元时。四段叙长安之游，此係天宝间。五段叙京陷赴凤翔及收京从入朝事，此在肃宗初。末段，叙去官以后，久客之迹，此兼肃、代两朝。第一段，写得目空千古，自少而然。第二段，从太史公南游江淮，上会稽，探禹穴化出。第三段，又似游侠气味。第四段，便入感慨。语少也结交老苍，至是则老苍之景移及己身矣。第五段，带叙国故。”(引自《读杜心解》)

“‘崆峒’二语分提下两联。朱注谓是东西皆兵，混甚。第六段，‘小臣’二句，隐括拾遗被黜，数年迁播之事，笔力过人。‘荣华’二句，通篇结穴。阅世则荣业已虚，阅身则暮年永废，有无限感慨。‘吾观’四句，又作掉尾势，谚所谓家贫望邻富也，有无限感慨。”(引自《读杜心解》)

杜公一生行迹、志虑胸襟俱见于此。其间两宫警跸，贼势猖狂又俱见于此。一则诗圣，一则诗史，真天下之钜观也。

“一气读去，莽莽苍苍，荡往豪迈。刘克庄比之荆卿之歌，雍门之琴，信不诬矣。”(引自《读杜心解》)

◎评《昔游》

“追忆东游宋、齐时事，以致今昔之感。在昔朋友寄兴，正值国运丰盈之时；今观乱后登庸，独成羁孤远引之迹，能无慨然！‘赋诗’八句，即‘同学少年多不贱，五陵衣马自轻肥’之意，而说来却不显。‘景晏’四句，则岁暮身遥之悲也。”（引自《读杜心解》）

结以庞公自比，要亦当之无愧。

◎评《遣怀》

“大意与《昔游》同旨，但《昔游》专慨本身，兹则系怀故友，由前诗递及之也。首段从宋中形胜风俗说起，雄姿侠气，足以助发豪情。次段入高、李同游事。三段带述明皇黩武，指出盛衰聚散关头。末段遣怀本旨。‘拓境’四句，将十馀年乱端离绪一笔凌驾。以下客怀交谊，一往情深。此老生平肝膈，于斯益见。”（引自《读杜心解》）

◎评《听杨氏歌》

“通篇只摹写歌声之凄切，中间亦带抚时感事意。‘满堂’二语，一提。‘玉杯寂’，‘金管迷’，言盛时京洛之游不可复再也。”（引自《读杜心解》）

中有多少眼泪。乐天《琵琶行》无此沉痛。

◎评《暇日小园散病将种秋菜督勤耕牛兼书触目》

“首段述归林情事，意在厌喧乐静。起笔从对面写，名隽可味。‘飞来双白鹤’下，隐以自况，文情深远，若合若离，最是诗家化境。其实只是经乱挈家流离颠沛不能为生影子，正以收缴种菜济饥之故，妙绝千古。”（引自《读杜心解》）

◎评《送重表侄王砅评事使南海》

沈德潜曰：“传志体用在起二句，真大手笔也。”

起二语所指无考，存而不论，可也。但观其以传志体直起，是何等本领。

“上云”，“次问”，“下云”，三层排列，气象雄伟。

沈曰："风云龙虎，从妇人眼中看出，大识见，大文字。"又曰："倒插秦王，史公笔力。"

沈曰："至'盛事垂不朽'以上叙亲戚，而追述当时之事。以下就王评事言，见离别之意。"

"自'往者'至'佩牢'，追叙始乱逃窜，王砅护救之事。'争夺'，谓夺路而走，不及具马。'块独'，自谓奔走力竭，委顿草间。'下骑'数语，如史迁写秦王负剑环柱时，仓皇有气势。自'乱离'至'千艘'，叙使南海事。叙王踪迹，甚轻逸。叙李功业，甚凝重。所谓双管齐下。结从题后落，想是赠行馀波。"(引自《读杜心解》)

◎评《客从》

"公诗云：'自平宫中吕太一，收珠南海千馀日。'南国之困深矣。寓言隐痛，其有忧患乎！"(引自《读杜心解》)

◎评《望岳》

"起八句，四就岳言，四就祀岳者言。举'有虞'者，非谓当举行巡狩，谓如"有虞"之德者鲜矣。中十六句，望岳正面。四述南来望见之由，四摹拟岳之形势，四想像岳之仙灵，四矢后期续觌之愿。结四句，与起应。不修德而徒荐馨香，神其肯降祥乎！结句神气是反调。"(引自《读杜心解》)

◎评《兵车行》

陈曰："此体创自老杜。讽刺时事而记为征夫问答之词，言之者无罪，闻之者足戒，《小雅》遗音也。篇首写得形色匆匆，笔势汹涌，如风潮骤至，不可逼视。以下接出开边之非。末以惨语结之。词意沉郁，音节悲壮。此天地商声，不可强为者也。"

蔡宽夫曰："齐、梁以来，文士喜为乐府词，往往失其命题本意。惟老杜《兵车行》、《悲青坂》、《无家别》等篇，皆因时事，自出己意，立题略不更蹈前人陈迹，真豪杰也。”

风号雨溢，海啸山崩，奴婢《风》《骚》，藐视汉、魏，开辟一十二万年，谁敢望其项背。

夹批：以人哭起，以鬼哭结，有意无意，作法最奇。

◎评《送孔巢父谢病归游江东兼呈李白》

李因笃曰：“《寄元逸人》得超忽之神，《送孔巢父》极狂简之致。”

沈曰：“李杜多缥缈恍惚语，原本楚骚。”

“‘惜君苦留’，正指不知仙骨之世人，非公自欲留孔也。”见《读杜心解》。

沈曰：“望孔之别后寄书，妙只一点。”

末二语（指“南寻禹穴见李白，道甫问讯今何如”句）是呈李白。时太白游吴越间。（禹穴在越地，浙江之东。）

◎评《高都护骢马行》

王渔洋曰：“此公少年时作，字字精悍。”

陈曰：“杜之歌行扩汉魏而大之，变幻超忽，不可方物，学者每有望洋之叹。此乃少壮时作，字字精悍，章法、句法妥帖排奡。若从此等入手，即有规矩可循，自然雅健。”

◎评《饮中八仙歌》

浦曰：“写各人醉趣，语不浪下。知章必有醉而忘险之事，如公异日之醉为马坠也。以其为南人，故以‘乘船’比之。‘汝阳’，封号也，故以‘移封酒泉’为点缀。左相有《罢政》诗，即用其语。宗之少年，故曰‘玉树临风’。苏晋耽禅，故系之‘绣佛’。李白，诗仙也，故寓于诗。张旭，草圣也，故寓于书。焦遂，国史无传，而‘卓然’‘雄辩’之为实录，可以例推矣。即此识移缀不去之法。”

沈德潜曰：“人各赠几言，故有重韵而不妨碍。”

◎评《玄都坛歌寄元逸人》

浦二田曰："歌体之整饬精丽者。前四，志履历。中四，写坛景。后四，羡高隐。"

陈宏谋曰："'子规'二语，评者以为太类长吉，然贺虽险奥，故不能如此奇健。"

◎评《丽人行》

"无一刺讥语，描摹处，语语刺讥。无一慨叹声，点逗处，声声慨叹。"(引自《读杜心解》)

陆时雍曰："言穷则尽，意亵则丑，韵软则庳，一以雅道行之，故君子言有则也。"

陈曰："托刺微婉，意指遥深，较卫风'君子偕老'篇则微而显矣。"

此刺秦、虢诸姨与国忠游宴曲江而作也。极言姿态、服饰之美，饮食、音乐、宾从之盛，微指椒房，显言丞相，讽刺意不言自见。此小雅嗣音也。

◎评《乐游园歌》

浦二田曰："以下诸诗，大抵天宝十载后献赋召试，屡见摈斥时所作。"又曰："虽纪游，实感事也。是时诸杨专宠，宫禁荡跌，舆马填塞，幄幕云布。读此如目击矣。"又曰："'圣朝已知贱士丑'，谓我当此圣朝，已自知贱士之丑也。勿以辞害志。"

◎评《投简成华两县诸子》

浦曰："此当失意之时，值苦寒而作。一篇不平之鸣，不敢闻于朝贵，姑诉之两县诸子。想诸子皆非官于朝者也。说朝官得志，只一句，笔势凌厉。'项领'数语过激，故以'疏顽'自任也。"

◎评《曲江三章章五句》

其一：浦二田曰："首句顿，第三句又顿。诗只五句，凡作三截，如歌曲之有歇头也。历落可喜。"

其二："'比屋'句以不即不离见致，最为婉妙。"(引自《读杜心解》)

其三："'移住南山'，志在归隐。设无后两句，则真心似死灰，意索然矣。卢云'塌翼惊飞，忽遨天际'，正谓此也。"(引自《读杜心解》)

◎评《贫交行》

沈曰："起七字简而尽。"

"'突起'一语，尽千古世态，笔力遒劲。"(引自《读杜心解》)

◎评《白丝行》

浦曰："新故之间，才蒙'汲引'，旋遭'弃捐'。噫！才士可穷而勿忍欤！公虽屡弃，丰节矫然矣。"又曰："读此，知公为有道之士。"

结句见公出处经权。

◎评《渼陂行》

浦曰："纪一游耳，忽从始而风波，既而天霁，顷刻变迁上生出一片奇情。便觉忧喜交并，哀乐内触，有无限曲折。"又曰："云飞海涌，满眼烟霞。"

"好奇"为一篇纲领，"哀乐"为一篇结穴。中间杳冥变幻，光怪陆离，忽而风浪涌起，忽而雨霁晴和，忽而云迷，忽而月出，又从神灵徜恍之境幻出雷雨之愁，身世幻影，不堪把玩，类如此矣。(自注：落句不突出，最具手法。)(檃栝《读杜心解》)

◎评《醉时歌》

王嗣奭曰："公《咏怀》诗云：'沉醉聊自遣，放歌破愁绝'，可移作此诗之解。”

陈宏谋曰：“‘清夜沉沉’两语，写夜饮之景，妙不容说。‘但觉高歌’二句，跌宕不羁，中权有此，使前后文气势倍觉生色。”

“‘广文先生’，‘杜陵野客’，俱用开合笔，迭为宾主，同归醉乡，超绝。”（引自《读杜心解》）

◎评《醉歌行》

浦起龙曰：“凡三转韵，层次分明。首赞其才，中慰其意，后惜其别。以半老人送少年，以落魄人送下第，情绪自尔缠绵。”

沈德潜曰：“送别情景（于）后幅突然接入，开后人无限法门。醉歌意只末一点，与赠郑作自别。”

◎评《秋雨叹三首》

三叹皆寓言。

首章，伤直言之不伸也。“著叶满枝”不平，言所“著”之“叶”，但见“满枝”如雨盖也。与下句对。

次章，伤政府蒙蔽也。沈曰：“‘四海’一语奇绝。”主听蒙而民病隐矣。“八荒同云”，“农夫无消息”，微词也。

三章，伤潦倒不振也。“长安布衣”即前所云“堂上书生”，皆自谓也。“翅湿飞难”，句中有泪，自叹本旨若此。结意更远。

（评语摘引自《读杜心解》）

◎评《魏将军歌》

“首八句，叙其履历，而‘从事西极’，是昔日事，陪笔也。监军‘羽林’，则现在事，主笔也。‘五年起家’，与‘从事衫’应。昔为偏裨，今自开府也。‘一日过海’，与‘略西极’应，昔立功青海，今收帆归京也。中一段，颂魏正文。结勉其一心奉主，万世为照，非特一节之士而已。‘临江’句借用。”（引自《读杜心解》）

夹批：笔力遒迈，有辟万千人之概。

◎评《天育骠骑图歌》

陈曰："杜甫善作马诗、画马诗，篇篇入妙。支道林爱其神骏，少陵当亦尔耶？末语一转，抚物自伤，感慨无限。夫王者不借才于异代，顾其所遇何如尔。四十万匹马皆可以备驰驱，此马独称神骏，才固难也。王良、伯乐代有其人，甫因所遇自叹云尔。"

◎评《骢马行》

浦曰："亦是禄山将反时作。李必老将，故有'老始成'句。寓老当益壮意。"

沈曰："'肉騣'十四字括一篇《赭白马赋》。"

"吾闻"下双关夹写，诗中之化工也。

沈曰："老杜咏马诗并皆绝妙，而用意用笔无一处相似，此老胸中具有造化。"

◎评《奉先刘少府新画山水障歌》

陈曰："起势飞腾，而入末则馀波绵邈。中间忽然顿挫，刻意惊奇。"

"画师"下数语明知是画矣，却又用"得非"、"无乃"等字开出，以下风云龙虎，光怪陆离，烟岚满纸，真化工也。

沈曰："题画诗自少陵开出异境，后人往往宗之。"

"刘侯"下数语琢句若散若整，故缓其音节以见上文之奇，又见收笔之妙。古人或疾或徐，皆臻化境。

◎评《苏端薛复薛简筵简薛华醉歌》

陈曰："词气朴老，脉络井然。末幅纵笔排宕，单句径住，别有神味。"

计东曰:“太白长句,其源出鲍照。”故此诗云。然公尝以“俊逸鲍参军”称太白之诗,正称其长句也。

接笔神来。

“秋井”当作“废井”说。(自注:浦氏所云。)张綖谓井是贵者之墓,犹今言金井也。存之以备参考。

◎评《悲陈陶》

“陈陶之悲,悲轻进以致败也。官军之潦草败没,贼军之得志骄横,两两如生。结语兜转一笔好,写出人心不去。”(引自《读杜心解》)

◎评《悲青坂》

“史云:琯欲持重有所伺,中人邢延恩等促战仓皇,遂及于败。曰‘附书我军’,曰‘莫仓卒’,重为国士危之也。意亦深矣。”(引自《读杜心解》)

◎评《哀江头》

《哀江头》,纯是一片痛哭声。潜身避寇,触目伤怀。虽从乐游追述,而俯仰悲伤,纯是忠爱之情。叙乱离处,全以唱叹出之,笔力之高,冠绝千古。苏公谓韩白诸大家,望老杜藩篱而不及,信非虚美。

昔人云:“少陵诗包扫一切。”余读《慈恩寺浮图》一作,知少陵扫一切。读《哀江头》篇,知少陵包一切。古今诗人谁不低首。

“黄昏”一结,愤贼而不咎其君,诗人忠厚,所以接三百,冠千古也。

◎评《哀王孙》

夹批:此篇为少陵集中第一杰作。

钱笺云:“当时逆臣,必有为贼耳目,搜捕皇孙妃主以献者。公作是诗,危之復戒之也。”

仇兆鳌曰:“明皇平韦后之难,身致太平。开元之际,几于贞观盛时。及天宝末，不独生民涂炭，而妻子亦且不免。读《江头》、《王孙》，至今犹惨然在目。孟子云：'苟能充之，足以保四海。不能充之，不足以保妻子。'即一人之身，而治乱兴亡之故昭然矣。"

夹批：缠绵往复，温厚和平，岂止冠绝三唐，雄跨汉魏已哉。即求《风》、《雅》、《离骚》，亦无此种笔墨。开辟以来，当以此为第一篇。

陈思、彭泽、太白皆与少陵并称诗圣，然至少陵，《新安吏》六篇及《兵车行》、《悲青坂》、《悲陈陶》、《哀江头》、《哀王孙》等作，三家而不能涉其藩篱，敢并称乎？若五七律、排律又少陵独步千古者也。

刘会孟曰："起于童谣，省却叙事。篇内忠臣之盛心，仓卒之隐语，备极情态。"

沈曰："一韵到底，波澜变化层出不穷，似逐段转韵者。七古能事，至斯已极。"

◎评《题李尊师松树障子歌》

沈德潜曰："唐人题画，以工丽胜。少陵超然高古，其用心以独造为宗，不肯随人步趋也。"

浦曰："上下分截，两用'老夫'字提。上言画松之妙，下言对画之情，各四句转意。"

◎评《逼侧行赠毕曜》

浦曰："照转韵截。上言无马，贫而自怜。下约共饮，聊尔相遣。其'东家'四句，以请假不朝，足上无马意。大旨只是伤贫。"

此少陵率意之作，偶一为之，别有一种风致，气格自在。宋人有意效之，便成滥觞。要之少陵自有骨格，后人不善学之，适形自丑。

◎评《瘦马行》

浦曰："兴宗云：乾元元年华州诗，公自伤贬官而作。其说是也。开口用'东郊'字，华在长安东也。"

陈曰:"蔼然仁者之言。"

"此马军中所遗,必非街巷凡马。又从'病'字原其受挫,而谅其无辜。具此深衷,应无失士矣。"(引自《读杜心解》)

◎评《湖城东遇孟云卿复归刘颢宅宿宴饮散因为醉歌》

沈曰:"前十二句叙事,后六句感慨。一路将数虚字点拨。文机翔舞,情事活跃。"又曰:"'暗尘'、'隔手',见昏黑已极,人事将转之机。'红炉'、'素月',见热闹方酣,天心助兴之美。'会合'、'鸡鸣',见阑珊分散,世局无常之态。读此可以观化焉。"

◎评《李鄠县丈人胡马行》

浦曰:"诗当是喜得借骑而作。公前往鄜州,曾借追风骠于李特进,盖此老长技也。'愁驽骀',自丑其所乘者非良也。'俱东行',与马俱,非与李俱也。观结联,知此诗之作,在驯习既久,深得其力之馀也。"

◎评《洗马行》(应作《洗兵马》)

浦曰:"时庆绪围困,官军势张,公在东都,作《洗兵马》以鼓舞其气,皆忻喜愿望之词。统言之,六韵四段,章法整齐。前二段,注意将。任将专,则现在廓清之功立奏。后二段,注意相。良相进,则国家治平之运復开。此本朱氏鹤龄所谓:'中兴大业,全在将相得人。'前云'独任朔方',后云'复任子房',为一诗眼目。其说最为当矣。细绎之,则首段仍是全局总冒。先言邺即捷,贼即清,以预为欣动。而'常思仙仗'、'笛月'、'兵风'等句便是图治张本。其神直贯后幅也。次段归功诸将。见将帅得人,行且人安旧业,官庆随班,君得尽孝,皆将见之寇尽之馀,此即申明篇首意。三段,乃出议论,先以滥恩宜抑,引起任用需贤。贤相久任,则馀寇不足平,盛治不难再。是皆本于人君图治之心,正与'常思仙仗'相应。末段纯作注想太平、满心满愿语,紧承'后汉今周'说下。至结处'淇上'四句,又兜转围邺之事,遥应起处发端。警之祝之,仍是全局总收也。”

夹批:此唐中兴时第一篇大文字。

◎评《乾元中寓居同谷县作歌七首》

陈注《御选唐宋诗醇》曰:“慷慨悲歌,足以裂山石而立海水。殆所谓自铸《离骚》者。史迁云:‘人劳苦倦极,未尝不呼天地也。疾痛惨怛,未尝不呼父母也。’甫之遇为何如哉?流离困顿,转徙山谷,仰天一呼,万感交集,而笔之奇、气之豪,又足以发其所感,淋漓顿挫,自成音节。自古及今,不可有二。宋祁云:‘莫肯念乱《小雅》怨,自然流涕袁安愁。’此之谓矣。歌中思及弟妹,字字至情。‘南有龙’一篇,感时悯乱,实有寓意。评者谓为明皇而作,则不免牵合耳。”

李荐曰:“太白《远别离》、《蜀道难》与子美《同谷七歌》,风骚极致,不在屈宋之下。

胡应麟曰:“杜《七歌》亦仿张衡《四愁》,然《七歌》奇崛雄深,《四愁》和平婉丽。汉、唐短歌,各为绝唱,所谓异曲同工。”

余谓平子《四愁》,太板太呆,那有《七歌》风格。少陵虽仿之,却出其上。

◎评《题壁画马歌》

……如飞,结联见公本色。结句与“真堪托死生”同一用意。(按:有缺页)

◎评《戏题王宰画山水图歌》

起笔便奇古可爱,品高画亦高,非此不得写出。

“中有云气随飞龙”,夹此单句,如天外奇峰横插入来,学者最宜于此种留意,方有变化。结二句奇情横逸。以戏题意作结。

◎评《柟树为风雨所拔叹》

陈宏谋曰："势取矫厉，意主朴真。"

"'犹力争'，壮其节也。'岂天意'，非其罪也。'虎倒龙颠'，英雄失路；'泪痕血点'，人树兼悲。结句叹柟，亦自叹也。"（引自《读杜心解》）

◎评《茅屋为秋风所破歌》

"起五句完题，笔亦如飘风之来，疾卷了当，神工也。'高者''下者'，写风狂屋破，如在目前。起五句，写风狂屋破。'南村'五句，述初破不可耐之状，笔力恣横。'俄顷'八句，述破后拉杂事，'风'停'雨'落，忽变一境，满眼黑湿，笔笔写生。"（引自《读杜心解》）

末五句，大波轩然而起，叠笔作收，正如神龙掉尾，不可方物，真化工也，后人如何仿佛。

夹批：朱鹤龄曰："白乐天'安得布裘长万丈，与君都盖洛阳城'，从破后究极其苦而矫之，不可轩轾。"

余谓乐天二语，原非袭杜，意象自高，然不及杜胸襟阔大，笔力亦夭矫如神。

◎评《戏作花卿歌》

通体粗粗莽莽，老辣无比。"子璋"二句精采逼人。《唐诗纪事》谓此诗可以疗疟，信不诬矣。（枭栝《读杜心解》评语）

收笔婉转，以褒为贬，直令前后飞动。

沈曰："结句见不宜留蜀，以滋后乱。"

◎评《观打鱼歌》

浦曰："此诗从来误会，以'鲂'为'鲙'，且须'霜刀''割鳍'，几令人不可解，更使篇末数语索然。今详玩诗意，乃知作'鲙'指'赤鲤'，'鲂'其陪衬也。"

沈曰："'既饱欢愉亦萧瑟'，功名富贵何独不然。"

◎评《又观打鱼》

沈曰："前首为老饕戒耳。此更及干戈兵革，悲痛愈深矣。洪钟无纤响，信然。"

仇兆鳌曰："从竭泽而渔处写出惨酷可怜之状，具见爱物仁心。"

黄生曰："前诗寓感，此诗寓规。体物既精，命意独远。"

◎评《越王楼歌》

朱注："越王于则天时起兵兴复，不克，死。盖贤王也。据此，公殆以斯楼为岘山碑欤！"

一结风雅，情韵悠然，正不必摹仿《滕王阁》也。

◎评《海棕行》

公每借一物寓意，生平无浪下之笔。

沈曰："'众木'二句，是为君子写照。"

结亦矫变。

◎评《光禄坂行》

起二语写山晚旅行，宛然在目。

"暝色无人独归客"，一幅绝妙画图。

结笔有多少慨叹。

◎评《苦战行》

"'干戈未定'是推开说，非专指段子璋。惜其死狂贼，不得远建功业也。次语是追述，即向者'临江把臂'时语也。"（引自《读杜心解》）

◎评《陪王侍御同登东山最高顶宴姚通泉，晚携酒泛江》

"姚为主，王为宾，公为陪客。起四句，总领大意。次八句，先叙东山顶宴，次叙携酒泛江，蝉联而下。'三更'四句，借风势蹴起一波，句奇语重，直令读者变色。末四句，趁风势就作收局。"(引自《读杜心解》)。

立言蕴藉，体格兼美也。

夹批：首段从容，中幅精采，后路含蓄。

◎评《发阆中》

写归心似箭，并"秋花锦石"亦不暇数，情致最真。

"归梓在冬，云'秋花'者，来时曾见，归意匆匆，不暇数其枯落也。"(引自《读杜心解》)

◎评《天边行》

垂老临江痛哭，读起二语，令人魂销。"洪涛"二语，暮江惨景。结更凄凉欲绝。

◎评《冬狩行》

时天子蒙尘，两京狼狈，而留后公然校猎，无忧王室之心，有拥兵窥伺之意。少陵深知其隐微。此诗之作，大声疾呼，痛哭流涕，不仅婉讽已也。少陵忧国之心，千古共见。

沈曰："'草中'数语，言当敌忾勤王，不宜以校猎夸英武也。大声疾呼，不止婉讽。"

结用复笔，其声愈促，其味弥长。

◎评《桃竹杖引赠章留后》

陈宏谋曰："奇变酷似太白，老杜真乃无所不有。"

朱鹤龄曰："此诗盖借竹杖以规讽章留后也。既以踊跃为龙戒之，又以复失双杖危之，其微旨可见。”

沈曰：“末幅字字腾掷跳跃，何等笔力！”

结笔寓规讽，妙不露。

◎评《忆昔·忆昔开元全盛日》

陈曰：“居然变雅。治乱相形，极其沉痛。”

王嗣奭曰：“‘百余年间’二句，盖言法度之存亡，关乎国家之理乱，先叙此二语，随用‘岂闻’二字转下，如快马蓦涧，何等笔力！”

余按：前说开元。“岂闻”四句，直说目下。中间隔一大段时光，故用“伤心”二句搭连之。以乱离之事，不忍再述也。确士谓“岂闻”二句，转关未醒，其说非也。(檗栝《读杜心解》语)

◎评《阆山歌》

浦曰：“二歌志阆中之胜，亦聊为不归者解嘲耳。”

“松浮”二语，奇警。

“结语叹其仙境可隐，非真欲结茅也。”(引自《读杜心解》)

◎评《阆水歌》

陈曰：“二歌著语奇秀，觉空翠扑人，冲襟相照。”

“结有赞不容口之致，要皆为不归者遣闷耳。”(引自《读杜心解》)

◎评《丹青引赠曹将军霸》

起七字郑重。“于今”一语，如水逝云卷，风流电掣，何等悲凉！“英雄”七字，又一提振，是开笔。“文彩”七字是阖笔。“英雄割据”四字，何等气魄！“虽已矣”三字，不胜苍凉。以一“虽”字作开笔，“文彩”而今，何其悲也！“尚存”二字，又为通局提纲，是一句中又自为开合也。只起四句，正如怒涛忽起忽落。以下画人画马，两两夹写，风走云飞，山崩海立。后幅悲壮苍凉，无穷感喟，始于开元，穷于今日，此又一篇之开合也。离奇变化,古今岂有二人。

他如《风》、《骚》、《十九首》、陈思、彭泽、太白诸家,或以浑含胜,或以沉痛胜,或以古茂胜,或以冲澹胜,或以豪迈胜,自有老杜出,古今皆无颜色矣。

◎评《韦讽录事宅观曹将军画马图》

陈曰:"苍莽历落中法律深细。前从'照夜白'叙入,即伏末段感慨。中间错综九马,文势跌宕,可谓'毫发无遗憾,波澜独老成'矣。七古至于老杜,浩浩落落,独往独来,神龙在霄,连蜷变化,不可方物;天马行空,脱去羁靮,足以横睨一世,独有千古。东坡《书韩幹牧马图》犹非其匹,况他人乎!"

中间九马是主,前后是陪笔。

张溍曰:"杜诗咏物,必及时事,故能淋漓顿挫。"

浦二田曰:"身历兴衰,感时抚事,惟其胸中有物,是以言中有泪。"(按:中华书局78年版《读杜心解》本句作"惟其胸中有泪,是以言之有物"。)

"乌呼风"三字,结得凄惨,兴亡在目。

◎评《古柏行》

王嗣奭曰:"公生平极赞孔明,盖窃比之意。孔明才大而不尽其用,公尝自比稷契而人莫之用,故篇终结出材大难用。此作诗本旨,发兴于古柏者也。"

陈曰:"情深文明,眼空笔老,千载下如闻叹息一声。"

李因笃曰:"武侯庙柏,自不得作一细语,如太史公用《尚书》为本纪,厚重乃尔。"

◎评《秋风》(二首录一,"秋风淅淅吹我衣")

前四句,写秋风。五六句,思归。末言归乡倚树,意欣然矣。又恐故园残毁，此志仍灰。“是非”二字，不胜凄楚。

◎评《寄韩谏议》

注解家纷然不一。钱笺谓指李泌。潘耒、黄生驳之。浦氏信之。迄无定论。予谓钱笺太泥，驳之者亦非，必求其人以实之，未免穿凿。但其诗不可不读，灵光缥缈，风物皆仙，远跨汉、魏，直追屈、宋。昔人谓，如读《蒹葭》、《秋水》之篇，初不知其何指，而往复低徊，自有不能已者。知言哉。

◎评《君不见简苏徯》

劝戒之作，音节却极悲壮。“丈夫盖棺事始定”，所谓老当益壮，不到黄河心不死也。读之令人拔剑起舞，饮酒三斗。

◎评《李潮八分小篆歌》

“篇中述书学源流，最委悉矣。其将古今书家拉杂援引，目为之迷，而其中自有宾主。李潮，主中主也。‘择木’、‘有邻’，与潮同代，乃主中宾也。斯、邕小篆八分，为李潮本派，乃宾中主也。起处‘鸟迹’、‘石鼓’，述书之祖，征来作引，乃宾中宾也。后幅吴郡张颠草书之变，借来作话。至其评书之旨，则以肥为宾，以瘦为主，赞潮处，句句瘦硬。结用谦笔，亦瘦硬，反面话头也。”(引自浦起龙《读杜心解》)

◎评《缚鸡行》

沈曰：“宕开作结。爱物而几于齐物矣。”

“注江倚阁”，海阔天空，惟公天机高妙，领会及此。

◎评《折槛行》

沈德潜曰：“永泰二年，中官鱼朝恩判国子监事，故作是诗。言当时诸臣不能力争，任其横行也。鱼朝恩兼神策军使，故以‘白马将军’

比之。”

结有转移之望,意深矣。

◎评《荆南兵马使太长卿赵公大食刀歌》

浦曰:“一诗两韵,直无处分乙。中间‘芮公’两句,韵则蒙前,意实领后,此其过接处也。以前写刀,以后写用刀者,先主后宾。然说用刀之人,仍处处归功于刀,则仍于宾中见主。”

写刀写人,神光闪烁,令人心摇目炫,不敢逼视。“赵公”以下数语,写承主帅之命,佩服此刀,是以人爱刀。结处又以刀比赵,变幻不测。而结二语仍是一赵一刀,两两写照,则又有如青鸟家所云双龙合气之奇。(檗栝《读杜心解》评语)

◎评《王兵马使二角鹰》

陈曰:“以赋鹰者赋人,宾主离合,几如鱼龙变化,眩人心目。此与前篇皆摆脱恒蹊,体格、音节苍然入古。”

浦曰:“此篇运法更奇。《大食刀》宾主划分,此则宾主镕化,几于莫可窥寻。运法至此,鱼龙曼延,不足为其幻也。”

结笔得体,变化中自有神策,不比游骑无归。

◎评《大觉高僧兰若》

浦曰:“原注云:和尚往湖南。而诗所云,皆谓庐山,则湖是江西之彭蠡也。公游巫山兰若,因题此诗。”

结二语,惜其去,而欲往从之游也。

◎评《虎牙行》

浦曰:“值寒风猛烈而作,盖世乱民贫之叹也。”

“状朔风阴惨之景,真觉骇胆慄魄。兵戈恣肆,亦从阴风中显出。结只用单句收住。神致黯然。”(引自《读杜心解》)

笔力老截。

夹批：上八句写惨景，下八句述时事，末用单句总括两截，变化神明。

◎评《自平》

浦曰："当由太一既平，朝廷不以为鉴，仍遣中使让利市舶而发。观起二语了了。公意以太一之乱，其已事矣，仍蹈覆辙，后将复有滋扰激变之事，故作此诗。"

◎评《观公孙大娘弟子舞剑器行》

浦起龙曰："序从弟子逆推至公孙，诗从公孙顺拖出弟子。首八句，先写公孙剑器之妙，忽然而伏，忽然而起，状其舞态也。忽然而来，忽然而罢，总始末而形容也。有末句，益显上三句之腾踔；有上三句，尤难末句之安闲。序所谓'蔚跂'者正如此。'绛唇'六句，落到李娘，为篇中叙事处。舞之妙，已就公孙详写，此只以'神扬扬'三字括之，可识虚实互用之法。'感时抚事'句，逗出作诗本旨。'先帝'六句，往事之慨，此本旨也。言公孙而统及女乐，言女乐，即是感深先帝。故下段竟以'金粟堆'作转接，此下正写惋伤之情。一句着先帝，一句收归本身。'玳筵'、'哀乐'，并带别驾宅。结二语，所谓对此茫茫，百端交集。行失其所在，止失其所居，作者读者，俱欲嗷然一哭。"

王士正曰："陈旸《乐书》云：'乐府诸曲，自古不用犯声。自则天末年，《剑器》入《浑脱》，为犯声之始。《剑器》宫调，《浑脱》商调，以臣犯君，故为犯声。'又：'唐多用解曲，《枯枝》用《浑脱解》之类。'观此，则《剑器》、《浑脱》自别为舞曲之名。"

夹批：抚时感事一语，为上下线索，为作诗本旨。通篇亦浏离顿挫之极。

◎评《夜归》

写山居夜行无月景象，愈难愈妙。写景处纯是一种孤兴，是杜公声口。

◎评《晚晴》

“此因雪后晚晴，寒光照影，而感及身衰也。前路，从积雪起，笔势飘摇。中三句，晚晴正面。后六句，思路幻，笔情曲，从晴光斜影照出龙钟老态来，触目生哀，极奇极确。”（引自《读杜心解》）

◎评《后苦寒行二首》

其一“南纪巫庐瘴不绝”：“蛮夷长老”，即夔人。见年老之人尚未经此也。“昆仑关折”，已动后一首作意。

其二“晚来江门失大木”：“借寒威杀气，一畅殄寇之怀，故起笔就风势上见出苦寒，由苦寒上见出天意，思入非有想天，奇绝。”（引自《读杜心解》）

◎评《短歌行》（题注：原注赠王郎司直）

沈德潜曰：“上下各五句，复用单句相间，亦是创格。”

刘会孟曰：“豪气激人，堂堂复堂堂。”

卢世潅曰：“突兀横绝，跌宕悲凉。”

浦二田曰：“如此歌，才配副得英年人。”

◎评《醉歌行赠公安颜十少府请顾八题壁》

梅福为南昌尉，谓之神仙尉。颜为公安尉。故起笔借以为比也。

沈曰：“‘是日’二语突接。”

突接二语，气魄雄健。

《诗醇》云：“偶然酬应，必挟奇气而出，随笔所至，皆臻妙境。”

◎评《发刘郎浦》

浦起龙曰:“此连日舟行所感。拂意南行,风催不转,聊以归怀娇之,然亦托之悬想而已。”

久客思归,公亦知吾道之不行也。

◎评《夜闻觱篥》

“情所向”者,其声足以动情,故引之而去。黄生欲改“情”为“寻”,则将改“向”为“响”乎?不成语矣。(自注:浦氏《读杜心解》驳之。)

◎评《岁晏行》

浦曰:“起势飘然,‘网冻’、‘弓鸣’,书所见也,已引动民穷意。中段俱属议论,以‘军食’、‘伤农’作提笔。‘高马’六句,讽朘民之‘达官’也,为一篇之主。‘重鱼不重鸟’,借旧语为兴。‘南飞鸿’,比穷民也。‘汝’,即指‘达官’。‘割慈还租’,以惨语动上之恻隐。铸钱数语,讥为民上者,致民重困,驱为奸利而不能制也。结处见横征无已,止乱益难,‘哀怨’之所以长也。”

◎评《白凫行》

浦曰:“‘黄鹄’喻壮志,‘白凫’喻漂泊,‘畦尽’喻离乡去变,‘涛中’喻湖南舟宿。此皆逼起下文,穷亦甚矣。而‘腥膻不食’,‘忍饥西东’,喻宁任运漂泊,不受非义之惠。落句即上意而申之。”又曰:“‘不食’、‘忍饥’,乃一诗之质干,是何等志节。”

结句有气节,却又纯粹。

◎评《朱凤行》

“写朱凤品高地高,笼罩万物,惠及蝼蚁,独屏‘鸱枭’,仁至义尽,有如此者。‘声嗷嗷’,仁心之发为仁声也。”(引自《读杜心解》)

夹批：杜公有民胞物与之志，望之人主，借题发端耳。

◎评《追酬故高蜀州人日见寄》

公生平极相契者，不过数人，至此皆寥落无存。公亦白头老病，漂泊江湖。追忆故交，能不泪下？情之至者文亦至，千载下读之犹为呜咽。

"起四句，叙明见诗。'呜呼'四句，推其才望，带表相契。'锦里'四句，伤高没也。'锦里空'而身'傍鼋鼍'，惠诗之处，不堪回首矣。'瑶墀冥'而人'失鹏鹗'，作诗之人，杳然长逝矣。彼此互叹，文情摇曳。'东西'数句，就高诗结语，推透一层。末四句，两寄汉中王，两寄敬使君。于王则泛称才德，于敬则寄意招魂。盖亦绝意还乡，弥思远去之苦衷耳。"(引自《读杜心解》)

◎评《风雨看舟前落花戏为新句》

浦起龙曰："体物微妙，毫端活泼，不虞老境擅此冶情。"又曰："全首赋物，不搀情语。黄鹄谓有比意，兆鳌谓寓感词，都非超解。"

赋物绮丽，聊以娱老耳。

夹批：王嗣奭曰："纤浓绮丽，为后来词曲之祖。"

只是春光满目，即景生情，非有他意也。录入七古末一首，留为艳词之祖。

◎评《登兖州城楼》

黄生曰："借登楼之景，寓怀古之情。其驱使名胜古迹，能作第一种语。此与《岳阳楼》诗，并足凌轹千古。"

三、四就远写。五、六就近写。

◎评《房兵曹胡马》

《御选唐宋诗醇》评曰："孤情迥出，健思潜搜，相其气骨亦可横行万里,此与《画鹰》一篇,真文家所谓沉着痛快者。”

◎评《画鹰》

王士禄曰:“命意精警,句句不脱画字。”

仇兆鳌曰:“每咏一物,必以全副精神入之,故老笔苍劲中,时见灵气飞舞。”

夹批:与《胡马篇》竞爽,入手突兀,收局精悍。

◎评《夜宴左氏庄》

徐良弼(应作徐文弼)曰:“杜律多沉雄,此极幽细,可见万象悉包。”

黄生曰:“夜景有月易佳,无月难佳。三四无月写景,语更精切。”

◎评《重题郑氏东亭》

“中四,仰而俯,俯而复仰,有流利迴环之妙。六句着一‘归’字,为后二句收局。”(引自《读杜心解》)

◎评《春日忆李白》

陈曰:“颈联遂为怀人粉本,情景双关,一何蕴藉!”

沈德潜曰:“公在渭北,白在江东,触景而离情见。”

◎评《春陪郑驸马韦曲二首》(录一首“野寺垂杨里”)

“起四语,布景幽闲,怡然自得。五、六语,为公子戒,亦极得体。古人言不浪下也。”(引自《读杜心解》)

◎评《陪郑广文游何将军山林十首》

其一“不识南塘路”:此从来路写起,却是十首之标题。

浦曰:“看来山林以水胜,着眼处在此,向后读去便知。”

其二“百顷风潭上”：“起笔自是初到山林语。”（引自《读杜心解》）

浦曰：“玩起结，山林之胜在水无疑。”

其三“万里戎王子”：浦注：“一下皆铺叙山林景事。此以其名奇种远，故专咏异花。”

其四“旁舍连高竹”：“三、四写景，因马没蛇藏而悟世道，亦可以抛词赋，就山林矣。”（引自《读杜心解》）

其五“剩水沧江破”：王曰：“散漫写去，无起束呼应，另是一格。缘十首自有大起结，此首如中联也。”

其六“风磴吹阴雪”：风泉乱涌，野老俱来，河鱼任取，将军无贵官气，山林有太古风，别一洞天也。

其七“棘树寒云色”：“解者纷纷于棘与栜小大之辨，不知既曰‘石林’，虽小木亦有寒云之色也。”（引自《读杜心解》）

其八“忆过杨柳渚”：“上叙山林景物毕，以其擅胜在水，而思昔日定昆之游亦同此适兴也。”（引自《读杜心解》）

其九“床上书连屋”：“从前历咏山林景色，至此归美将军，一定之体也。”（引自《读杜心解》）

其十“幽意忽不惬”：浦曰：“末章需看其笔笔动，字字飞。”

沈曰：“十首非杜之至者，须玩其章法，分之一章一意，合之十章如一也。如此则不犯重复，不嫌拖沓矣。知此者少。”

◎评《重过何氏五首》

其一“问讯东桥竹”：书邀即来，虽将军别业，恍如我故居，习熟之甚，却是重过声口。

其二“山雨樽仍在”：沈曰：“语语重过。”五、六句魄力雄大。

其三“落日平台上”：起四语，逸兴飘飘。五、六语，物与春偕，有自得之乐。

其四“颇怪朝参懒”：沈曰：“是将军旧宅作诗，须得此点染。”写将军野外闲散，真不可及。

其五“到此应常宿”：此五诗之总结，乃是谢别主人之词。

“彼云‘出门’、‘回首’，此云‘霑禄’、‘归山’。彼云‘风雨亦来’，此云‘斯游不遂’。又是一副笔墨。”（引自《读杜心解》。按《心解》，“彼云”前的笺文是：“此固与前之第十章同一收局也，然须看他句句翻转。”）

◎评《陪诸贵公子丈八沟携妓纳凉晚际遇雨二首》

其一“落日放船好”：仇云：“‘轻’‘迟’‘深’‘净’四字，诗眼甚工。”结入胜境，浦氏之论未必，太矫。

（附浦起龙评：结语稚气。）

其二“雨来霑席上”：三、四嫌合掌，此亦大家之病也，然惟大家乃可以不忌，江海之大，有珠宝，亦有泥沙也。

◎评《送裴二虬尉永嘉》

浦曰：“起用倒势，如凌虚御风而来。结起扁舟之兴。时方失志，其亦激为逃世之思欤！”

◎评《故武卫将军挽词三首》

其一“严警当寒夜”：“首章总领哀挽大意。”（引自《读杜心解》）

刘会孟谓：“词意工。”下含蓄，有美有恨，信然。

其二“舞剑过人绝”：次章，追叙生前也。写其绝技，叙其立功。（檃栝《读杜心解》）

句句精炼。

其三“哀挽青门去”：卒章，纪送葬情事，哀挽正文也。五、六还上边功意。七、八咏叹“封侯疏阔意”，总收上两章。（檃栝《读杜心解》）

◎评《月夜》

“诗从对面写来，心已驰神到彼。悲惋微至，精丽绝伦，又妙在无

一字不从月色照出，真千古绝作也。”（引自《读杜心解》）

◎评《对雪》

钟惺曰：“中四句，读之令人冷透肌骨。一‘似’字写得荒凉在目。此老翁真精于穷者。”

◎评《春望》

句壮语悲。一腔血泪，对此茫茫，山河犹在，草木荒凉，花鸟余悲，烽烟不绝，而且家书迢递，白发添愁，千载为之堕泪。

◎评《喜达行在所三首》

其一“西忆岐阳信”：李因笃曰：“抗贼高节，而以‘老瘦’、‘辛苦’隐括之，所谓蕴藉也。”

其二“愁思胡笳夕”：刘会孟曰：“‘间道暂时人’五字，可伤。即云‘旦暮人’耳。‘暂时’，更警。”写窜至帝所，皆叹息之声。

其三“死去凭谁报”：三章，语沉意痛，欲哭欲歌。

呜呼！少陵何厚于人！千载下读其诗者，皆为之喜悦悲歌而不能止，非无故也。

◎评《月》

夹批：情景兼写。

“二载闰八月，始有收京之命，时尚未有此举，故伤之也。”（引自《读杜心解》）

◎评《收京三首》

其一“仙仗离丹极”：前半言京陷之由，后半言更新气象。沈曰：“三、四语言奉仙无益。五、六语言幸将回蜀。”（自注：奉仙解非。）

其二“生意甘衰白”：“反折醒跳。声耶泪耶一并跃出。”（引自《读杜心解》)五、六举其重且大者为国家首务,真经济,真大家也。

其三“汗马收宫阙”:沈德潜曰:“下半,收京而为事后之虑也。恐虏横、臣骄,复成蹂躏之患。反词致讽,言外可思。”结二语,有古大臣风,宜其自比稷契。

◎评《奉赠王中允维》

《杜臆》:此直是王维辨冤疏。

浦曰:“先叙事,后议论。写其念主寸心,足以一诚相感。诵其哀吟,知其不二。吁!公之乐成人美有如此。”

◎评《春宿左省》

三、四即景名句。或以星月为阴象,指女子小人,以峭刻心测诗人忠厚之旨,亦何可笑。

◎评《晚出左掖》

刘会孟曰:“谏草不欲人知,此事君当然之体。结语读之数过,款款忠实。”

夹批:景物生动,点染风华,端庄流丽中,骨格自高。

◎评《送翰林张司马南海勒碑》

仇兆鳌曰:“上写气象巍峨,下摹情景兼至。”

浦起龙曰:“堂皇而绵邈,自是杰作。”

◎评《送贾阁老出汝州》

黄生曰:“起语醇深精健,兴体之妙,无出其右。三唐之绝唱也。”

陈曰:“‘去住损春心’五字,可谓蕴藉。”

◎评《端午日赐衣》

起笔平平，叙来却是臣子谢赐口中语。三、四轻秀。五、六珍重。结仍归到圣恩，亦得体，不必更出奇异也。

◎评《至德二载甫自京金光门出间道归凤翔乾元初从左拾遗移华州掾与亲故别因出此门有悲往事》

陈曰："词意婉曲。昔之忠款，今之眷恋皆见。怨而不怒，忠厚之道。"

顾宸曰："王维诗云：'执政方持法，明君无此心。'与此同意。所谓诗可以怨也。"

夹批：顾宸以王维一作较此，然王作归咎执政意太显，不若公引咎自责，愈见忠厚也。

◎评《赠高式颜》

"'飞动意'，从当日梁宋间气概触起。"（引自《读杜心解》）想昔日梁宋时，式颜亦在坐。（梁宋：河南东部。李白、杜甫、高适曾同游这一地区。）

◎评《观安西兵过赴关中待命二首》

其一"奇兵不在众"：首章，单就"安西兵"着笔，述其前效，以鼓舞其新功也。

前四，泛言可用。后四，信其惯战也。

其二"奇兵不在重"："次章就兵过待命着笔。上四美其忠勇。五、六见军容整肃。七、八见纪律森严，所谓节制之师，所向必克。"（引自《读杜心解》）

◎评《秦州杂诗二十首》

其一"满目悲生事"：浦注："初谓杂诗无伦次。细绎之，煞有条理。二十首大概只是悲世、藏身两意。”首章先表明来秦之故,为二十章领袖。

其二“秦州城北寺”:浦注:“次章,点明秦州,不专咏寺,故下半统言景物。”

其三“州图领同谷”:浦曰:“以下杂咏边事,所谓悲世也。地当冲要,所以羌民杂处。”

其四“鼓角缘边郡”:此章听鼓角而兴悲。陈曰:“五、六入喻,笔意幽细,结极悲凉。”

其五“西使宜天马”:“见秦州牧马,而动殄寇之思。只就马说,壮心自露。”(引自《读杜心解》)

其六“城上胡笳奏”:“征兵入援之事,虽在河北,而途经秦州,故因目击而咏之。”(引自《读杜心解》)

其七“莽莽万重山”:沈曰:“起手壁立万仞。”“三、四警绝。一片忧边心事,随风飘去,随月照着矣。”(引自《读杜心解》)

其八“闻道寻源使”:浦起龙曰:“此诗之格绝奇。以上半作对面影子,下半翻转印证。”结得悲愤。

其九“今日明人眼”:略写景色。浦曰:“须知此诗是强将好境作恶境,反看者多。”

其十“云气接昆仑”:浦起龙曰:“对雨而伤边事,已是束上体。乱端至此一总,下首便作转关。”

其十一“萧萧古塞冷”:前四,兴而比也。身值乱世,耳厌鼓鞞,公盖急于藏身矣。

其十二“山头南郭寺”:浦曰:“所谓藏身。”又曰:“即首章所谓‘生事’‘因人’者也。”

(按,《读杜心解》原文:“吾所谓藏身等篇,即首章所谓‘生事’‘因人’者也。”)

其十三“传道东柯谷”:浦起龙曰:“未到东柯,就传闻语预写其胜,有运实于虚之妙。”

其十四“万古仇池穴”:“忽然想到仇池,皆空中楼阁,非实境也。”(引自《读杜心解》)观卒章“读记忆仇池”,则前六句皆是引记中语。

其十五“未暇泛沧海”:“起二语,翻用‘乘桴浮于海’语,有‘吾何为于此’意。即上篇‘送老’,下篇‘将老’意也。”(引自《读杜心解》)

其十六“东柯好崖谷”:浦曰:“言此非儿辈所知。言下有装聋作哑,由他背后啧啧也。”

其十七“边秋阴易夕”:起二语,见易昏难晓。三、四语,十字八层,山雨妙境。

其十八“地僻秋将尽”:“起就谷中写。三引到边塞。五、六落出烽橔。七、八点明吐蕃。妙在逐层拓出。”(引自《读杜心解》)

其十九“凤林戈未息”:此与上篇全指吐蕃。“西极”、“北庭”点写生动。后四语暗笼全势,忧乱心深,所以思良将也。

其二十“唐尧真自圣”:浦曰:“此章为通局总结。”

二十章,山川风土,历历绘出,忠爱之诚,身世之感,千载共见。

◎评《送人从军》

沈德潜曰:“五六悲壮。”

浦起龙曰:“既悲之,复壮之,又叮咛之,恩谊备至。”

◎评《遣怀》

风景不殊,举目有山河之异。通首写景而苦情自见。结以比语,露出本意,妙不嫌于尽。

◎评《寓目》

兴起。

“三、四比意,有眼界不清之象。下四语属赋,其神理,上四俱领出。”(引自《读杜心解》)

◎评《野望》

“首联总领。‘望不极’者，望不尽也。故以‘迢递起’三字承之，言层叠到眼也。”(引自《读杜心解》)

中四语，故皆写远景，句句精湛。

◎评《日暮》

“上四，皆兴也。又以起句兴三、四，次句兴五、六。”(引自《读杜心解》)格法又别。

◎评《东楼》

浦曰：“通首先远后近，故有阔势。先往事，后今事，益见可悲。言昔之去者无还矣，今去者又去，其谓之何！”

◎评《天河》

陈曰：“此与《初月》诗确有寄托用意，不即不离，窅然而深，非仅咏本题也。”

◎评《初月》

洪仲曰：“《天河》、《初月》二诗，皆暗写题意，不露题字。”

张远曰：“句句有一‘初’字意。”(自注：五、六语落笔更高。)

◎评《捣衣》

沈德潜曰：“通首代戍妇之词，一气旋折，全以神行。”

结语写生之笔，“君听空外音”否耶？

◎评《归燕》

“思君之作，偏曰：春至尔雏其肯归乎？设为君不忍终弃其臣之语，用意弥厚，令人欲泣。”(引自《读杜心解》)

夹批：忠厚之词，风人嫡派。

◎评《促织》

浦曰："哀音为一诗之主，而曰'不稳'，曰'相亲'，又表出不忍别离，常期相傍意。"愈觉岑寂。

◎评《萤火》

"黄鹤"，注谓指李辅国辈，良是。"腐草"喻刑馀之人。"太阳"乃人君之象。比义显然。

◎评《夕烽》

浦曰："本咏平安火，乃从平安内看出警急，深致戒于守者，是绸缪未雨深心。"

一片神行。

◎评《秋笛》

浦起龙曰："笔笔凌空，着纸飞去，律体至此，超神入化矣。千古未窥其妙。"

◎评《蕃剑》

浦曰："借蕃剑聊一吐气，作作有铓。"

顾云："丰城狱底，秦州旅次，同一感慨。"

◎评《铜瓶》

黄生曰："感物伤时，沉郁顿挫。"

借一铜瓶为自身写照，笔势如怒涛起落，夭矫如神。

《天河》诸作，窅缈雄深，沉郁顿挫。至其气格之高，意境之别，鱼龙百变，变化莫测者也。

◎评《月夜忆舍弟》

浦曰："不曰月傍，而曰'月是'，便是两地皆悬。"

吴昌祺曰："'月是故乡明'胜'隔千里兮共明月'。"

◎评《天末怀李白》

陈曰："悲歌慷慨，一气卷舒。李杜交好，其诗特地精神。"

浦曰："五、六直檃栝《天问》、《招魂》两篇。"

◎评《送远》

黄生曰："起二句写得万难分手。接联更作一幅《关河送别图》，顿觉班马悲鸣，风云变色，使人黯然销魂。"

◎评《奉简高三十五使君》

浦曰："起二，不独赞其才。言才子之沦落者多矣，如公之致位通显，有几人乎？"

◎评《后游》

沈曰："与'水流心不竞，云在意俱迟'同一优游观化意。"

陈曰："颔联忽然而来，浑然而就，妙处只在眼前。"

◎评《春夜喜雨》

起有悟境，写造化发生之机。

浦曰："写夜雨易，春雨难。此处着眼。"

夹批：胸中有元气自然流出，非有意为之也。《江亭》诗亦同此意，尤为活泼泼地。

◎评《江亭》

沈曰："三、四语有理趣，无理语。"

薛瑄曰:"三四可以形……"(按:此处缺页)

◎评《遣忧》

(三、四语非)追咎语,乃声泪俱下语。(按:据《读杜心解》补之。)

沈曰:"不忍斥言唐都,故云隋氏。"

◎评《岁暮》

"公由洛还梓,依然作客也。中四两申用兵,两起壮心,有无限悲愤。'寂寞'者,无事任也。"(引自《读杜心解》)

◎评《寄贺兰铦》

"贺兰别公而游吴楚之间。'江边转蓬',公自言往来梓、阆也。结写别意翻新。"(引自《读杜心解》)

◎评《别房太尉墓》

起四尽情哀泣。五六,追宿昔,感身后,伤别墓。

李因笃曰:"有'叹息此人去,萧条天地空'之感。"

◎评《过故斛斯校书庄二首》(录一首)之"燕入非旁舍"

"'鲍叔',公自谓也。知其贫而不能存恤,是以'惭'也。"(引自《读杜心解》)

浦起龙曰:"于贫交如此,委是至性人。"

◎评《倦夜》

黄生曰:"前幅刻画夜景,无字不工。结处点明,章法紧峭。"

结亦不露痕迹。

◎评《春日江邨五首》(录二首)

其一“农务村村急”:一、二写景。三、四放眼“乾坤”,家国俱远,伤心“时序”靡常,所以有渊明避世之思。

其二“群盗哀王粲”:公诗千载,草堂(千载),正不必此身长处,而千载下自为公之草堂。此诗早已道着。(二首评语檃栝《读杜心解》语)

◎评《去蜀》

入蜀去蜀,多少心迹俱现于此。

“自此长别成都矣。此行本欲出峡,观第四句可见。盖公素志也。”(引自《读杜心解》)

◎评《禹庙》

起笔便有神灵森爽之色。中四语沉雄悲壮,山水险峻,非此摹状不出。老杜外无第二人。

◎评《哭严仆射归榇》

“起点归榇。三、四冷暖之慨。五、六心目之悲。结云‘遗后’,犹言身后也。渝、忠之间,人地荒薄,于此而见君情。盖所感者真,而所叹者隐矣。”(引自《读杜心解》)

◎评《旅夜书怀》

起写景凄绝。三、四雄壮。五、六温婉。结再即景自况。笔笔高老,格法亦极谨严,真大家才力。(檃栝《读杜心解》语)

◎评《将晓二首》

其一“石城除机柝”:三、四写晓景,字字悲壮。

浦曰:“此首是未上船时缘城晓行景事,结出就船。”

其二“军吏回官烛”：三、四精秀。

浦曰：“此首在发船之时。首句，送者已返。次句，舟人始发船也。

◎评《遣愤》

忠愤之心，溢于言表。

浦曰：“无使当年惨祸，今日再见也。言言哀痛，字字披沥，闻者能无动心。”

◎评《船下夔州郭宿雨湿不得上岸别王十二判官》

“起联点‘郭宿’。在未雨之前，以见月剔起下意。次联写‘夜雨’一层，而又以‘风起’作引。”（引自《读杜心解》）为后半写雨湿，写别王地步。

◎评《滟滪堆》

黄生曰：“此诗，天道神灵，人事物理，贯穿烂熟。雄视三唐，独步千古，诚非偶然。”

◎评《中宵》

三、四语，写夜景臻化境。

钟惺曰：“三句，‘过’字妙，‘白’字更妙。每见飞星而不能咏，于此始服。”

沉雄。

◎评《草阁》

泛舟小妇，漂泊红颜，己之漂泊亦与相同，不觉其怀惭矣。

◎评《江月》

起四语，格调凄逸。结亦馀情不尽。

浦曰："上四琅然清圆。五、六无尘气。结更不即不离。"

◎评《宿江边阁》

三、四名隽。

仇兆鳌曰："何仲言诗尚在实处摹景，此只转换一二字间便觉点睛欲飞。"

◎评《江上》

浦二田曰："高爽悲凉。"

五、六语有志天下，忠悃之诚，惓惓不已，何愧稷契。

◎评《月》

浦曰："一、二心境双莹，得此十字，在老杜亦不多有，东坡叹为绝唱。次联分顶以申之。五、六贴身用意。七、八借月暗伤。"

徐曰："深秀。"

夹批：叠用镜钩、兔蟾、姮娥而不病其叠，以句句各有义也。

◎评《第五弟丰独在江左近三四载寂无消息觅使寄此二首》

其一"乱后嗟吾在"：浦曰："公以质语露至情。凡兄弟诗皆然。此诗起结亦是也。"

其二"闻汝依山寺"：浦曰："'定'，不定也，即上章水宽难觅意。后四语绵邈而沉着。结句'求'字应'定'字。"

◎评《洞房》

俯仰盛衰，含情无限。

沈曰："此因舟中见月，感宫掖凄凉而作。故君之思，溢于言外。"

◎评《历历》

浦曰："自治及乱，由国及身。十余年事，该括殆尽。"

长违故国，此情不断。

◎评《提封》

起势高浑。特申正论，垂诫无穷，非徒婉讽而已。

王曰："堂堂正正，即孟子所以告齐梁之君者。自许稷契以此。"

◎评《瞿唐两崖》

浦曰："极状山高江险。三、四，警绝。五、六，假物以助威。结言日行亦且危之。极力刻画之作。"

◎评《孤雁》

"寓同气分离之感。精神全注一'孤'字。"（引自《读杜心解》）

妙在"孤"字中仍有不孤意，胜于鲍照《孤雁》篇。（自注：照诗云："更无声接续，空有影相随。"）

◎评《麂》

不作一呰人语，和平温厚。自古文人才士生逢乱世，出婴祸患，何一不从声名中得之。片中感慨多矣。

◎评《熟食日示宗文宗武》

浦曰："客路飘零，顿惊令节，老人挥泪顾儿，声如在耳。此际心头，追前慨后，百种忧怀交集。"

◎评《又示两儿》

衰迟易迈，成败难期，所伤在此。老年人虑少年人，却有此情，句句真至。（橥栝《读杜心解》语）

◎评《暮春题瀼西新赁草屋五首》(录一首"霖云阴复白")

举身世无穷感喟,一摆脱于新赁之居。起二语,点染暮春。三、四寄慨。以下皆自遣之词。(橤栝《读杜心解》语)

◎评《喜观即到复题短篇二首》

其一"巫峡千山暗":题云"即到",犹未到也。通首从"即到"正面着笔。只是"得信"一喜,句句真至。(橤栝《读杜心解》语)

其二"待尔嗔乌雀":此首从"即到"对面着笔,全是心猜眼盼光景。"喜"字亦对托而出,愈真愈妙。(橤栝《读杜心解》语)

◎评《八月十五夜月二首》

其一"满目飞明镜":"此正咏当空之月,先情后景。起与《秦州诗》'心折此淹留'同意。"(引自《读杜心解》)

其二"稍下巫山峡":"此又咏将落之月。先景而后情。前诗伤阻归,此诗伤久乱,要只是咏月,故妙。"(引自《读杜心解》)

◎评《十六夜玩月》

精采逼人。

浦起龙曰:"上四贴月光写。下四借人事衬出。见人人忘寝,愈为月光增色。"

◎评《十七夜对月》

李因笃曰:"之'仍圆夜'三字,说十七夜已足。再添便为俗笔。"

"'还照'、'更随',承上章连宵得月而喜也。"(引自《读杜心解》)

◎评《送孟十二仓曹赴东京选》

"家贫"、"亲老",陈语也。拆用便有神味。

"结以彩服承欢祝之,冀其早晚得官迎养也。"(引自《读杜心解》)

◎评《秋野五首》(录二首)

其一“秋野日疏芜”:浦曰:“久寓瀼西,俯仰无聊而作是诗。”

“结笔襟期高旷,无聊中却极恬适。”(引自《读杜心解》)

其二“易识浮生理”:沈曰:“项联理趣。”

起语诗骨。识破“浮生理”,彼荣华是非,于我何有哉!

◎评《课小竖锄斫舍北果林枝蔓荒秽净讫移床》(录一首)“篱弱门何向”

此写舍北晚景。篱门沙岸,鱼食鸟来,水光山响,此时依仗徘徊,若不知天涯之……(按:页角折起。)语语皆□化境。(橥栝《读杜心解》语)

◎评《刈稻了咏怀》

稻获后写客怀也。起写获后野旷,故见云川对门。中写寓目苦情。结笔,悲家乡信断而任运于天也。(橥栝《读杜心解》语)

◎评《晓望》

峡内淹留,山空无伴,与“麋鹿”“为群”。语似且留,而意实厌居于此。(橥栝《读杜心解》语)

◎评《日暮》

“风月”十字,语极悲凉,意极沉痛,一诗之骨。五、六凄清,冷气刺骨。结得悲郁,措语却极深婉。

◎评《夜》

《杜臆》:岭猿畏风而宿,江鸟畏风而飞,皆夜景之最可悲者。

下半悲慨,令人三叹。

◎评《云》

浦二田曰："通首一气呵成，亦如龙之嘘气成云。'白帝'、'瞿塘'，乃云窟主也，故起韵拈出。"

◎评《雷》

浦曰："起句警绝。中四，皆中宵想象之词。结又与篇首巫峡映。作法紧，作意奇。"

夹批：先虚摹，后实写。气韵沉雄，喷薄造化。

◎评《玉腕骝》

"上四句赞马，写得神骏。后四句将卫公功绩摄入玉骝，画出功成身逸气象。若颂若规，当于言外求之。"(引自《读杜心解》)

◎评《江涨》

浦二田曰："山贼煽动，时时有之。首句及第三联必非突然而下。"

◎评《远游》

"上四写得阔远迷离，'远游'之景色也。下四写得进退失据，'远游'之容…"(引自《读杜心解》，未见下文，缺页)

◎评《江亭》

……有道者气象。五六可以形容物各付物气象。(未见上文，缺页，此段文字引自《养一斋李杜诗话》。原文为："按薛文清公云，'水流心不竞，云在意俱迟'，可以形容有道者气象。'寂寂春将晚，欣欣物自私'，可以形容物各付物之气象。")

◎评《落日》

起笔超忽。

少陵岂不知酒为杜康所造，曰“谁造汝”，可见诗人用笔之妙，切勿泥看。

◎评《朝雨》

起四语，为中唐之祖。许丁卯《潼关驿楼》篇本此，而锻炼有余，风格略逊。

◎评《不见》

三、四沉着。

陈曰：“句句自胸臆流出，以真朴胜。文生于情，不求工而自至。”

◎评《畏人》

起四语是客中情景。

“年”字胜。可与知者道，难与门外汉言也。

结二语申上五、六句，亦不嫌于激烈。

◎评《屏迹》（三首录一）“晚起家何事”

浦曰：“冥情放达，又似极不清者。然惟任运安贫，心迹所以无累。此则归于老杜之旨。”

洪仲曰：“末联以旷达寓悲凉。”

◎评《奉济驿重送严公四韵》

公与严公交谊最深，如手如足。后人谓公持刀登武床，曰：“严克之乃有此儿！”又谓严伏兵杀公，其母奔救，乃免。重重妄论，戏侮古人，罪不容诛。识者当矫其弊。

陈宏谋曰：“一往情深，足见严杜交谊。”

◎评《寄高适》

“一、二自慨。非与高隔，当作与乡国隔也。三、四见声气之投合。五、六借新君递落新尹。”(引自《读杜心解》)

◎评《悲秋》

“群盗纵横，远而史孽、吐蕃，近而徐知道也。出峡可上洛阳，而中原未靖，故篇末寄慨焉。”(引自《读杜心解》)

◎评《客夜》

浦曰：“老妻来书，定有催归之语。今所言，皆‘未归情’也。故结言客情若此，老妻应亦悉知，何书中云尔乎。”

◎评《客亭》

三、四语魄力雄大。五、六语温厚和平，令人忠爱之心油然感发，岂盛唐诸公所得比肩。

◎评《泛舟送魏十八仓曹还京因寄岑中允参范郎中季明》

帝乡春色，何等富艳，而着以“愁绪外”、“泪痕边”六字，何等悲凉。一句中有无限感叹。

◎评《登牛头山亭子》

“由‘孤’字影出‘身’字，由‘远’字影出‘信’字。要是由身孤信远，才于写景处，落得此两字下也。”(引自《读杜心解》)此情景双写法。

◎评《陪李梓州泛江有女乐在诸舫戏为艳曲二首赠李》(录一首)
“白日移歌褎”(褎同袖)

由日而夜，由离而合，提缀清醒。三、四工丽。下半更离合生动。

结笔尤蕴藉。

◎评《有感五首》

五诗大意，总为河北藩镇而发。

其一“将帅蒙恩泽”：浦曰：“首章，总领大旨。追原流毒之故。”结语借用。

其二“幽蓟余蛇豕”：浦曰：“二章，明点河北，隐讽朝廷也。”降将拥兵，国患方大。不修职贡而贪边功，其祸何可胜言。

其三“洛下舟车人”：浦曰：“以下三章，皆所谓报皇天者，乃条陈善后之图也。”条陈理事，句句有下落。

其四“丹桂风霜急”：“通首大致谓使亲贤得专征伐，而朝廷遥节制。不落迂儒泥古。”（引自《读杜心解》）议论中有绝大经济学问。

其五“胡灭人还乱”：“末章极言藩镇之弊，以收束全诗。欲反其道，惟在重守权以苏民困。民困苏，国患亦息矣。”（引自《读杜心解》）

五章深切时弊，可当奏疏读。不止为千古杰作也。

王嗣奭曰：“五律皆救时之硕画，报主之赤心，自许稷契，真非虚语。”

◎评《送元二适江左》

赵汸曰：“乱离之际，作客送客，倍难为情。”

刘会孟曰：“此等结语，熟味最是深厚。”

◎评《遣忧》

沈曰：“禄山乱而思曲江，亦是一证。”

浦曰：“三四非……”（按：此处有缺页。）

◎评《衡州送李大夫七丈赴广州》

浦曰：“上写李来，声势光彩，使人耳改目化。下四乃以漂零之状告之，妙不说破望援意。”

五、六尽漂泊之苦。

◎评《楼上》

语极激烈，意极悲壮。

五、六申上“皇舆”句。七、八申上“湖南”句。结语有泪。

◎评《北风》

久客厌乱之词。律体偏以古胜。

时清犹隐，何况乱世，固应长逝，盖亦善自遣矣。（按：据《读杜心解》补缺字。）

下编 陈廷焯诗论汇录

一 《云韶集》

《云韶集》序

《康衢》、《击壤》,诗之先声,而词之原也。诗亡而后骚作,骚亡而后乐府作。魏、晋以后,竞尚排偶,陈、隋之间,否亦极矣。隋朝不为律体而有所不能。自五、七言分,古律经传于伶官乐部而古乐府亡,长短句无所依,词于是作焉。词也者,所以补诗之阙,而非诗之馀也。

卷一

◎评唐词

唐人之词如六朝之诗,惟太白《菩萨蛮》、《忆秦娥》两调,实为千古词坛纲领。

◎评李白《忆秦娥》(箫声咽)

音调凄断。对此茫茫,百端交集,如读《黍离》之诗。后世名作虽多,无出此右者。

◎评白居易《长相思》(深画眉)

上半阕仿佛一篇《神女赋》,下半阕胜读回文织锦诗。《长相思》调,只应如此显豁呈露,断推合作。

◎评温庭筠《玉蝴蝶》(秋风凄切伤别离)

“塞外”十字,抵多少《秋声赋》。

五代十国词

唐人之词,犹六朝之诗。五代之词,犹初唐之诗也。

◎评韦庄《上行杯》(芳草灞陵春岸)

“劝君更尽一杯酒,西出阳关无故人”,同此凄艳。

卷二

◎评宋词

宋人之词如唐人之诗,五色藻缋,八音和鸣,前无古人,后无来者,一代之盛,虽日人力,亦天运攸关也。

◎评柳永《八声甘州》(对潇潇暮雨洒江天)

风韵苍凉,虽令太白、飞卿执笔,亦不过如此。即杜少陵“今夜鄜州月”之意。

◎评柳永《诉衷情近》(雨晴气爽)

画境,如摩诘之诗。云、风二句是景,“故人”一语是情,此景对此,能不销魂。“暮云”二语,景中有情。“故人”一语,情中有景。

卷三

◎评杜安世《卜算子》(樽前一曲歌)

梅村诗“才转轻喉泪便流,樽前诉出飘零苦”从此脱化而更胜。结笔正是情致语。

卷四

◎评吕渭老《减字木兰花》(雨帘高卷)

有诗意。合张、柳为一手。

◎评谢克家《忆君王》(依依宫柳拂宫墙)

少陵《哀江头》云:“江头宫殿锁千门,细柳新蒲为谁绿。”“黍离”、“麦秀”之悲,千古堕落,此词仿佛似之。

向子諲《南歌子》(碧落飞明镜)

笔分自高,即少陵“今夜鄜州月”之意。

卷五

◎评辛弃疾《鹧鸪天》(枕簟溪堂冷欲秋)

起二语亦精秀。“定是”二字妙甚。信笔直写,似少陵一时挥洒之作。

◎评辛弃疾《汉宫春》(春已归来)

何等风韵,起势飘洒。只是凿空写去,《离骚》耶?汉乐府耶?我莫名其妙。稼轩词其源出自《离骚》。

◎评辛弃疾《酒泉子》(流水无情)

悲而壮,阅者谁不变色。无穷感喟,似老杜悲歌之作。

◎评辛弃疾《清平乐》(绕床饥鼠)

数语写景逼真,不减昌黎《山寺》诗。语极情至。

卷六

◎评刘僎《念奴娇》(西风何事)

感慨苍茫。诗人之辞,文人之笔,名士胸襟,英雄气概,他人无此品骨焉，敢望其项背。

◎评姜夔《玲珑四犯》（迭鼓夜寒）

苦雨凄风。白石词此篇最激切，盖亦身世之感，有情不容已者。击碎玉唾壶。诗人如杜、李，词人如白石，未能大用，我亦欲代击唾壶。

◎评陆游《真珠帘》（山村水馆参差路）

此词怀乡恋阙，一腔热血无处可卖，不仅羁旅之感也。杜陵而后，先生庶几近之。处放翁之境，其词自应激烈，而不敢者，盖恐贾祸也。故忠烈之气不形之于面，然愈见其悲郁，愈信其为人。

◎评刘过《醉太平》（情高意真）

神致绰约，是从楚骚变化来。寥寥数语，令人玩索不尽，后人罕见此种笔墨。

卷七

◎评汪莘《忆秦娥》（村南北）

《离骚》耶？乐府耶？当焚香月读之。

◎评汪莘《乳燕飞》（去郢频回首）

运用楚词，精绝、工绝。先生之情不亚屈子，发而为词，真乃《离骚》嗣响。

◎评黄升《醉江月》（玉林何有）

自是高绝，看破红尘。然“那得粉墙朱户”及“甲第连云”数语，转着痕迹，不如并隐之为妙，亦如陶令“结庐在人境”一篇高绝，而曰“心远地自偏”，又曰“此还有真意”（按，“还”当作“中”。），皆嫌有迹。

◎评文及翁《木兰花慢》(占为西风早处)

字字悲楚,抚时伤事,亦杜陵之心也。飘泊如杜陵,千古公论,却是先生盗得。结本意。

卷八

◎评周密《鹧鸪天》(相傍清明晴更悭)

似晚唐人七律。神韵悠然不绝。

◎评周密《杏花天》(汉宫乍出慵梳掠)

咏昭君自少陵诗后已成绝唱,此作多翻陈出新处,自远不及少陵,然亦是佳作。

卷九

◎评汪元量《莺啼序》(金陵故都最好)

通首伤今吊昔,淋淋漓漓,《黍离》、《麦秀》之歌当不过是,后来惟《桃花扇》传奇卒章有此哀感,他皆不及也。中二段融化唐诗,浑然天成,而感慨欷歔,欲歌欲泣,仍出其右。

卷一〇

◎评练恕可《桂枝香》(西风故国)

凄怨不胜,如读诗之"变雅"。衬染处亦清微有味。结得凄咽。

◎评德祐太学生《百字令》(半堤花雨)

权臣当国不得志者,屈而不伸,又不敢明斥其非,乃发为诗歌,痛哭流涕,若隐若露,哀之深,怨之至。以冀朝廷或悟于万一,而卒不悟也。哀哉!

卷一一

◎评耶律楚材《鹧鸪天》(花界倾颓事已迁)

自是宋元人七律声口。句亦婉至。

卷一二

◎评萨都剌《百字令》(石头城上)

怀古苍茫。天锡长于吊古,古诗亦然,不独工倚声也。一片凄凉之景,自应以悲壮之笔出之。

◎评傅按察《鸭头绿》(静中看)

凡作诗词以忠厚为主,方不外风人之旨,此作微嫌刻薄,以措词尚觉雄健,姑存之。

卷一四

◎评国朝词

国朝之诗可称中兴,词则轶三唐、两宋,等而上之。而圣于词者莫如其年、竹垞两家,譬之于诗,一时李、杜,分道扬镳,各有千古,词至是蔑以加矣。

◎评丁澎《捣练子》(情脉脉)

直似中晚唐人绝句。

◎评孔尚任《鹧鸪天》(院静厨寒睡起迟)

此词无限感慨,如读楚骚,如读汉乐府,如读杜诗,其妙令人不可思议。

卷一五

◎评尤侗《忆王孙》(一春心事付眉间)

每读西堂词,如读初唐诗。

◎评尤侗《醉花间》(兰汤沐)

如读古乐府,丽绝千古,妙是情胜,非词胜也。

◎评尤侗《卜算子》(秋雨急如筝)

起十字如读吴梅村诗,哀感凄怨,是白石化境,非徒貌似也。

◎评朱彝尊《秋霁》(七里滩光)

作严滩诗词不可胜数,或流板腐,或涉轻佻,或不免粗鲁,绝少合者,此作只写高隐,不涉光武事迹,眼界自高。

◎评朱彝尊《祝英台近》(女墙低)

感慨斯人。惟先生方许与太白代兴,言非夸也。

卷一六

◎评陈维崧

其年词,沉雄悲郁,变化从心,诗中之老杜也。竹垞以高胜,其源出于玉田,而缜密过之;其年以大胜,其源出于苏、辛,而悲壮过之。譬之于诗,如少陵、太白各有千古,未可别为低昂也。

其年年近五十,尚为诸生。学业最富,又目睹易代之时,其一种抑郁不平之气,胥于诗词发之,而词又其最著者。纵横博大,鼓舞风雷,其气吞天地、走江河。而其大旨仍不外忠厚缠绵之意,后人蹈扬湖海,那有先生风格耶!

◎评陈维崧《望江南》(如皋忆)

其年小令诸篇，虽非正格，然独来独往，自成一家，亦如少陵七绝也。但学其年者，不宜从此入门。

卷一七

◎评沈岸登《采桑子》(桃花马首桃花放)

如读唐人之诗。风致固佳，笔力尤胜。

◎评王宗蔚《临江仙》(门外新潮催桂檝)

凄婉，似中唐人五律。

卷一九

◎评郑燮《念奴娇》(暮云明灭)

上半阕写寺前寺后、寺内寺外之景。议论风生，诗不可无议论，词亦然也。

◎评江昱《湘月》(试想过也)

语语婉约。诗在无人境，直乃善作诗者。有景皆仙。结得有感，所谓人生行乐耳。

卷二〇

◎评汪士通《青门引》(十里沿江路)

梅花题，无论诗词，古今佳者绝少。盖梅花高绝、清绝，最难落笔。此作是花、是雪二语却妙，当与释齐己前村深雪，老杜山意冲寒，坡公竹外一枝，逋仙雪后园林，放翁孤城小驿及白石《暗香》、《疏影》二词并寿千古。余乡蒋宝素有诗云："东风吹阳和，梅花先精神。"亦不减和靖诸家。

卷二一

◎评过春山《临江仙》(试数旧愁馀几缕)

好句胜读唐诗,湘云真古人也。

◎评蒋士铨《解连环》(江流日夜)

淋漓悲壮,此地不可无此健笔。上下千古感慨不尽。用唐诗亦好。

卷二二

◎评黄景仁《摸鱼儿》(倚柴门)

约略点缀一二语,以下纯是寄慨。"黑"字妙,不减谷人《寒鸦赋》"压空江而阵黑"语。一片凄感,借题自慨耳。

◎评那彦成《疏影》(凤城启早)

绎堂词于古人中最近吴文英、张仲举,顿跌有味,感慨苍茫,胜读谷人先生《寒鸦赋》。

◎评余鹏翀《玉楼春》(荒村尽处多时立)

凄冷之景中有鬼气。精冷之笔似古诗。

◎评倪象占《生查子》(昔日绿杨丝)

得古乐府之遗。如读古歌。

◎评史善长《茶瓶儿》(塞上寒多迟雁信)

遣词精秀。亲卿爱卿。("绿损春风鬓"句)不减杜老"香雾云鬟湿"二语。

卷二三

◎评无名氏《双调南乡子》(宛转拨檀槽)

宛转凄凉,已成绝调。余表兄唐煜,子少伯,《京师感怀》八律中有句云"贫贱文章供白眼,乱离心事诉红颜",亦是此意。

◎评邵斯真《蝶恋花》(春雨三更渲碧沼)

"空庭"七字自是名句,谢公"池塘生春草"后有嗣音矣。

卷二四

◎评王恽《后庭花破子》(绿树远连洲)

起四语似六朝人诗。

◎评郑燮《贺新郎》(诗法谁为准)(经世文章要)

板桥平日论诗以沉着痛快为最,而以温厚和平者笑其一枝一节为之,不免有小家气,此说近偏,余《诗话》中论之详矣。惟此二词上章总论千古,而唐人以后等诸,自郐无讥,此何等眼孔。下章发明诗旨,屏去浮艳,可为天下后世法,与陆象山所论互相参阅可也。潘彦甫云:"予考陆象山论诗云:'诗学原于《赓歌》,委于《风》《雅》。《风》《雅》之变壅而溢者也,《骚》又其流也。《子虚》、《长扬》作而骚几亡,黄初而降日以澌矣。惟彭泽一源与众殊趋而玩嗜者少。隋唐之间,否亦极矣。杜陵之出,爱君悼时,追蹑风雅,才力宏厚,伟然足振浮靡,诗为之中兴。'此数行文字能贯三四千年诗教源流,又洞悉少陵深处,语意笔力,皆臻绝顶。"

潘彦甫所著《养一斋诗话》尽有可观,其总论千古诗家云:"两汉以后,必求诗圣,得四人焉。子建诗如文、武,文质适中;陶公诗如夷、惠,独开风教;太白诗如伊、吕,气举一世;子美诗如周、孔,统括千秋。"此论实获我心,录之与此二词参阅。

卷二五

◎评刘禹锡《潇湘神》(斑竹枝)

颇似初唐七绝,犹有古致,宋人以后此调不复弹矣。

◎评韩维《踏莎行》(归雁低空)

好句如诗,婉致。

◎评赵汝茪《梦江南》(帘不卷)

词中有诗。得皇甫松之遗。

◎评杨冠柳《菩萨蛮》(飞云障碧江天暮)

得唐人乐府之遗。

◎评尤袤《瑞鹧鸪》(清溪西畔小桥东)

以诗为词,而不脱词场本色,真此调中合作。

卷二六

小序

汉唐之际,歌曲有类于诗,实为词之先声,有目共赏,姑弗具论。自唐人以后,山歌樵唱、酒令道情以及传奇、杂曲,言虽俚俗,而令读者善心咸发、欲泣欲歌、哀者可以使乐、乐者可以使哀。

二《词坛丛话》

迄于六代，江南《采莲》诸曲，去倚声不远。其不即变为词者，律体未兴，古风犹未远也。自古诗变为近体，五、七言各分古、律、绝，传于伶官乐部。长短句无所依，而词于是作焉。

词至五代，譬之于诗，两宋犹三唐，五代犹六朝也。

词中之有姜白石，犹诗中之有渊明也。琢句炼字，归于纯雅。不独冠绝南宋，直欲度越千古。

吴梅村诗名盖代，词亦工绝。以易代之时，欲言难言，发为诗词，秋月春花，满眼皆泪。若作香奁词读，失其旨矣。

渔洋小令，每以诗为词，虽非本色，然自是词坛中一帜。西堂小令亦工，然终不及也。

词中陈其年，犹诗中之老杜也。风流悲壮，雄跨一时。后人作词，非失之俚，即失之伉。谈闺襜者，失之淫亵。扬湖海者，失之叫嚣。曷不三复其年词也。

板桥论诗，以沉着痛快为第一，而以温厚和平者为小家气。其言虽偏，可以药肤庸，自是一时快论。今观其词，亦极沉着痛快之致。

读梅村诗而不下泪者，其人必是忍人。读板桥词而不起舞者，其人必非壮士。

三《词则》

《大雅集》序

太白诗云："大雅久不作，吾衰竟谁陈？"然诗教虽衰，而谈诗者犹得所祖祢。词至两宋而后，几成绝响。古之为词者，志有所属，而故郁其辞，情有所感，而或隐其义，而要皆本诸《风》、《骚》，归于忠厚。斯编之录，犹是志也。录《大雅集》。

卷二

◎评苏轼《水调歌头》(明月几时有)

纯以神行，不落风骚窠臼，太白之诗，东坡之词，皆是异样出色。

卷三

◎评周密《法曲献仙》(松雪飘寒)

即杜诗"回首可怜歌舞地"意，以词发之，更觉凄婉。

卷四

◎评王沂孙

王碧山词品最高，味最厚，意境最深，力量最沉。感时伤世之言而出以缠绵忠爱，诗中之曹子建、杜子美也。词人有此，庶几无憾。

◎评王沂孙《齐天乐·赠秋崖道人西归》

"黍离"、"麦秀"之悲，"国破山河在"犹浅语也。

◎评张炎《甘州》(记玉关踏雪事清游)

苍凉怨壮，盛唐人悲歌之诗不足过也。

卷五

◎评江炳炎《八声甘州》(记苏堤芳草翠轻柔)

极写清游之乐，便觉扬州俗尘可厌，“烟花三月下扬州”后，不可无此冷水浇背之作。

《放歌集》序

息深连亹，悱恻缠绵，学人之词也。若瑰奇磊落之士，郁郁不得志，情有所激，不能一轨于正，而胥于词发之。风雷之在天，虎豹之在山，蛟龙之在渊，恣其意之所向，而不可以绳尺求。酒酣耳热，临风浩歌，亦人生肆志之一端也。杜诗云“放歌破愁绝”，诚慨乎其言矣。录《放歌集》。

卷二

◎评辛弃疾《太常引》(一轮秋影转金波)

用杜诗意，亦有所刺。

◎评陆游《真珠帘》(山村水馆参差路)

怀乡恋阙，有杜陵之忠爱。惜少稼轩之魄力耳。

卷四

◎评陈维崧《洞仙歌·健儿吹笛》

似唐贤塞外诗。

《别调集》序

人情不能无所寄，而又不能使天下同出一途。大雅不多见，而繁声于是乎作矣。猛起奋末，诚苏、辛之罪人，尽态逞妍，亦周、姜之变调。外此则啸傲风月，歌咏江山，规模物类，情有感而不深；义有托而不理。直抒所事，而比兴之义亡；侈陈其盛，而怨慕之情失。辞极其工，意极其巧，而不可语于大雅，而亦不能尽废也。录《别调集》。

卷一

◎评刘采春《罗唝曲》

婉雅幽怨，似五绝中最高者。此类皆可入诗，姑录一二以备极，不求多也。

◎评和凝《鹤冲天》（晓月堕）

清和闲雅，似右丞七律，自是贵品。

◎评李之仪《卜算子》（我住长江头）

清雅，得古乐府遗意。但不善学之，必流于滑易矣。

卷二

◎评蔡仲《苏武慢》（雁落平沙）

古诗"日暮碧云合，佳人殊未来"恰到好处，词则不必泥用。

◎评张炎《祝英台近》（路重寻）

点缀唐诗，用笔清。无些子尘俗气。

卷三

◎评边贡《蝶恋花》（亭外潮生人欲去）

用笔和雅，自是诗人之词。

卷五

◎评陆培《烛影摇红》（征雁来时）

微之“悼亡诗满旧屏风”，此云“懒写屏风旧恨，早安仁，霜华点鬓”。运用更凄凉。

《闲情集》序

《闲情》一赋，白璧微瑕，昭明误会其旨矣。渊明以名臣之后，际易代之时，欲言难言，时时寄托。闲情云者，闲其情使不得逸也。是以历写诸愿，而终以所愿必违，其不仕刘宋之心，言外可见。浅见者胶柱鼓瑟，致使美人香草之遗意，等诸桑间濮上之淫声，此昭明之过也。兹编之选，绮说邪思，皆所不免，然夫子删诗，并存《郑》、《卫》，志所惩劝，于义何伤？名以“闲情”，欲学者情有所闲，而求合于正，亦圣人“思无邪”旨也。录《闲情集》。

四 《白雨斋词话》

自叙

后人之感，感于文不若感于诗，感于诗不若感于词。诗有韵，文无韵。词可按节寻声，诗不能尽被弦管。

卷一

诗词一理，然亦有不尽同者。诗之高境，亦在沉郁，然或以古朴胜，或以冲淡胜，或以巨丽胜，或以雄苍胜。纳沉郁于四者之中，固是化境，即不尽沉郁，如五七言大篇，畅所欲言者，亦别有可观。若词则舍沉郁之外，更无以为词。盖篇幅狭小，倘一直说去，不留馀地，虽极工巧之致，识者终笑其浅矣。

《诗》三百篇，大旨归于无邪。

太白之诗，东坡之词，皆是异样出色。只是人不能学，乌得议其非正声？

稼轩词仿佛魏武诗，自是有大本领、大作用人语。

卷二

感慨时事，发为诗歌，便已力据上游，特不宜说破，只可用比兴体。即比兴中，亦须含蓄不露，斯为沉郁，斯为忠厚。

王碧山词品最高，味最厚，意境最深，力量最重。感时伤世之言，而出以缠绵忠爱。诗中之曹子建、杜子美也。词人有此，庶几无憾。

诗有诗品，词有词品。碧山词性情和厚，学力精深。怨慕幽思，本诸忠厚，而运以顿挫之姿，沉郁之笔。论其词品，已臻绝顶，古今不可无一，不能有二。

少陵每饭不忘君国，碧山亦然。然两人负质不同，所处时势又不同。少陵负沉雄博大之才，正值唐室中兴之际，故其为诗也悲以壮。碧山以和平中正之音，却值宋室败亡之后，故其为词也哀以思。推而至于《国风》、《离骚》，则一也。

词有碧山而词乃尊，否则以为诗之馀事，游戏之为耳。必读碧山词，乃知词所以补诗之阙，非诗之馀也。

卷四

板桥诗境颇高，间有与杜陵暗合处，词则已落下乘矣。然毕竟尚有气魄，尚可支持。

张哲士当时颇以诗词名，然其于诗太浅太薄，直似门外汉。词则规模乐笑翁，间有合处。板桥诗胜于词，四科则词胜于诗，各取其长可也。

卷五

吴谷人古诗、骈文未臻高境，特不若试贴律赋之工。惟词则清和雅正，秀色有馀，出古诗、骈文之右。

洪稚存经术湛深，而诗多魔道。词稍胜于诗，然亦不成气候。

仲修之言曰："吾少志比兴，未尽于诗而尽于词。"又曰："吾所知者，比已耳，兴则未逮。河中之水，吾讵能识所谓哉！"即其词以证其言，亦殊非欺人语。庄中白《叙复堂》词云："仲修年近三十，大江以南，兵甲未息，仲修不一见其所长，而家国身世之感，未能或释，触物有怀，盖风人之旨也。世之狂呼叫嚣者，且不知仲修之诗，乌能知仲修之词哉！礼义不愆，何恤乎人言。吾窃愿君为之而蕲至于兴也。"盖有合风人之旨，已是难能可贵；至蕲至于兴，则与风人化矣。自唐迄今，不多觏也。求之近人，其惟庄中白乎？

卷六

仲修序《蒿庵词》云："夫神之所宰，机之所抽，心之所游，境之所构，身之所接，力之所穷，孰能无所可寄哉！纵焉而已逝，荡焉而已纷。鱼寄于水，鸟寄于木，人心寄于言，风云寄于天，凡夫寄于荣利，庄械或寄于词。填词原于乐闺中之思乎？灵均之遗则乎？动于哀愉而不能已乎？小子学诗，可以兴，可以观，可以群，可以怨。沱潜洋洋，岷嶓峨峨，泛彼柏舟，容与逍遥。为《鹤鸣》，为《沔水》，为《园有桃》，为《匏有苦叶》，吾知之矣，吾知之其诗也。"数语洞悉深处。盖人不能无所感，感不能无所寄。知有所寄，而后可读蒿庵词。

诗词皆贵沉郁，而论诗则有沉而不郁，无害其为佳者，杜陵情到至处，每多痛激之辞，盖有万难已于言之隐，不禁明目张胆一呼，以舒其愤懑，所谓不郁而郁也。作词亦不外乎是。惟于不郁处，犹须以比体出之，终以狂呼叫嚣为耻，故较诗为更难。

卷七

余旧选《词则》四集二十四卷，计词二千三百六十首，七易稿而后成。余自序云："《风》、《骚》既息，乐府代兴。自五七言盛行于唐，长短句无所依，词于是作焉。词也者，乐府之变调，《风》、《骚》之流派也。温、韦发其端，两宋名贤畅其绪。《风》、《雅》正宗，于斯不坠。"

序《大雅集》云："太白诗云：'大雅久不作，吾衰竟谁陈？'然诗教虽衰，而谈诗者犹得所祖祢。词至两宋而后，几成绝响。古之为词者，志有所属，而故郁其辞，情有所感，而或隐其义；而要皆本诸《风》、《骚》，归于忠厚。"

序《闲情集》云："《闲情》一赋，白璧微瑕，昭明误会其旨矣。渊明以名臣之后，际易代之时，欲言难言，时时寄托。闲情云者，闲其情使不得逸也。是以历写诸愿，而终以所愿必违。其不仕刘宋之心，言外可见。浅见者胶柱鼓瑟，致使美人香草之遗意，等诸桑间濮上之淫声，此昭明之过也。兹篇之选，绮说邪思，皆所不免。然夫子删诗，并存《郑》、《卫》，知所惩劝，于义何伤？名以'闲情'，欲学者情有所闲，而求合于正，亦圣人'思无邪'旨也。"

诗词原可观人品，而亦不尽然。诗中之谢灵运、杨武人，人品皆不足取，而诗品甚高。尤可怪者，陈伯玉扫陈、隋之习，首复古之功，其诗雄深苍莽中，一归于纯正。就其诗以论人品，应有可以表见者，而谄事武后，腾笑千古。词中如刘改之辈，词本卑鄙，虽负一时重名，然观其词，即可知其人之不足取。独怪史梅溪之沉郁顿挫，温厚缠绵，似其人气节文章，可以并传不朽。而乃甘作权相堂吏，致与耿柽、董如璧辈并送大理，身败名裂。其才虽佳，其人无足称矣。（梅溪姓氏不见录于《文苑》中，职是之故。）视陈西麓之不肯仕元，当时有海上盗魁之目，宁不愧死！

金圣叹论诗词，全是魔道，又出钟、谭之下。

圣叹评传奇虽多偏谬处，却能独出手眼。至于诗词，直是门外汉。取其所长，弃其所短，是在有识者。

“未睹钧天之美，则北里为工；不咏《关雎》之乱，则桑中为隽。”徐昌谷《谈艺录》语也。今人论词，不向《风》、《骚》中求门径，徒取一二聪明语，叹为工绝，正坐此病。

无论作诗作词，不可有腐儒气，不可有俗人气，不可有才子气。人第知腐儒气、俗人气之不可有，而不知才子气亦不可有也。尖巧新颖，病在轻薄，发扬暴露，病在浅尽。腐儒气、俗人气，人犹望而厌之，若才子气，则无不望而悦之矣，故得病最深。

以词较诗，唐犹汉魏，五代犹两晋六朝，两宋犹三唐，元明犹三唐，元明犹两宋，国朝词亦犹国朝之诗也。

昔人谓诗中不可着一词语，词中亦不可著一诗语，其间界若鸿沟。余谓诗中不可作词语，信然；若词中偶作诗语，亦何害其为大雅。且如“似曾相识燕归来”等句，诗词互见，各有佳处。彼执一而论者，真井蛙之见。

诗中不可作词语，词中不妨有诗语，而断不可作一曲语。温、韦、姜、史复起，不能易吾言也。

卷八

或谓：“渔洋《分甘馀话》云：‘胡应麟病苏、黄古诗，不为《十九首》、建安体，是欲绁天马之足，作辕下驹也。’子病迦陵词不能沉郁，毋乃类是？”余曰：此不可一例论也。胡氏以皮相论诗，故不足以服渔洋之心。余论词，则在本原。观稼轩词，才力何尝不大，而意境亦何尝不沉郁。如谓才力大者则不必沉郁，则陈、王、李、杜之诗转出苏、黄下矣，有是理哉？

婉讽之谓比，明喻则非。《随园诗话》中所载诗，如咏六月菊云“秋士偶然轻出处，高人原不解炎凉”，咏落花云“看他已逐东流去，却又因风倒转来”，咏茶灶云“两三杯水作波涛”等类，皆舌尖聪明语，恶薄浅露，何异刘四骂人？即“经纶犹有待，吐属已非凡”之句，无不倾倒，然亦不过考试中兴会佳句耳，于《风》诗比义，了不相关。宋人“而今未问和羹事，且向百花头上开”，自是富贵福泽人声口，以云风格，视“经纶”句又低一筹矣。

若兴则难言之矣。托喻不深，树义不厚，不足以言兴。深矣厚矣，而喻可专指，义可强附，亦不足以言兴。所谓兴者，意在笔先，神馀言外，极虚极活，极沉极郁，若远若近，可喻不可喻，反复缠绵，都归忠厚。

《风》、《骚》有比、兴之义，本无比、兴之名。后人指实其名，已落次乘。作诗词者，不可不知。

《风》诗三百，用意各有所在。仁者见之谓之仁，智者见之谓之智，故能感发人之性情。后人一为臆测，系以比、兴、赋之名，而诗义转晦。子朱子于《楚词》亦分章而系以比、兴、赋，尤属无谓。

谷人所长者，律赋诗帖耳。古文固非所能，骈文亦不免平庸。词较胜于骈文，然亦未见高妙。至古今体诗，则下驷之乘矣。大抵谷人先生只可为近时高手，论古则未也。

板桥论诗，以沉着痛快为第一。论词取刘、蒋，亦是此意。然彼所谓沉着痛快者，以奇警为沉着，以豁露为痛快耳。吾所谓沉着痛快者，必先能沉郁顿挫，而后可以沉着痛快。若以奇警豁露为沉着痛快，则病在浅显，何有于沉？病在轻浮，何有于着？病在卤莽灭裂，何有于痛与快也？

"投畀豺虎,投畀有北",《三百篇》之痛快语也。然谓《三百篇》之佳者在此,则谬不可言矣。

卷九

山歌樵唱,里谚童谣,非无可采,但总不免俚俗二字,难登大雅之堂。好奇之士,每偏爱此种,以为特近于古。此亦魔道矣。(钟、谭《古诗归》之选,多犯此病。)《风》、《骚》自有门户,任人取法不尽。何必转求于村夫牧竖中哉。

诗词一理。然不工词者可以工诗,不工诗者断不能工词。故学词贵在能诗之后,若于诗未有立足处,遽欲学词,吾未见有合者。

古人词胜于诗则有之(如少游、白石皆然。),未有不知诗而第工词者。(王碧山、张玉田辈诗不多见,然必非不工诗者。即使碧山辈诗未成家,不能卓立千古,要其为词之始,必由诗以入门。断非躐等。)

人知东坡古诗古文,卓绝百代,不知东坡之词,尤出诗文之右。盖仿九品论字之例,东坡诗文纵列上品,亦不过为上之中下。(七言古为东坡擅长,然于清绝之中杂以浅俗语,沉郁处亦未能尽致。古文才气纵横而不免霸气,总不及词之超逸而忠厚也。)若词则几为上之上矣。此老生平第一绝诣,惜所传不多也。

温厚和平,诗教之正,亦词之根本也。然必须沉郁顿挫出之,方是佳境;否则不失之浅露,即难免平庸。

《风》、《骚》为诗词之原。然学《骚》易,学《诗》难。《风》诗只可取其意,《楚词》则并可撷其华。

幽深窈曲，瑰玮奇肆，《楚词》之末也；沉郁顿挫，忠厚缠绵，《楚词》之本也。舍其本而求其末，遂托名于灵均，吾所不取。

千古得《骚》之妙者，惟陈王之诗、飞卿之词，为能得其神，不袭其貌。近世则蒿庵词，可与《风》、《骚》相表里。此外鲜有合者。

《楚词》二十五篇，不可无一，不能有二。宋玉效颦，已为不类，两汉才人，踵事增华，去《骚》益远。惟陈王处骨肉之变，发忠爱之忱，既悯汉亡，又伤魏乱。感物指事，欲语复咽。其本原已与《骚》合，故发为诗歌，觉湘间泽畔之吟，去人未远。嗣后太白学《骚》，虚有形体；长吉学《骚》，益流怪诞。飞卿古诗有与《骚》暗合处，但才力稍弱，气骨未遒。可为《骚》之奴隶，未足为《骚》之羽翼也。惟《菩萨蛮》、《更漏子》诸词，几与《骚》化矣。所以独绝千古，无能为继。继之者，其惟蒿庵乎？

或问，杜陵何以不学《骚》？余曰：此不可一概论也。大约自《风》、《骚》以迄太白，皆一线相承。其间惟彭泽一源，超然物外，正如巢、许、夷、齐，有不可以常理论。至杜陵，负其倚天拔地之才，更欲驾《风》、《骚》而上之，则有所不能；仅于《风》、《骚》中求门户，又若有所不甘。故别建旗鼓，以求胜于古人。诗至杜陵而圣，亦诗至杜陵而变。顾其力量充满，意境沉郁，嗣后为诗者，举不能出其范围，而古调不复弹矣。故余谓自《风》、《骚》以迄太白，诗之正也，诗之古也；杜陵而后，诗之变也。自有杜陵，后之学诗者更不能求《风》、《骚》之所在，而亦不得不以杜陵为止境。韩、苏且列门墙，何论馀子。昔人谓杜陵为诗中之秦始皇，（言其变古也。）亦是快论。（此下六条论诗之正变，偶与论《风》、《骚》连类及之。）

世人论诗，多以太白之纵横超逸为变，而以杜陵之整齐严肃为正。此第论形骸,不知本原也。太白一生大本领,全在《古风》五十五首。今读其诗,何等朴拙,何等忠厚。至如《蜀道难》、《行路难》、《天姥吟》、《鸣皋行》等篇,粗而不精,枝而不理,绝非太白高作。若杜陵忠爱之忱,千古共见,而发为歌吟,则无一篇不与古人为敌。其阴狠在骨,更不可以常理论。故余尝谓太白诗谨守古人绳墨,亦步亦趋,不敢相背。至杜陵乃真与古人为敌,而变化不可测矣。固由读破万卷,研琢功深,亦实为古今迈等绝伦之才,断不能率循规矩,受古人羁缚也。但可为知者道,难与俗人言。

今之尊李抑杜者,每以李之劣处,为李之优,而以杜之优处,为杜之劣;不独非杜之知己,并非李之知己矣。杨升庵其甚焉者也。

诗有变古者,必有复古者。(如陈伯玉扫陈、隋之习是也。)然自杜陵变古后,而后世更不能复古。(自《风》、《骚》至太白同出一源。杜陵而后,无敢越此老范围者,皆与古人为敌国矣。)何其霸也!

不知古者,必不能变古,此陈、隋之诗所以不竞也。杜陵与古为化者也,惟其与古为化,故一变而莫可复兴。

杜陵之诗,洗脱汉魏六朝面目殆尽,亦非敢于变《风》、《骚》也。特才力愈工,《风》、《雅》愈远,不变而变,乃真变矣。

"商人重利轻别离",白香山沉痛语也。江开之《菩萨蛮》云(商妇怨):"嫁郎如未嫁。长是凄凉夜。情少利心多。郎如年少何。"俚极笨极,真是点金成铁。

学以砺而后成,苟违绳墨,何惮鉲掜。若以水济水,则亦何益之有哉?古人诗词不尽可法,善于运用,何难化腐为奇?若理解不明,贞淫未辨，妄窃古人成语，以为己有，胶柱者宝其唾馀，改弦者失其宗旨，古人亦安恃此知己也？

卷十

诗以穷而后工，倚声亦然，故仙词不如鬼词，哀则幽郁，乐则浅显也。

声名之显晦，身分之高低，家数之大小，只问其精与不精，不系乎著作之多寡也。子建、渊明之诗，所传不满百首，然较之苏、黄、白、陆之数千百首者，相越何止万里。

《小仓山房诗》，诗中异端也。稍有识者，无不吐弃之。然亦实有可鄙之道，不得谓鄙之者之过。假令简斋当日删尽芜词，仅存其精者百馀首（多存近体，少存古体，不必存绝句，极多以百馀首为止，更不可再多。），传至今日，正勿谓不逮阮亭、竹垞诸公也。惟其不能割舍，夸多斗靡，致使指摘交加，等诸极恶不堪之列，亦其自取。习倚声者，尤不可不察。

《小仓山房集》佳者尚可得百首，《忠雅堂诗》，《瓯北诗钞》，百中几难获一。盖一则如粗鄙赤脚奴，一则如倚门卖笑倡也。近人慑于其名，以耳代目，彼不知驼峰熊掌为何物，宜其如鸱之吓腐鼠也。哀哉！

袁、赵、蒋盛负时名，而其诗实无可贵；洪稚存、吴谷人等诗，愈趋愈下，尽可不观。无足深论。

诗词中浅薄聪明语，余所痛恶。一染其习，动辄可数十首。无论其不能传，即徼倖传之后世，亦不过供人唾骂耳。何足为重？

盖兵贵精不贵多，精则有所专注，多则散乱无纪。如《全唐诗》九百卷，多至四万八千首。精绝者亦不过三千首，可数十卷耳。（余久有《唐诗选》之意，约得三千首，此举至今未果。）馀则仅备观览，供彩掇、资谐笑而已。虽不录无害也。

杜陵变古之法，不变古之理。故自杜陵变古后，而学诗者不得不从杜陵。纵有复古者，亦不过古调独弹，无与为应也。

诗之高境在沉郁。其次即直截痛快，亦不失为次乘。

诗外有诗，方是好诗；词外有词，方是好词。古人意有所寓，发之于诗词，非徒吟赏风月以自蔽惑也。少陵诗云："甫也南北人，早为诗酒污。"具此胸次，所以卓绝千古。求之于词，旨有所归，语无泛设者，吾惟服膺碧山。

蒿庵曾语余云："唐以后诗，元以后词，必不可入目，方有独造处。"此论甚精。然余谓作诗词时，须置身于汉、魏（指诗言）、唐、宋（指词言）之间，不宜自卑其志。若平时观览，则唐以后诗，元以后词，益我神智，增我才思者，正复不少。博观约取，亦视善学者何如耳。

温厚和平，诗词一本也。然为诗者，既得其本，而措词则以平远雍穆为正，沉郁顿挫为变。特变而不失其正，即于平远雍穆中，亦不可无沉郁顿挫也。词则以温厚和平为本，而措语即以沉郁顿挫为正，更不必以平远雍穆为贵。诗与词同体异用者在此。

无论诗、古文、词，推到极处，总以一诚为主。杜诗、韩文，所以大过人者在此。求之于词，其为碧山乎？然自宋迄今，鲜有知者。知碧山者惟蒿庵。即皋文尚非碧山真知己也。知音不亦难哉！（此条以诚字立论，明乎此，则无聊之酬应与无病之呻吟皆可不作矣，惜不得起蒿庵一证之。）

《诗词源流》曰："词之《纥那曲》、《长相思》，五言绝句也。《柳枝》、《竹枝》、《清平调引》、《小秦王》、《阳关曲》、《八拍蛮》、《浪淘沙》，七言绝句也。《阿那曲》、《鸡叫子》，仄韵七言绝句也。《瑞鹧鸪》，七言律诗也。《款残红》，五言古诗也。体裁易混，徵选实繁。故当稍别之，以存诗词之辨。"余于《大雅集》中，近五七言绝句者概不入选。惟《别调集》，登皇甫子奇《采莲子》一首，《浪淘沙》一首，刘采春《罗嗊曲》两首而已。

诗词和韵，不免强已就人。戕贼性情，莫此为甚。

"寂寞空城鼓角鸣，敌楼西望旅魂惊。天山月落单于垒，辽海风凄汉将营。万里金闺空有梦，十年荒戍未休兵。轮台夜指妖星堕，伫俟秋高返旆旌。""欃枪焰焰扫天河，大漠云昏拥鹳鹅。不信前军皆弃甲，犹能落日一挥戈。钺旄未假甘延寿，薏苡终怜马伏波。争怪扁舟归隐去，五湖烟水老渔蓑。""兀坐空堂日已曛，摩挲风雨拭龙文，新亭独下千秋泪，瀚海虚传百战勋。边马夜嘶胡地月，捷书晓望陇山云。城头筚篥声凄咽，鬼哭天阴不忍闻。""十上封章愿未休，书生何必不封侯。《陈陶》岂谓悲房绾，酒市凭谁识马周？弹铗年年成画饼，书空咄咄亦庸流。弧南呈彩中天耀，指日关河雪涕收。"此余《丙戌年杂感》中四律也，声调极悲壮，而不免过激，发之于诗尚可，发之于词则伉矣。故知感时伤事，非如碧山咏物诸篇不可。

诗词所以寄感，非以徇情也。不得旨归，而徒骋才力，复何足重？唐贤云："枉抛心力作词人。"不宜更蹈此弊。

唐诗可以越两晋、六朝，而不能越苏、李、曹、陶者，彼已臻其极也。宋词可以越五代，而不能越飞卿、端己者，彼已臻其极也。虽曰时运，岂非人事哉？

诗词同体而异用，曲与词则用不同，而体亦渐异，此不可不辨。

文采可也，浮艳不可也；朴实可也，鄙陋不可也。差以毫厘，谬以千里矣。

情以郁而后深，词以婉而善讽。故朴实可施于诗，施于词者百中获一耳。朴实尚未必尽合，况鄙陋乎？

六朝诗所以远逊唐人者，魄力不充也；魄力不充者，以纤秾损其真气故也。当时乐府所尚，如《子夜》、《捉搦》诸歌曲，诗所以不振也。五代词不及两宋者，亦犹是耳。

余选《希声集》六卷，所以存诗也；《大雅集》六卷，所以存词也。

诗衰于宋，词衰于元。然自乾、嘉以还，追踪正始者，时复有人。是衰者可以复振，亡者犹有存焉者也。

诗有诗境，词有词境，诗词一理也。然有诗人所辟之境，词人尚未见者，则以时代先后、远近不同之故。一则如渊明之诗，淡而弥永，朴而愈厚，极疏极冷，极平极正之中，自有一片热肠，缠绵往复。此陶公所以独有千古，无能为继也。求之于词，未见有造此境者。一则如杜陵之诗，包括万有，空诸倚傍，纵横博大，千变万化之中，却极沉郁顿挫，忠厚和平。此子美所以横绝古今，无与为敌也。求之于词，亦未见有造此境者。若子建之诗，飞卿词固已几之。太白之诗，东坡词可以敌之。子昂高古，摩诘名贵，则子野、碧山，正不多让。退之生凿，柳州幽峭，则稼轩、玉田时或过之。至谓白石似渊明，大晟似子美，则吾尚不谓然。然则词中未造之境，以待后贤者尚多也。（皆境之高者，若香山之老妪可解，卢仝、长吉之牛鬼蛇神，贾岛之寒瘦，山谷之杰傲，虽各有一境，不学无害也。）有志倚声者，可不勉诸！

附录 《白雨斋诗钞》

丹徒陈廷焯亦峰著，同里高寿昌评选，受业甥包荣翰校刊

织妇叹

明河亘天月在户，玉阶凄冷秋虫语。
黄茧缫丝未成匹，停梭倚柱情如缕。
东家绣闼绮罗香，西家夜夜织流黄。
十指穿针涩不开，蓬门萧摵来清商。
侬心如织愁千叠，抽刀断机长决绝。
空庭月落秋风急，中夜坐起三叹息。（托意遥深）

少年行

主人良宴会，欢乐幸及时。
侧坐一少年，云是燕中游侠儿。
去年走马三边地，万里长征驰铁骑。
军中密奉将军令，此虏初降未足恃。
夜诛降将是故人，知己相逢惊把臂。
见危不救非英雄，导言远适南山避。
壮士从来热血洒，罢官归猎长城下。

（罢官归猎，初无系恋者存，赵相虞卿之解相印，与魏齐偕亡者是。然降将既云知己，则其心迹皎然可信，非漫然私及故人而忘公议者可比。读此诗可以悟无邪之旨。）

出东门

出东门，何所之。
平原莽莽几万里，黄狐书泣西风悲。
但看古来豪杰士，功名坎壈空尔为。
矧余驽钝力不足，忧愁郁结当告谁。
天寒水远不得渡，不如长啸归山去。

塞上曲

（哀初从军也）

一唱塞上曲，再唱塞上曲。
黑云一片挂城头，惊雷裂石崩陵谷。
去年上将西出师，北方健儿夜拔旗。
父兄妻子不相顾，惟将双泪沾裳衣。
年少从征猛如虎，入塞何知边地苦。
将军置酒夜擎鼓，胡儿胡妇教歌舞。
殷勤唱到古凉州，十万貔貅泪如雨。
夜来偷出轮台去，依稀重认三边路。
白草萧萧八月天，黄河冰薄不得渡。
平原日落西风来，山石乱走扬尘埃。
战场枯骨飞劫灰，天阴鬼哭声哀哀。

塞下曲

（哀久从军也）

我歌塞上曲，黑云压我屋。塞下曲未终，惨澹来悲风。
十年长城下，乡里久隔绝。道逢故乡人，殷勤问消息。
执手前致词，欲语声呜咽。君家复何有，萧然见四壁。
妻子久离居，往事不可说。男儿远从征，及壮当封侯。
封侯久无分，白骨委荒丘。军书昨夜下，烽火警边头。

身且不自保，谁能为家谋。
黄蒿古堿夜吹角，高秋八月风沙恶。
野圹荧荧磷火飞，祁连山头月初落。
明朝胡骑纷驰驱，十汤十决争先呼。
意气直欲吞单于，功成未必受上赏。
欲言不敢空踟蹰。

（"身且不自保，谁能为家谋"，若无意于家也者，意更痛切。"黄蒿"四语，神似嘉州。）

车遥遥篇

（悲远商也）

车遥遥，直下万里多蓬蒿。黄云陇底变秋色，奇鸧夜叫猩语号。小桥一木撼岬口，槎枒缺裂吞崩涛。与人踟蹰不敢上，瘦奴病马皆惆怅。四山枯叶生悲风，回风吹我入云中。去年走吴越，今年历山阿。不然归来北窗卧，儿啼女泣畴能那。（前路状远商经历奇险不堪之境，结用反掉笔，如龙蛇夭矫，不可捉摸。）

孤雁行

女萝依乔松，枝蔓互盘郁。秋风动地起，摧折无颜色。
有客愀然悲，倚松长太息。太息问何为，为君前致词。
可怜秦罗敷，嫁作荡子妻。结发为君妇，君情良不亏。
南中音信至，长当从此辞。别离在一朝，相思百年悲。
明晨送君去，念此中肠摧。忽忽日西落，湛湛月上时。
凛凛夜已阑，喔喔鸣晨鸡。君行日以远，妾行（注：去声。）君当知。
思君如流水，送君向大堤。凄凄复凄凄，苦语不能诉。
鸂鶒双双飞，蝴蝶双双舞。驽马立踟蹰，系在白杨树。
今日北风寒，分手泪如雨。二月下苏常，三月到维扬。
维扬天下胜，十二锦屏张。东家有好女，巧笑斗新妆。

凌波微步浅，罗裙从风扬。芳华艳朝日，一见断人肠。
不惜千金资，买笑入君堂。鱼肉既已贱，焉知蔬菜香。
丝帛不足贵，安用布葛裳。生当忘故土，死当终异乡。
荡子既不归，孤妾空泪垂。垂泪岂得已，贫贱今如此。
父母已云亡，兄弟将谁倚，守身固云难。依人亦可耻。
何以报君恩，死生不相弃。何以明妾志，贞心誓江水。
鸣呼一歌孤雁行，乌啼月落秋风鸣。

（“君行日以还，妾行君当知”为一篇关目，中言荡子之得意忘故，末则申明“妾行君当知”之意，胎息既正，动与古会。）

古谣

北邙山，草新绿。娄猪化为人，夜夜食人肉。

寄衣曲

荡子久从征，十年竟不返。寒夜寄征衣，山川太遥远。
灯花亦无情，砧杵千家声。四壁何啾啾，蟋蟀中宵鸣。
北风怒叫秋萧瑟，年年夜夜难为别。
新衣莫讶垂花红，是妾心中眼中血。
殷勤记取别离时，征夫万里知不知。

老马行

（怜老将也。）

蹄高八尺身丈四，飘飘远自蒲梢至。
转战边场三十年，万里雄心犹未死。
重摹老眼下西郊，惊霆突出天为高。
长鸣大嘶不能止，平沙落日风萧萧。
占来烈士报君父，拔剑悲歌泪如雨。
李蔡还先李广侯，下中人物何堪数。

归来陇亩久荒芜，田园寥落无居处。

鸣呼老马尔勿悲，途穷日暮谁得知。

（出奇全在转换。）

浩歌行

腾蛇欲升天，吁嗟浮云多。黄雀入大海，浩淼临深波。生年二十不得意，日月去去如掷梭。朝饮黄公一杯酒，脱帽露顶衣悬肘。酒酣气作蛟龙吼，老魅惊死雷霆走。男儿偏剌促，拔剑歌终曲。城南桃李昨夜开，千树万树春云裁。须臾风起成劫灰。歌声苦，词亦切。歌者听者都愁绝，再续前歌重击节。朱旗耀人长安街，云车风马轰如雷。美人夜舞白玉台，艳歌一曲酒一杯。冷香细嚼红玫瑰，氍毹促坐羯鼓催。鸺鹠怒呌饿鸱哭，许史金张安在哉，空堂蔓草窜狐兔。纹窗绮阁生莓苔，曲终踯躅余心哀。

决绝词

（刺弃故旧也。）

决绝复决绝，凄凄与君别。园中有李他人食，莲子青青不可摘，老乌哑哑入我室。忆昔适君时，自谓可君意。岂料君心多反复，一朝与我长相弃。只恋新人乐，不念旧人苦。记得孤灯挂壁时，夜夜为君织纨素。尔时与君相扶持，君今弃我无他故。君言新人好，极盛难长保。今日桃李花，明日霜枫老。在山泉清出山浊，君家夜夜秋风恶。

（评语："记得孤灯"数语可以怨矣。）

塞外曲

昨夜西风起，萧条边塞秋。故乡书久断，莫上最高楼。

驱车行

鹞子高高飞，飞上苍梧枝。我生何为多剌促，驱车四顾无所之。

思涉大海阳，东访赤松子。海水直下一万里，十人未渡九人死。男儿慕富贵，亦须致身早。征途多崄巇，不见长安道。北风折百草。惨澹江头树，崩沙恶浪不可渡。驱车便向云中去。

弃妇篇

（刺不择交也。）

蓬麻杂茧丝，丝麻纷乱不可治。忆妾钱塘江上住，君驰怒马城南路。感君缠绵意，赠妾双凤钗。遗君玉搔头，两好毋相猜。玉钗既合从君去，十年新种相思树。君本通侯阀阅家，越女吴姬不知数。人生富贵难长保，秋月春花几时好。贫贱终知世所轻，一朝遗弃同衰草。还君金珠玳瑁簪，太息欲绝泪难任。

空明月

（远谗构也。）

大江一轮月，散作琉璃光。

江波化烟月化水，空明一片摇寒芒。

妾心耿耿亦如此，与君同生亦同死。

浮云蔽日多疑似，珍重秋风寄双鲤。

（“江波”句比拟奇妙，末七字醒出远字意。）

秋怨

玉关千里断消息，洞庭落木秋风生。

夜寒反侧不能寐，城头喔喔闻鸡鸣。

鸡鸣欲曙犹（注：一作天。）未曙。此夜知君在何处。

红灯如雾纱如烟，凉月沉沉梦中语。

（幽深之境。不以警策见长。受业甥包荣翰识。）

炼丹台

泱漭白云浮，沧江入座流。丹青图鬼物，风雨暗龙湫。

木落千峰出，潮回万古秋。十年尘土梦，吾道付庄周。

怀王竹庵

雨过秋气清，飞湍泻幽谷。两三萤火青，闪闪傍寒竹。

此时北山里，故人隐茅屋。应念远游子，抱琴伤孤独。

感遇五首

其一

秋风西北来，飒飒飞惊沙。荒坟一凭眺，骷髅生齿牙。

石麟久委弃，幽隧盘长蛇。往事如浮云，志士空感嗟。

萧瑟今如此，桃李何时花。

其二

群动竞啖食，浮游祸之门。矫矫鬼谷子，高隐无垢氛。

空梁巢乳燕，绝壑啼哀猿。落日山气静，隐隐闻松声。

清溪见明月，石齿何嶙嶙。深山忘寒暑，啸傲无烦言。

悲彼嗤嗤者，叹息为伤神。

其三

孤鸿东南来，随我西北飞。岂无网与罗，怜尔不能归。

振翮鸣中夜，哀音声惨凄。徘徊空林间，三匝何所依。

寄言游侠子，慎勿忘其微。

其四

洛阳多名花，缤纷好颜色。宛转如有情，春人旧相识。

一朝秋风来，烈烈吹枯骨。霜雪增惨凄，见者徒叹息。

何如南涧松，坚贞守其质。不借春风开，宁为岁寒屈。

其五

淮南多悲风，之子在北岑。登高望千里，平原莽荆榛。

众趋贤所避，穷愁何足论。先师远垂训，忧道勿忧贫。

至人贵藏辉，抱朴存其真。思君默无语，欲言难具陈。

愿君加餐饭，无为多苦辛。（胎源出于嗣宗，而别其精神面目，古奥蕴藉，兼而有之。〇亦和愉，亦悲怨，如读《咏怀》十七首。受业甥包荣翰识。）

九月二十四日题焦山松寥阁左壁

蜀江西下七千里，山脉直与岷峨通。
江流到此一缚束，乱岗合沓回云龙。
丹崖绀殿莽欹侧，斧凿不异神鬼工。
试穷幽壑谒仙隐，四围松竹趋灵宫。
古鼎驳荦暮光紫，丰碑断折莓苔封。
临江楼观更奇绝。回栏喷薄洪涛中。
扪萝一径陟绝巘，危亭杳霭盘虚空。
登高四望天地阔，拊髀我欲呼洪濛。
江山如此只半壁，寄奴王者非英雄。
年来兵革幸休息，隔江又见旌旗红。
（注：时俄人背约，江海防甚严。）
侧身西北一回首，夕阳惨澹来悲风。
天吴劈海妖蛟怒，对此感激蟠心胸。
丈夫踪迹不殊俗，只今谁复知吴蒙。
山钟欲动晚烟灭，大江日落天磨铜。
何当载歌白云去，乘桴直到沧溟东。

宿松寥阁

山光入古寺，落叶莽萧萧。岩月堕危石，江风生夜潮。
钟声传隔岭，兵气薄层霄。倚枕不能寐，狂歌慰寂寥。

晤王竹庵

十年宦海阅风波，客邸相逢两鬓皤。
一事语君倍惆怅，旧游零落已无多。

感事

白草萧萧古战场，旌竿惨澹暮云黄。
运筹未必输前席，拔剑犹堪击大荒。
绝域功名班定远，中兴事业郭汾阳。
如何梦绕南云外，又见飞尘达建章。

寒夜独酌

微风吹水水不波，繁星耿耿横天河。
夜长不寐万感集，十年尘梦空蹉跎。
稚子无知劝我酒，酒酣拔剑蛟龙吼。
世间快意亦何限，三十黄金印悬肘。
我今郁郁三十年，陶冶不过新诗篇。
纸窗萧撼风雨破，昏灯半壁摇寒烟。
穷年矻矻非吾志，脱帽狂歌不得意。
愿倾海水入尊罍，一洗胸中不平事。

望极

望极云山远，春心一半灰。梅花不解意，故傍小窗开。

即事

篱曲花初放，城南柳渐舒。冻雷穿竹笋，春雨长溪鱼。
地僻来人少，园荒我自锄。向来甘淡泊，疲热又何如？
（不求矜炼，已臻高格。）

古意两首

其一

盛年守空房，含凄抱瑶瑟。思君未敢言，西风入帘隙。

其二

罗衣生夜寒，弃捐不可用。起视秋河边，微云澹如梦。

送别

星河耿耿夜迢迢，几叶风帆趁子潮。
唱到阳关三叠后。相看无语各魂销。

临行

杨柳青如此，离亭日落初。临行无别语，珍重数行书。

闲居

残阳没西山，茅屋延孤影。稍稍林月上，瑟瑟风枝劲。
枝条一何劲，繁霜一何盛。万象洗清秋，高空堕明镜。
闲居悟生理，托迹甘幽屏。久慕舌为柔，何用悼前猛。

（注：昌黎诗“趋菅悼前猛”。）

（万象清秋，高空明镜，想见作者胸次。慕舌为柔，即“至人贵藏辉”之意。此诗托兴甚微，是亦峰阅历有得之作。）

无题二首

其一

细数归期未有期，梦魂偏在晓钟时。惯依病榻抛经卷，不向横塘唱柳枝。

缄恨无因传雁足，入门从古嫉蛾眉。浪凭青鸟通消息，两地相思两不知。

其二

独守空房感盛年，银筝漫抚十三弦。疏花点石秋偏瘦，淡月禁风晕不圆。

往事已迷三里雾，新愁又泛五湖烟。烟锁金篋分明在，一度思量一惘然。

感遇八首

其一

寒风振林木，淡月昏无色。空山鸣霜钟，夜久群动寂。
深居观世变，浮沉莽超忽。往者不可追，来者幸勿失。
嗟嗟彼贪泉，濯足亦不屑。思欲乘云槎，河汉渺难越。
涉江采蕙兰，庶慰我饥渴。

其二

竹实不可得，凤凰甘忍饥。哀鸿一铩羽，宛转随人飞。
稻粱谋未足，饮啄岂能肥。仇家肉视汝，快意矰缴施。
杀汝充庖厨，雄死遗其雌。世情多变幻，弓影尚滋疑。
矧乃自投网，烹醢固其宜。赎汝愧未能，感叹增歔欷。

其三

艳阳三月天，千门桃李花。红尘连紫陌，复道不容车。
岁晚北风厉，飒沓飞惊沙。菁华既已揭，摇落徒咨嗟。
人寿非金石，安用纷与华。抱朴存吾真，思虑何由邪。

其四

茑萝附乔松，托根欣所依。可怜颜如花，没齿守空闺。
鸩媒既不至，好合何由谐。皎皎明月光，中夜入罗帏。
抚景长叹息，哀怨当语谁。为君弹银筝，弦急声正悲。
惊飚振林木，绝涧愁猿啼。挥手谢玉柱，不语颦蛾眉。
仰视河汉高，三星常在兹。潜身出幽户。顾步仍迟回。
路长信难越，零涕不可挥。

其五

白日没寒山，空江起烟雾。同心愿久违，对景增百虑。
欲采合欢花，远寄西洲路。恨无双飞翼，河广不可渡。
盛年甘空房，中夜鸣机杼。不惜十指寒，为君织纨素。
裁成鸳鸯绮，停针复延伫。剪刀莫轻拆，君恩倘还顾。
何以慰幽思，芳心抱兰杜。

其六

荃蕙化为茅，幽兰不忍生。与君初相知，白首期同盟。
中道嗟弃捐，意往难复迎。泾渭一以合，焉辨浊与清。
思欲长决绝，涕泗横交并。愿君如日月，明明鉴我诚。

其七

关关黄鸟鸣，宛转迁乔木。岂不怀好音，恩怨多反覆。
罗家不汝容，弹射抑何酷。温温彼君子，遁迹甘幽谷。
君纵不我知，孤怀失贞白。

其八

草燔连根荄，花落恋故枝。侧见双飞鸟，中道常参差。
雄飞在他乡，雌伏安所依。哀哀八九子，反哺何其悲。
羽毛犹未满，力弱身不肥。岂无城头粟，风雪难穷棲。
亦有丈人屋，怜尔不能飞。对此伤我怀，不忍重陈词。

（寄兴无端，味澹弥永。此汉京遗轨，非效颦齐梁雕饰面貌者所能望其项背。王耕心评。）

路出靖江怀亡友王竹庵

云水空濛欲化烟，眼前风物似当年。
黄芦苦竹秋萧瑟。肠断江楼暮雨天。
（注：竹庵著有《江楼暮雨诗钞》。）

过王竹庵墓是夜宿宜陵二首

其一

墓门郁郁满楸梧，独向秋原哭素车。
芜馆空萦孤客梦，秣陵谁报故人书。
张堪妻子嗟流落，陶令田园半有无。
生死论交吾负汝，不堪回首子云居。

其二

蒿里凄凉曲未终，数声哀雁月明中。
但将清泪酬知己，苦恨浮云蔽太空。
（注：竹庵以避仇家去官。）
宝剑未遑求烈士，文章从古哭西风。
江楼暮雨秋萧瑟，呜咽寒潮日向东。

（二诗气体稳顺，其音响泠然，则明七子之才调也。）

送钱仲良（梦弼）赴江阴张军门幕四十韵

弧矢不直狼，大角动兵气。烽烟暗西南，海隅飒凋敝。
骅骝虽顾主，伏枥亦何济。雕鹗得乘时，高秋豁蒙蔽。
我昔始识君，知君公辅器。居贫励节操，读书究根柢。
兵家五十三，卷卷藏腹笥。崇论宗濂洛，抗言排众议。
苦设马融帐，孰拥文侯篲。吁嗟蓬根转，浩叹浮云逝。
卞璞遇有时，盛衰不相弃。此行既特达，足以酬素志。
鹏看六月息，鹤听九皋唳。经纶一朝展，声华照四裔。
朝廷方旰食，忧国深旒缀。苍生困未苏，奔走无安岁。
天险限南北，长江咽喉地。战守扼其冲，为画经久计。
颇闻居停贤，爱士恐失坠。幕府夜谈兵，短烛爆遗穗。
斗帐朝草檄。秋空扫氛翳。吾闻颇牧才，谨慎乃足恃。
斯民疮痍深，豺虎日相噬。铭武分四军（注：江阴新立铭武四军。），岩疆简精锐。

安边复何有，所贵防纵恣。得君匡其间，宛转布嘉惠。

献策谢纵横，济时待揭厉。（注：高揭而扬厉之，见朱注杜《八哀瓿诗》。）

嗟予仍潦倒，终岁不得意。潜虬隐深渊，鼓车驾骐骥。

酱瓿覆文章，糟邱寄身世。秋风一铩翮，新妇车中闭。

下中羡李蔡，揣摩愧苏季。寥廓任君翔，浮沉忽异势。

凉秋八月天，草木渐凌替。临歧送君行，珍重把君袂。

君年逾五十，衣食困憔悴。谅无绝裾心，别母涕横泗。

筹边愿苟偿，倚闾情亦慰。乾坤正格斗，志士思自致。（注：杜诗“俊杰思自致”。）

伫看扫鲸鲵，天长秋色霁。

（体仿《北征》、《咏怀》等篇，沉转一气，极淋漓顿挫之致。）

九日登焦山观音阁

客里登高谁是主，一樽聊为晚凉开。
却怜故国生华发。又挽新愁上酒杯。
衰草都迷前度迹，西风莫上最高台。
蒜山月落秋萧瑟，寂寞江城画角哀。

（气体近杜，山谷有此冗傲，无此流转。）

晓发

隐隐晨钟动，繁星尚满天。惊回尘土梦，却泛广陵船。

宿火明渔浦，孤帆破晓烟。忽看云际树，初日岭头圆。

晚泊云水村

记曾此地系扁舟，杨柳桥南续旧游。幸有林泉容啸傲，何妨云水仅勾留。

疏灯明灭沉渔浦，淡月微茫上柁楼。客里不嫌村酒薄，近来心迹等闲鸥。

过伍子祠

斜日西陵路，临江故址存。悲风怨种蠡，苦雨泣兰荪。
故沼犹前渡，荒祠尚古原。潮回气呜咽，一为吊烦冤。

怨歌

桃李城南开欲遍，春光已老闲庭院。
美人二八泣春风，独抱芳心君不见。
机中织锦云为裳，头上金钗双凤凰。
画阁熏香袅沉水，关山明月照流黄。
自怜碧玉良家女，却笑东邻献歌舞。
寂寂朱扉昼不开，杨花满地春无主。
银瓶汲井寒照影，素手抽针怜夜永。
二月东风倚暮花，江楼处处吹箫冷。

无题

箧里鱼缄泪未干，伤春情事独凭栏。
画楼西畔东风冷，堤柳青青不忍看。

飞来峰

插天峰势雄崔嵬，问天此峰何年开。
海上神山切一角，腾云走雾飞空来。
苍松翠柏从古茂，奇花异草非人栽。
小亭如笠圆，穿亭登其巅。
崖峥嵘而径绝，树蓊郁而阴连。
元猿昼啸，老鹤朝眠。
邈兹山之峻极兮，回秀出于青天。

鼇撑岂是巨灵擘，虎踞不受秦皇鞭。
东望扶桑之日出兮，来天际之真仙。
蓦阴晴之阖辟兮，恍气象之万千。
俯视银海之茫茫兮，倏山奔而水立。
大江东去不还兮，骇风云之变色。
藐城郭之如豆兮，迤关河之南北。
笑行人之若蚁兮，坐高峰之白石。
白石何嶔崎，坐我混忘疲。
我身自是有仙骨，到此诗情如涌出。
指菁密之林容，摘萧疏之石发。
阳乌西睉余欲归，好鸟争鸣山花飞。
冷泉亭中一小憩，还访老僧灵隐寺。
老僧垂眉默无语，湖烟荡漾化为雨。
云中之君不知处，大叫兹峰复飞去。

（以飞来起，以飞去结，首尾相应。〇结处"语"、"雨"一韵，"处"、"去"一韵，勿误作四句一韵。）

秋夜偶成

流萤入罗帷，暗虫鸣唧唧。吹灯悄无人，倚窗看明月。（上二句秋夜，下二居偶成，言尽意不尽。）

游吴山归

兴来常独往，兴尽还独归。却愿所游处，松柏锁四围。
岚气郁棲阁，暮色横岩扉。青莎滑我屐，好风吹我衣。
心清意自悦，笑与吴山别。泠泠响梵钟，弯弯上新月。
四顾行人稀，江空鸟飞绝。（学太白得其逸，佳在起结。）

西湖望南屏

日暮南屏寺里钟，一声敲破白云封。
沙鸥惊起寒鸦散，深锁烟峦几万重。

（南屏晚景如画，写来含毫渺然。）

冷泉亭

亭以冷泉名，泉冷亭亦冷。一酌心自清，心清即悟境。

（心兮本虚有，物以蔽之则昏。“心清即悟境”五字括得宋儒理学诸书。）

出涌金门游湖上

平湖如明镜，荡然开心胸。好山如故人，相对爱所钟。
拜佛诣天竺，因登飞来峰。足踏云梯上，孤高闻天风。
危崖数千尺，直与天门通。云海俯茫茫，日射波涛红。
群峰左右列，大江奔朝东。抚松一长啸，天籁生虚空。（通体老洁。）

宫词

君宠本如花，时开亦时落。花开因君开，花落妾命薄。（命意温厚。）

春怨

晓起怯春寒，佳人翠袖单。相思人不见，斜倚玉阑干。（不言怨而怨，转深得唐贤浑字诀。）

闺中秋咏

（题注：七律十四首。〇高南星曰：亦峰喜为香奁体，余悉裁汰之，不可为不慎矣。惟此十四首不能割爱。以其浑然不著痕迹耳。）

秋意

雨歇蕉窗月转廊，不须重倩扫晴娘。
簪花鬓湿花心露，扑蝶裙黏蝶翅香。
钗堕枕棱浑欲睡，珠排衣扣渐勾香。
白蘋未放莲花老，裣衽先秋忏众芳。

秋味

怪来蟢子晓垂丝，并蒂莲开太液池。
鸦髻罢梳成藕后，蛾眉初见采菱时。
喜常谏果香回齿，凉荐哀梨冷沁脾。
小立画屏人意爽，闲教鹦鹉念新诗。

秋凉

西风吹梦太阑珊，醒后衣裳转怯单。（注：原稿作“轻裳”。）
腰减瘦随衰柳碧，脂凝薄衬晓枫丹。
迎凉朝对珠帘悄，待月宵怜玉帔寒。
为拜双星低久诉，露侵罗袜倚阑干。

秋光

秋爽轩前草色暄，晚晴移步破苔痕。
烟笼竹径迷行屧，泥污榴裙曬粉垣。
远水雁行低欲落，夕阳鸦背逝犹翻。
愁心一种浑难遣，暝色徐徐下石根。

秋色

忍笑凝颦费较量，晚凉庭院试新妆。
未嫌薄粉污兰蕙，学染浓脂道海棠。
风月尘谈倾谢女，山河针绣出萧娘。

玉人丰韵惊天半，惜隔蒹葭水一方。

秋影

桂露香霏苏小家。伊人绰约隔窗纱。
闲看银汉秋波转，自拨金炉翠袖斜。
对镜燕窥眉际月，临池鱼唼鬓边花。
墙阴回顾珊珊态，不是山涯是水涯。

秋声

银河耿耿夜光澄，倚遍阑干怯不胜。
衣佩琤巘风碎竹，钗珠错落月钩藤。
半颓斜鬓因横笛，一笑倾城为裂缯。
拂杼调砧浑不解，玉钗敲断剔银灯。

秋阴

如雾如烟一抹平，闷人天气坐愁城。
青山红树浓阴合，画槛雕阑暝色横。
为卷疏帘擎腕藕，替干残酒动唇樱。
是谁宴集瑶台畔，雁落平沙听不清。

秋感

怕看秋月一钩新，钩起新愁锁翠颦。
镜影钗光惊晚节，扇遮灯照忆青春。
诗嬴画壁旗亭客，舞学金丝帐里人。
临水徘徊悲往事，自怜无复旧丰神。

秋思

萧萧枫叶落吴江，触忤离忧未许降。

天外雁来书渺渺，灯前人共影双双。
闷拚独坐拈裙带，懒卸残妆傍倚窗。
依愿将心托明月，随风飞上木兰艭。

秋怨

玉阶梧叶作秋声，况听鸣蛩梦屡惊。
眉黛纵非寒亦蹙，眼波惟有月同清。
身如瘦蝶偎衰草，愁比痴蝇扑短檠。
倚倦熏笼拚不寐，无多辗转到天明。

秋冷

金飚窸窣拂罗帷，愁减裙腰尺六围。
莫道翠寒能倚竹，可知燕瘦不胜衣。
萧条关塞王嫱去，零落琴书蔡琰归。
夜半薰香惊坐起，漫天落叶打窗飞。

秋梦

谢池西畔宋墙东，罗縠单衫着褪红。
隐几鬓云收峡雨，枕琴肌雪映屏风。
影迷蝴蝶双飞惯，心悟灵犀一点通。
青女素蛾为伴侣，霓裳亲听广寒宫。

秋饯

秋风吹动七襄轮，蓼岸菱塘问去津。
如客欲行梁上燕，疑花离影镜中人。
啼痕红晕芙蓉面，别恨青凋柳叶颦。
多少馆娃临水饯，绣裙文袜起芳尘。

秋闺夜月词

白露冷兮变为霜，夜正长兮夜未央。谁家少妇宿空房，揽衣不寐起彷徨。仰见明月悬清光。悬清光，北下堂。望郎不来思断肠。忆昔筵开春昼永，月光初上移花影。向晚低垂翡翠帘，合欢共上鸳鸯枕。帘空枕冷不胜悲，知郎一去几时归。柳条不系马蹄住，暗中思郎双泪垂。肃杀西风枯万木，独向空庭倚修竹。此时秋月满关河，郎在他乡何处宿。寒夜无人露湿衣，坐看虚廊黄叶飞。此时征夫去塞北，两心相照两相思。有时弓月金池上，愁对蛾眉画新样。渺渺终违河畔期，盈盈空老流苏帐。有时月夜逢三五，想象霓裳羽衣舞。人间一别难再圆，妒杀嫦娥自今古。月盈月缺伤我情，夜深无语听残更。秋来何处无明月，秋月何年不再明。可怜楼上吹箫侣，可怜塞外征人苦。谁能飞渡黄河边，凄凉独掩珠帘户。莫言关山作壮游，谁云离别为封侯。此夜无人怜寂寞，明年何事上高楼。怨郎爱郎惧郎变，月似妾心清共见。解衣就枕且徘徊，梦逐黄尘奔似电。帆随波转金鳞开，隔河恍惚见郎来。天明独起长太息，秋风吹老楚王台。

（规仿《明月篇》，亦复摇之曳之，风神朗映，似惜前后多几句。）

侬郎曲

侬拜天竺山，郎游灵隐寺。转身侬见郎，相思心欲碎。
郎爱采莲花，侬爱采菱塘。菱塘采无恨，莲子怕空房。

旅馆书怀五十韵

旅馆灯花尽，虫声到枕边。剧怜人寂寞，不尽意缠绵。
旧事从头记，芳名众口传。西施浣纱里，碧玉破瓜年。
眉黛朝来淡，鬟云睡觉偏。琐窗惊婉娩，华屋俨神仙。
解道《金茎集》，工吟《柳絮篇》。辨琴今蔡琰，善舞古旋娟。
啮臂盟难托，同心语未便。鱼书终不达，蝶梦已双圆。
两美居然合，单情只自怜。纵教冰上语，何异镜中缘。

惜别歌杨柳，伤春泣杜鹃。渐迷三里雾，又泛五湖烟。
暮雨迎潮长，秋花点石鲜。重冈环翠竹，浅渚落红莲。
仙眷输晨肇，岩居愧偓佺。凄凉三五夜，呜咽四条弦。
梦入蓝桥路，神游碧落天。乱山横巀嶪，一水泛沦涟。
画阁重回首，洪厓又拍肩。恩深情转怨，誓约语弥坚。
翠幄门前掩，红绳足下牵。最怜宵一刻，恰值月初弦。
隐隐霜钟动，声声巷柝连。惊回犹缱绻，觉后尚拘挛。
噩梦更番记，柔肠九曲煎。钱江初椳棁，葛岭数归鞭。
渡欲迎桃叶，居仍卜海壖。枉思酬款款，犹恐意悁悁。
高会留佳客，中堂敞绮筵。未遑金作屋，但借酒如泉。
拂指调冰玉，低鬟整翠钿。哀筝秋落雁，薄鬓夜飞蝉。
隔座星眸掷，拈花妙谛诠。会须弹锦瑟，谁分习枯禅。
小别愁难破，催归步漫延。几回成逼仄，长此谢朱铅。
墙角曾窥宋，江干旧感甄。橘迁愁化枳，蠖亦枉怜蚿。
渺渺风烟阻，滔滔岁月迁。绮思传彩笔，小字寄红笺。
北里空怀璞，西湖忽扣弦。飘零魂欲断，河汉眼应穿。
草又花朝斗，裙仍上巳湔。良辰增别感，短筴卜灵篿。
花径春常锁，云关暮已键。红楼横悄悄，碧荚肃芊芊。
破晓衾犹拥，惊秋扇乍捐。不堪寻旧梦，歧路一潸然。

（注：五排长篇，集中罕见。检旧箧得之，不忍没其美也，因续于后。受业甥包荣翰谨注。）

后 记

大概在2009年11月底,我收到陈廷焯嫡孙陈昌先生从上海寄来的信件。原信如下:

彭玉平教授大鉴:

自拜读　先生为我祖父陈廷焯著《白雨斋词话》所撰写的“导读”后,深感　先生为弘扬祖国古文学诗词精神之执着与文学思想之精深以及对陈廷焯诗学与词学思想内涵,表达得如此言简意赅,使我们对　先生文学理论造诣甚为敬佩。我们作为陈廷焯孙辈,攻读和从事的均为理工科专业,对文学缺乏底蕴,对祖父的遗著都难于读懂,更谈不到应用、传承或发扬了。纵然如　先生所述,我处除《白雨斋词话》、《词则》手稿外,还保存有《骚坛精选录》手稿残本以及光绪版附木刻本陈廷焯著《白雨斋词存、诗钞》。上述《精选录》手稿残本至今尚未能问世,而祖父的《词存》、《诗钞》也未能被再版或被后人所用,仍束之高阁,不能发挥其作用。眼看天壤孤本即将湮没,我们却束手无策,无能为力,都甚感惭愧。

月前,我拜访了古籍出版社编辑室主任,出于对 先生的敬仰之意,索得先生通讯地址,不避冒昧之嫌,欣然为先生对《词话》再版加以注释及“导读”,谨表谢意。他日先生有机会来沪,若能到寒舍小坐,则不胜荣幸,如能与主任同来,更是十分欢迎。寒舍离主任办公处,徒步5—7分钟足矣。冒昧之处,敬请鉴谅。

顺颂

研安!

陈廷焯嫡孙　陈昌谨上

二〇〇九.十一.廿六　于上海

这封信不仅将我的思绪引到我新近为上海古籍出版社“导读”的《白雨斋词话》上,更令我追想到20年前我撰写《陈廷焯词学研究》硕士学位论文时,曾与《骚坛精选录》不期而遇的故事。我在攻读硕士学位阶段,曾在选题上兜兜转转了很长时间。某日谒见导师祖保泉、梅运生教授,先生们说:你素喜欢读词,也喜欢读词话。王、况一直是热门研究对象,陈的《白雨斋词话》要冷清的多,何不避热趋冷,专门探讨一下《白雨斋词话》?吾师一席话,令我豁然开朗。接下来就是找资料,光绪年间的词话刻本在南京大学图书馆找到了,刻本后面还附录了《白雨斋词存》、《白雨斋诗钞》;上海古籍出版社影印的陈氏《白雨斋词话》和《词则》两种手稿,齐鲁书社出版的南京大学屈兴国校注的《白雨斋词话足本校注》也都一一购置了,然后就是搜集大量的研究论著。硕士学位论文的写作就这样紧张而有序地开始了。

1989年10月间,我在上海参加中国古代文学理论国际学术研讨会,会后与吴调公先生同车从上海回南京。在车上,吴先生问我:“你的硕士论文写什么?”我以《白雨斋词话》应之。吴先生说:“我认识陈廷焯的一个媳妇,就住在离我家不到100米的北东瓜巷,我可以带你去见她。”

闻此消息,我是既惊喜又意外。于是,在靠近宁海路的一栋“古老”的四层楼上,我在吴调公先生的陪同下拜见了张萃英女史。张女史当时应该有80岁上下,据说原在中学教英文,退休多年,近年一直在辅导着一些中学生的英文。张女史知道我研究其先人陈廷焯,十分高兴,从靠墙的一个衣柜中,哆嗦着双手取出了用塑料薄膜包着的陈廷焯《白雨斋词话》、《词则》手稿原稿。我见了手稿,真如晤对古人，摩挲久之而不能罢。只是也隐有担忧，张女史居住的是顶楼，屋顶漏雨沿着墙壁蜿蜒成字，那手稿放在这样的衣柜里，时间长了，后果可见的。我突然明白有些名人的后人，为什么要把先人的手泽捐献给国家了。有政府机构的科学保存，才能将手泽流芳百世的。

与张女史的聊天是愉快的，不只是因为我乃是研究其先人，而是张女史有一种天然的慈祥，而且谈锋甚健。大概是看完手稿后不久，张女史说："如果你需要，还有一本《骚坛精选录》的诗选在上海的亲戚处，我可以让他们寄来，收到后，我再通知你来看。再有，陈廷焯早年的词选《云韶集》手稿也入藏南京图书馆，不过要经人介绍才可以看的。"

这真是意外中的意外了。当天下午我又在吴先生的带领下，谒见了住在吴先生楼上的词学大师唐圭璋先生。唐先生当时身体比较虚弱，坐在沙发上，说话含混不清，我几乎听不懂，奇怪的是吴先生居然句句都能懂。于是，在吴先生的"翻译"下，我明白唐先生的意思是要他的女婿去书架上取已经影印出版的《白雨斋词话》和《词则》。然后吴先生手书了一份推荐，请唐先生署名。我就是持着这张两位名家的手泽去南京图书馆查阅了《云韶集》手稿。手稿的许多内容，后来成为我硕士论文的一章：早期词学思想。这一章也是我后来发表的第一篇学术论文。但那份手泽我直接交给了管理员，现在想来真是后悔了，起码也要摄影留底的！

大概两个月后，我接到了吴调公先生来信，告知我可以去看那本诗选了。这样我在南京师范大学招待所第一次见到了残本《骚坛精选录》，我边看边抄了两天。这抄下的文字后来变成了一篇论文，发表在《文学评论丛刊》上。也正是因为这篇论文，引起了台湾词学名家林玫仪女史的注意，2009 年，在南京大学召开两岸三地清词学术会上，林先生专门向我垂询这本诗选的情况，并赠我一册她的文集。

2009 年初，我接到上海古籍出版社一编辑来信，告知要出版一套名著"导读"系列，经征询学界意见，认为我的陈廷焯研究较具规模和深度，嘱我撰写“导读”文字，冠诸词话。由这本《白雨斋词话导读》，遂引发了我与陈廷焯嫡孙陈昌先生的交往。大概是《白雨斋词话导读》出版后不到三个月，我接到陈昌先生来信（见前），信末留了电话，我接信后即致电陈先生，告知获读诗选的因缘。陈先生告诉我，他的儿子（陈廷焯曾孙）在广州工作，他在2010年春节要来广州过年，如有机会，希望能见面，他会把《骚坛精选录》稿本带来广州，由我拍照或复印。陈先生的慷慨真令我欣喜不已。1990年初我在招待所抄录时，因为评语太多，我只是有选择地抄录了一部分，或者说只是很少的一部分，现在时隔20年，居然能再看全本，真是天赐福分了。

2010年春节，在张海鸥教授的陪同下，我们驱车前往番禺拜访陈先生。陈先生虽年近80，但精神甚健。虽蒙先生慨然允许，但看着发黄的稿本，我实在不忍心复印。于是，在海鸥教授的配合下，用相机把全书拍了下来。所谓“全书”也只是残稿而已，一函三册，遗失的应该至少在2册以上。但天壤间存此孤本，得以复制保存，也真是一种幸运了。

陈先生的原意大概是希望我能将此稿本整理后联系出版，但因为是残本，而且估计是早期选本，与陈廷焯后期成熟的诗学观点有一定的差距，如此，出版的价值就有问题了。不过，我对陈先生说：我可以把陈廷焯在选本上的评语抄录下来，结合《白雨斋词话》中的论诗话语，新编一本《白雨斋诗话》，我把对《骚坛精选录》的研究作为绪论放在诗话前面。陈先生闻此，也深以为然。

2011年末，偶然接中国社科院张剑先生来电，问我有否文献整理类图书，希望能列入他们规划的一套丛书，交付江苏古籍出版社（凤凰出版社）出版。我将《白雨斋诗话》的构想跟他作了交流，得到了张先生的大力支持。

陈昌先生十分关注《白雨斋诗话》的进展。同时，陈先生更是花费大半年时间，广泛收集了有关陈廷焯及其词话研究的专著和论文，写了一份3万多字的《白雨斋词话百年研究及论文录述》(其中有不少是我的研究成果),印制了一本小册子,主要供陈廷焯后人传阅,陈氏亲属之外,就只给我了我一份。陈昌先生退休前是从事医学研究的,对文学自称了解很少。他来作这样一份"录述",该是何等的不易。而且我既蒙见赠手稿拍录,又以惟一"外人"的身份获赐《录述》。幸何如哉!陈昌先生在赠我的《录述》一书扉页上题曰:

> 彭玉平教授:自拜读教授为《白雨斋词话》所作"导读"和有幸与教授相会,深感得益匪浅,于是不时习读"词话"和研究该"词话"的有关论文,将习读心得整理成《录述》一文,作为对我祖父陈廷焯逝世一百二十周年纪念。由于我的文学知识浅薄,文中错误与不妥之处在所难免,敬请赐教。陈昌 2012年3月5日寄于上海。

陈先生乃谦谦君子,我将《录述》粗阅一过,眉目清楚,主要学术成果也介绍得很清晰,绝不是一个文学知识浅薄的人所能写出。一门风雅,总有脉息可闻的。陈廷焯逝世于1892年,享年仅49岁。陈昌先生的父亲陈兆馨正出生于1892年,时在襁褓之中。陈昌先生出生于1933年,今年八十矣。我谨以"仁者寿"奉献陈先生左右。

关于这部新编《白雨斋诗话》的体例,已见《前言》的有关说明。全书的编辑思路与框架、前言与后记的撰写、全书最后的校核与调整等虽由我负责,但此书其实凝聚了很多人的心血。在这里,我要感谢唐圭璋、吴调公两位先生的引荐之恩;感谢陈廷焯子媳张萃英女史、嫡孙陈昌先生在提供陈廷焯著作特别是《骚坛精选录》一书上的慷慨和信任;感谢张海鸥教授协助拍摄《骚坛精选录》残本;感谢张剑先生允诺将此书列入丛书出版计划。另外,要特别感谢的是:中山大学硕士生蔡佳茵同学帮我全文录入了《骚坛精选录》残本批语,稿本虽以行楷书写,但因年代久远,逐张辨认图片,殊为不易,其工作量之大是可以想见的。我在覆核图片时，也费时甚多，有时从早到晚整整一天也才校对数张。相形之下，佳茵付出的努力就更多了。硕士生彭建楠同学除了核对已录入《骚坛精选录》文字之外，还补充了“夹批”的内容，并覆核了相关征引文献；同时，在我的指导下，协助选录《云韶集》、《词则》、《词坛丛话》、《白雨斋词话》中的相关论诗话语。所以，这本书不仅凝聚了前辈学人唐圭璋、吴调公二先生对我的学术关怀；也记录了陈廷焯后裔张萃英女史、陈昌先生与我之间极为难得的学术因缘；同时也留下了我与朋辈同道张海鸥、张剑二先生的学术友谊；并见证了我与我的学生们之间的师生情谊。所有这一切，我都会珍藏在心，时时回味，并衍化为我人生一种温暖的力量。

彭玉平

2013 年 2 月 2 日于倦月楼